영화평도 ◄◄ 리콜이 되나요?

영화평도 리콜이 되나요?

우리가 영화를
애정하는 방법들

김도훈 · 김미연
배순탁 · 이화정 · 주성철

푸른숲

3장 영화 사담

4장 영화로 먹고사는 일

프롤로그

라떼는 말이야…

주성철

'라떼인 듯 라떼 아닌 라떼 같은' 영화 에세이를 써보고 싶었다. 비평서나 인터뷰집이 아니라 영화애호가들이 재밌게 읽을 만한 에세이. PC통신과 동호회를 중심으로 이른바 시네필들이 대거 커밍아웃한 1990년대의 기억을 바탕으로 영화를 사랑했던 풍경을 묘사하고 있자니, 뭔가 한국영상자료원이 할 일을 대신하고 있다는 이상한 사명감이 스멀스멀 기어 올라왔다면 지나친 비약일까.

그러나 한 자 한 자 써 나가다 보니 '라떼는 말이야'라는 무간지옥에서 벗어나기 힘들었다. 키보드를 두드리다가 흠칫 놀라 끝까지 나 혼자 쓰면 두 눈 뜨고 보기 힘든 진국 라떼가 나올 것 같다는 불안감이 엄습했다. 그리하여 주변에서 또 다른 라떼 바리스타 희생양들을 찾기 시작했다. 감당하기 힘든 내 민망함을 나누려는 의도였으나, 물론 그들에게는 영화 〈기생충〉 2019의 포스터 헤드카피로 약을 팔았다.

"행복은 나눌수록 커지잖아요."

 여전히 영화를 사랑하고, 또 영화를 미래의 진로로 고민
하는 사람들에게 도움이 될 만한 라떼 이야기를 모아보자는 생
각을 하면서, 정작 주변에서 가장 라떼스럽지 않은 사람들을 찾
았다. 그런 인간들이 '라떼' 이야기를 해야 의미가 있을 것 같았
다. '라떼'라고 하면 가장 질색할 만한 사람들이 하는 '라떼' 이
야기가 궁금해진 것이다. 같은 대학, 같은 학과, 같은 영화 동아
리 출신이면서 〈씨네21〉에서 함께 일한 적 있는 김도훈 기자,
〈필름2.0〉에서 만난 인연이 역시 〈씨네21〉까지 이어졌던 이화
정 기자, JTBC 〈전체관람가〉로 시작해 〈방구석1열〉을 통해 인
연을 맺은 김미연 PD, '마감 인간'이라는 정체불명의 조직원으
로 함께하기 시작하여 지금은 〈무비건조〉라는 유튜브 방송을
함께하고 있는 대세 음악평론가 배순탁까지……. 쉽게 말해 그
냥 '지인 찬스'를 썼다. 친하다면 친하고 어색하다면 어색한 이

들은 사실 나부터 평소 듣고 싶은 이야기가 많은 지인들이기도 했다. 자신이 보고 싶은 필자들을 섭외한 출판 편집자의 마인드라고나 할까. 거기에 더해 과거 MBC 〈무한도전〉 예능총회에도 출연하고, 〈라디오스타〉에서 김구라가 따로 언급까지 했던 푸른숲 출판사의 김교석 편집장은 과거 영화잡지 〈필름2.0〉에서 함께한 동료이기도 하다.

　　아마도 우리에게는(배순탁 작가와 김미연 PD는 극구 나와 다른 세대라 우기지만 어쨌건) 비슷한 시대와 환경을 통과한 공통점이 있다. 그 시절 영화를 사랑했던 풍경을 요약하는 가장 라떼스러운 이야기는 영화와 정보를 진짜로 '찾아다녔다'는 것이다. 지금처럼 영화가 손안에 있지 않았다. 정말 호랑이 담배 피우던 시절 얘기처럼 들리지만, IPTV나 OTT 서비스를 통해 세계 영화사의 위대한 걸작들, 심지어 극장 미개봉작들을 손쉽게 클릭해서 볼 수 있는 시대가 오리라고는 전혀 생각하지 못했다. 각 지역 시네마테크에서 수십 번 재생되고, 녹화에 재녹화를 거쳐 늘어질 대로 늘어진 VHS 비디오테이프를 통해 구린 화질로나 겨우 볼 수 있던 영화들을 이제는 온라인 스트리밍으로 선명히 볼 수 있게 된 것이다. 더군다나 당시에는 1.85∶1 이나 2.35∶1 같은 극장용 화면비는 꿈도 꿀 수 없었다. 4∶3 TV 화면비에 맞춰 화면의 양옆이 잘려 나가다 보니 주인공이 누구한테 떠들고 있는지 알 수 없는 순간도 종종 있었다. 그런데 이제는 좋아하는 영화가 DVD나 블루레이로 나왔으면 좋겠다는 순진한 바람도 시들해졌다. 심지어 기어코 몸을 움직여서 플레이어를 오픈해 DVD나 블루레이 타이틀을 끼워 넣고 재생하는 행위조차 귀찮아져 버렸다.

그처럼 보고 싶은 영화를 자유롭게 볼 수 없던 시절이었다 보니 '영화 사랑'이나 '영화 공부'에 투자하는 시간 대부분은 영화책이나 영화잡지를 읽는 시간이기도 했다. 누군가가 쓴 글을 읽으며 볼 수 없는 영화, 그래서 보지 못한 영화에 대한 대리만족을 했던 것이다. "그 영화 봤어?"라는 질문의 대답이 "응, 그 책에서 읽었어!"이던 시절이었다. 루이스 자네티의 《영화의 이해》와 데이비드 보드웰과 크리스티 톰슨의 《Film Art: 영화 예술》, 로빈 우드의 《베트남에서 레이건까지》와 프랑수아 트뤼포의 《히치콕과의 대화》는 그런 갈증을 채워준 필독서였다. 물론 더 손길이 많이 갔던 것은 영화잡지들이었다. 월간지 〈로드쇼〉와 〈스크린〉을 지나 〈키노〉와 〈씨네21〉에 이르기까지 모든 영화잡지들을 다 사 보았다. 그들이 지금도 나의 영화 사랑에 있어 든든한 버팀목이 되어주고 있다고 말하고 싶지만, 솔직히 이제는 이사할 때마다 이삿짐센터 직원들을 가장 힘들게 하는 존재가 됐다.

1990년대 초반 평론가로서도 맹위를 떨치던 박찬욱 감독이 쓴 《영화보기의 은밀한 매력/비디오드롬》도 밑줄 그어가며 봤던 책이었다. 걸작으로 손꼽히는 작품들 외에 상대적으로 소외되었던 B무비와 장르 영화들까지 포괄하고 있던 단비와도 같은 책이었다. 그가 언급한 영화들을 비디오 가게에서 하나씩 찾아보고, 본 영화들을 도장 격파하듯 형광펜으로 표시하고, 감상평을 추가해가며 완독했으니 내게 있어 일종의 교과서라면 교과서였다. 지금은 그 책이 그가 이후에 쓴 에세이들까지 엮어서 《박찬욱의 몽타주》와 《박찬욱의 오마주》라는 두 권 분량의 개정증보판으로 나왔다. 이렇듯 1990년대 시네필들이라고 할 수 있는 내 세대의 영화 사랑법에는, 앞서 말했다시피 영화를 보는 시간보다 영화에 대한 글을 읽는 시간이 더 많이 들었다고 할 수 있다. 어쩌면 지금 시네필들과의 결정적인 차이점이 바로 거기 있을 것이다. 내 세대 시네필들의 장점과 단점이 모두 거기서 유래한다고 할 수 있을 테다.

개인적으로는 그런 방식으로 영화를 사랑하던 그 시절 풍경이 좋았다, 라고 쓰고 보니 좋고 말고 할 것 없이 오직 그런 방식으로 영화를 사랑할 수밖에 없었다는 게 떠오른다. 이게 바로 '라떼'의 문제점이다. 과거 분명 선택의 여지가 없던 어떤 일에 대해, 마치 깊은 고민 끝에 다다른 단 하나의 선택이었던 일인 양 환상 속에서 비장하게 착각을 하는 것이다. 물론, 네 명의 다른 필자들은 나와 다른 생각을 가지고 그 시간을 보냈을 수도 있다. 아니, 분명 그럴 것이다. 그것이 그들을 이 자리에 초대한 이유이기도 하다.

문득 박찬욱 감독의 〈올드보이〉²⁰⁰³에서 오대수(최민식)의 감금 방에 걸려 있던 벨기에 화가 제임스 앙소르가 눈은 울고 있지만 입은 웃고 있는 예수의 얼굴을 그린 그림 〈슬퍼하는 남자〉와 겹쳐지던 시가 떠오른다. 19세기 미국 시인 엘라 휠러 월콕스의 〈고독〉이라는 시의 첫 구절이다.

"웃어라, 세상이 너와 함께 웃을 것이다. 울어라, 너 혼자만 울게 되리라."

이렇게 프롤로그는 시작된다. 책 마지막에 이르러 함께 웃게 될지, 나 혼자 울게 될지 모르겠으나, 어쨌건 우리의 이야기는 따로, 또 같이 이제부터 시작이다.

이 판에
발을
들이게 된 건

1.

어디까지나 너무
옛날이야기

이화정

학교가 끝나고 집에 가니 좁은 방 안이 온통 비디오테이프에 잠식당해 있었다. 고등학교 때였다. 좀 과장하자면 〈노다메 칸타빌레〉²⁰⁰⁶에서 노다 메구미 (우에노 주리)의 잡동사니 더미 방처럼 누울 자리 빼고는 비디오테이프가 점령한 꼴이었다. 훗날 내가 영화를 연출한다면 "원 없이 B급 영화를 골라 볼 수 있던 그 시절이 내 창작의 원천이었다"라며 뻐겼을지 모를 일화가 탄생하는 순간이었다. 어쨌든 감독이 안 되어서 지금까지 효과적으로 써먹지 못한 에피소드 한 토막.

사정인즉 이랬다. 우리 집에 잠깐 외삼촌 둘이 함께 살았었는데, 둘 중 큰삼촌이 비디오테이프 중간 도매업에 종사했다. 그러다 당시 대학

생이던 작은삼촌도 아르바이트로 끌어들이며 규모가 커졌다. 삼촌들은 들어오면 피곤에 지쳐 자기 바빴지 쌓여 있는 비디오테이프가 콘텐츠로 기능하지는 않았던 것 같다. 집에 온 테이프들이 각 대여점으로 가기 전 잠시 떡하니 자리를 차지하고 있었다. 말하자면 졸지에 우리 집은 비디오테이프들의 임보처가 되었다.

삼촌들이 가져온 비디오테이프들의 구색은 엉성하기 짝이 없었다. 〈영웅본색〉1986, 〈천녀유혼〉1987 같은 그럴 듯한 화제작은 눈 씻고 봐도 없었다. 어쩌다 〈강시선생〉1985나, 〈최가박당〉1982, 〈폴리스 스토리〉1985 같은 유명 시리즈물이 업데이트된 게 그나마 다행이었다. 대신 처음 들어보는 B급 영화가 대다수라 친구들은 모르고 우리 삼남매만 아는 영화 리스트가 단기간에 수두룩하게 쌓여갔다. 삼촌들이 일하러 나간 사이 우리 남매는 개중 제목이 제법 그럴듯한 영화를 빼내서 비디오덱에 걸었다. 중간에 알 박힌 걸 자칫 잘못 빼냈다간 전체가 와르르 무너질 수 있으니, 마치 젠가 하듯 조심스럽게 정확히 원하는 영화 하나만 꺼내 보는 게 관건이었다.

제일 많이 돌려 본 비디오는 단연 이려진 배우가 나오는 홍콩 10대 청춘물 〈귀마교원〉1986이었다. 고등학생들이 커닝도 하고 연애도 하고 싸우기도 하는 시리즈물이었는데, 실시간으로 그들과 학교를 다니는 만큼 돌려 본 것 같다. 이후 삼촌들이 직장을 얻고 결혼을 하는 등 변화를 맞으며 집을 떠나기 전까지 이 '신선한' 비디오 공급은 계속해서 이루어졌다.

나는 종로가 극장가였던 시절에 영화를 먹고 자란 세대

다. 그땐 버뮤다 삼각지대처럼 피카디리 옆에 피카소, 건너편에 단성사, 길을 길게 건너면 극장의 메카 서울극장이 존재하고 있었다. 여기에 충무로의 중앙극장, 명보극장까지 더하면 맛집 지도 부럽지 않은 주요 극장 지도가 완성되었다. 어릴 적부터 그곳에서 개봉작을 섭렵하였고, 1997년 개봉에 맞춰 〈접속〉을 함께 본 소개팅남과 3년 후 같은 날 피카디리 앞에서 만나자는 약속을 했었고(안 만났다), 영화잡지사에서 일하는 기자가 된 후에는 서울극장 옆 2층 파스타집 소렌토(지금은 사라졌다)에 가서 일을 했다. 요즘 같은 대규모 취재진을 생각하면 믿기지 않겠지만 그땐 그 좁은 곳에 감독, 배우, 기자 들이 모여 기자회견을 했다.

이처럼 종로는 내게 영화를 보러 가는 곳이었다. 개봉작 신문 광고를 미리 잘 스크랩 해뒀다가 영화를 보러 다녔다. 혼자 영화 보러 갈 용기가 생기기 전까지는 같이 갈 친구를 찾아야 했다. 그렇게 온갖 감언이설로 열심히 홍보 마케팅을 해 친구를 데리고 가면 영화 보는 내내 내가 그 영화를 만든 제작자도 감독도 아닌데 신경이 쓰여 영화에 집중 안 됐다. 혹시 이 친구가 재미없어하면 어쩌지 하고 말이다. 가령 〈죽은 시인의 사회〉[1989]를 볼 때는 아이들이 책상 위에 올라서는 순간 소름이 끼치면서 함께 호응했는데, 마피아가 등장하던 마이클 치미노 감독의 〈시실리안〉[1987]을 볼 때는 친구 표정이 썩 좋지만은 않아 내내 초조해했던 기억이 난다. 그럴 땐 끝나고 우동 값을 내는 걸로 대략 만회.

시험 끝나고 함께 가는 단체 관람은 같이 시내까지 가줄

친구를 구할 필요도 없는 데다가 교육 명목의 참여라 영화를 보기 더없이 좋은 찬스였다. 다만 단체 관람은 작품 선정이 때로 형편없었다. 이런 경우도 있었다. 한창 홍콩 영화 붐일 때 관람한 〈우연〉[1986]의 포스터에는 당시 〈천녀유혼〉으로 뜬 '왕조현 주연'이라는 홍보 문구가 대문짝만 하게 박혀 있었지만, 이제나 저제나 기다리던 왕조현은 끝내 지나가는 역할로 고작 한 컷 나오는 게 다였다. 정말이다. 스케이트보드를 타고 지나가는 차에 매달린 왕조현은 "어! 왕조현이다!" 하는 사이에 화면에서 사라졌다. 거의 사기 마케팅이지만 댓글도 SNS도 없던 시절이니 불평도 그날로 사그라들었다.

　　단체 관람 덕에 나는 베트남으로 간 한국 병사와 베트남 여성의 가슴 아픈 사랑을 그린 〈푸른 옷소매〉[1991]의 몇 안 되는 유료 관람객 중 한 명이 되기도 했다. 도대체 학생들에게 이 작품을 군이 왜 보여줄까 하는 의구심이 들었는데, 이내 작품을 선정한 주임 선생님이 베트남 참전 용사였다는 그럴싸한 이유가 다음 날 학교에 퍼졌다. 당시 〈뮤직 박스〉[1989]나 〈킬링 필드〉[1985] 같은 전쟁의 참상을 그린 작품들은 단골 단체 관람작 중 하나였다.

　　꾸역꾸역 '버텨야만' 하는 작품도 꽤 됐다. 평소라면 보지 않았을 작품들을 대개 이렇게 섭렵했다. 배용균 감독의 〈달마가 동쪽으로 간 까닭은?〉[1989]이 로카르노국제영화제에서 최고상인 황금표범상을 수상했을 때는 불교 재단 학교에 이만한 단체 관람작이 없었다. 그날 영화 상영 내내 캄캄한 극장 안에서 시험 답안지를 채점하던 소리와, 아이들이 던진 지우개가 총알처럼 스크린 앞을 날아다니던 광경이 떠오른다. 나는 그 난리통에서도 꿋꿋이 달마의 행적을 궁금해하던 전교 유일의 관람자였을 거다. 내 시네필로서의 자질은 아마 그때 생긴 게 아닐까. 훗날 타르코프스키의 〈희생〉[1986] 같이 난이도 높은 아트 영화를 무이자 할부금 납부하듯 여섯 번에 걸쳐서 끝끝내 봐내기까지 지루함을 버티는 마음 근육은, 예술을 이해하기 앞서 일단 버텨야 했던 그 시절에 형성되었던 것 같다.

　　돌아보면 나는 시네필이기 전에 개봉작을 빼놓지 않고 가장 먼저 관람해야 비로소 안심하는 '영화광'이었다. 그때 나 같은 팬들을 움직이는 촉매제가 있었으니, 바로 지금 굿즈 전성시대의 원조 격인 굿즈 마케팅이었다. 영화가 개봉하면 신문 하단에 개봉일과 함께 선착순으로 선물을 준다는 광고가 게재됐다. 개봉일 아침이면 영화도 보고 굿즈도 받겠다는 계획 아래 기를 쓰고 아침잠 설쳐가며 극장을 찾았다. 아직 움직임이 깨어나기 전 텅 빈 시내. 이른 아침 공기를 맞으며 서울극장, 단성사, 명보극장 앞에 늘어선 줄은 모두 이렇게 영화를 먼저 보고, 굿즈를 받겠다고 몰린 또래 영화 팬들이 만들었다. 스티븐 스필버그와 조지 루카스가 초대형 화면이 주는 감동과 함께 세계 영화 시장을 지배하던 시절, 신작 영화를 재빨리 보고 나면 그렇게 상쾌하고 뿌듯할 수가 없었다.

　　기억 속에 킵해둔 굿즈 하나를 꼽자면 단연 데이비드 크로넨버그의 〈플라이〉[1986] 개봉 당시 나눠줬던 '파리' 티셔츠다. 인간과 파리가 교배된 파리 인간의 출산 장면이 머릿속에서 떠나지 않던 일대 충격의 영화. 굿즈도 충격이었다. 흰 티셔츠에 파리 그림이 프린트되어 있었는데, 하필 그 파리가 자연 과목 시간에 도록에서 본 곤충 세밀화처럼 털 하나까지 세세해 징그럽기 짝이 없었다. 게다가 무려 민소매 티셔츠였다. 티셔츠는 이제 내 옷장에서 사라졌지만 15세 이상 관람가 영화를 보겠다고 고등학생이라 나이를 속이던 바로 그 순간, 매표대에 가서 까치발을 올리고 "고등학생이요." 하고 침착하게 말했던(잘했어!) 그때의 쿵쾅거림만은 여전히 남아 있다.

그러고 보니 첫 영화 관람의 순간이 언제였나. 〈드라큘라〉1979였던 것 같다. 흑백 화면에 낯선 형체가 나타날 때마다 너무 무서워 아빠한테 고개를 파묻느라 하나도 못 본 기억이 우세하니, 봤다는 말이 무색하지만 그때가 내가 기억하는 첫 번째 극장 방문이었다. 대학에 들어가고 나서는 〈씨네21〉 맨 마지막 장에 있던 선착순 무료 관람권을 오려서 줄 서는 게 일이었다. 공짜 티켓을 받으려 잡지를 사고 정기구독도 했다. 좋은 영화를 가장 빨리 접할 기회를 부지런히도 찾아다닌 셈이다. 1990년대 들어 그렇게 예술 영화 붐에 합류했다.

훗날 기자 시사회에서 상영 내내 팝콘 대신 볼펜을 들고 메모하며 영화를 보고, 마감 노동에 시달리는 직업을 갖게 될 줄은 꿈에도 모르던 시절의 천진하고 순수했던 한 영화광의 영화 섭렵 경로를 잠시 소환해보았다. 어제 일같이 생생하지만 이건 어디까지나 너무 옛날이야기.

예능 PD의
'슬기로운 창작 생활'

김미연

난 어쩌다 영화 프로그램 PD가 된 걸까.

영화 인문학 프로그램 〈방구석 1열〉은 사실 그 잉태 자체가 드라마틱했다. 열 명의 감독이 단편 영화를 제작하는 과정을 담은 영화 예능 버라이어티 〈전체관람가〉 이후 곧바로 기획에 들어간 〈방구석1열〉은 〈전체관람가〉 종영 5개월 만에 온에어됐다. 보통 시즌물을 마친 PD들은 한 달 정도 자체 정비(몸과 마음을 리셋하는 과정)하는 시간을 갖는다. 영화 GV(Guest Visit)에서 배우들이 "촬영이 끝나고 연기한 캐릭터에서 빠져나오는 데 오랜 시간이 걸렸습니다"라고 말하는 것을 종종 본 적이 있는데 PD도 마찬가지다. 반년 이상을 한 프로그램에

푹 빠져 살고 나오면 종영 이후 극심한 후유증에 시달리게 된다
(물론 PD마다 개인차는 있겠지만 내 경우는 그렇다).

하지만 정비하는 시간에도 다음에 어떤 프로그램을 만들
것인지 고민과 조사를 멈춰서는 안 된다. 이후 좋은 아이디어가
떠오르면 3개월 정도의 기획 기간을 가지고 다시 새 프로그램
을 연출하게 되는데 이 준비 기간이 보통 7, 8개월 정도. 그런
데 〈방구석1열〉은 〈전체관람가〉 종영과 동시에 기획해 곧장 방
송하게 되었으니 굉장히 빠른 속도로 진행된 경우였다. 이렇게
발 빠르게 움직인 가장 큰 이유는 이미 〈전체관람가〉를 통해 영
화 예능의 가능성을 확인했기 때문이었다.

영화 예능이 연달아 두 번 나와서인지, 한번은 "JTBC에
영화를 정말 좋아하는 PD가 있나 보다"라는 글이 올라왔다. 조
금 민망하긴 하다. 내 주변만 해도 영화를 나보다 더 좋아하고
많이 아는 PD들이 수두룩 빽빽하기 때문이다. 영화는 그런 매
체다. 모든 창작자들에게 영감을 주고, 열광하고 들이파게 만드
는 힘이 있다. 나는 단지 그런 영화의 힘을 방송에서 보여줄 수
있는 접점을 찾은 것뿐이다. 나는 〈전체관람가〉가 단 11회 만에
정리되는 것이 너무 아까웠다. 아직 보여줄 것이, 흥미진진한
이야기들이 많이 남았는데! 〈방구석1열〉은 그렇게 '더 보여주
고 싶은 흥미진진한 영화 이야기'라는 콘셉트에서 시작되었다.

〈방구석1열〉이 좀 더 대중과 가까워졌으면 하는 마음에
인문학을 엮었다. 영화는 결국 우리의 인생이 담긴 이야기 아니
던가. 그 이야기 안에 담겨 있는 감동과 재미를 대중에게 조금
더 심도 있게 어필하기 위해서는 인문학으로 푸는 것이 가장 효

과적이라고 생각했다. 〈방구석1열〉도 원래 12회짜리 시즌물이었다. 시즌을 계속 이어갈 수 있을지 없을지 확실하지 않았다. 단지 12회까지만 편성이 확정된 프로그램이었을 뿐이다. 그런데 때마침 분 인문학 열풍과 출연해주신 많은 영화인들의 도움으로 정규 프로그램으로 자리 잡아 200회 가깝게 방영한 장수 프로그램이 될 수 있었다.

보통 끝이 정해져 있는 시즌물의 경우 PD들은 경주마처럼 앞만 보고 무작정 직진 돌진한다. 하지만 정규 프로그램은 다르다. 종점이 어디인지 알 수 없기에 호흡을 고르고 장기전을 준비해야 한다. 〈방구석1열〉은 일주일에 한 편씩 제작되었다. '한 시간짜리 방송을 하나 만드는 데 일주일이면 꽤 넉넉한 시간 아닌가?'라고 생각할 수 있다. 심지어 내 직업이 방송 PD라는 것을 알게 된 분들 중에는 "어떤 어떤 프로그램을 하시나요?"라고 묻는 경우도 있다. 만약 일주일에 프로그램을 두 개 이상 만들어야 한다면 나는 당장 분신술부터 배워야 할 것이다. 실제로 일하면서 분신술과 순간이동 같은 초능력을 갖고 싶다고 수만 번쯤 생각했다. 이 두 능력만 있어도 더 완성도 있는 프로그램을 만들 수 있을 텐데……. 아, 조연출 시절에는 눈 뜨고 자는 초능력이 있으면 좋겠다고 생각했다. 편집실에서 며칠 밤을 지새우고도 시사실과 회의실에 꼿꼿이 앉아 있어야 했던 그 시절에는 다 됐고 오로지 잠이 절실했다.

방송이라는 콘텐츠를 만드는 일은 그야말로 시간과의 싸움이다. 과장을 약간 더해 PD들이 가진 모든 시간을 최대한 쪼개어 방송을 제작하는 시간에 갈아 넣어야 겨우겨우 한 편을 무사히 완성할 수 있다고나 할까? 일주일에 방송 한 편을 만들기 위해 PD들은 평균 이틀 정도 꼬박 밤을 새워야 한다. 나도 이 정도인데 조연출들은 오죽할까. 온전히 쉴 수 있는 하루를 만들기 위해 후배들은 편집실에서 새우잠을 자며 몇 날 며칠을 달린다.

〈방구석1열〉을 만들기 위해 시간을 가장 많이 할애하는 과정은 두 가지였다. 하나는 대본 작업이고, 또 하나는 후반 작업(편집부터 온에어되기까지의 전 과정)이다. 〈방구석1열〉은 특별한 경우를 제외하고는 보통 한 회에 두 편의 영화를 묶었다. 그런데 재미있는 것(?)은 그 두 편의 영화를 묶기 위해 두 편 외에도 수많은 영화를 봐야 했다는 사실이다. 감독 특집이라도 하면 작업은 더 복잡해졌다. 그 감독이 연출한 초기작부터 최신작까지 모든 영화와, 영화의 원작 소설, 그에 대한 평론과 다큐멘터리, 그리고 메이킹필름과 해외 인터뷰 번역본까지 싹 다 몰아봐야 대본 한 편을 만족스럽게 만들어낼 수 있었다. 해당 영화에 대한 진심 어린 애정이 없다면 해내기 어려운 과정이다(약 200회에 가까운 〈방구석1열〉에 담긴 영화 400여 편은 내가 진심으로 애정하는 영화들이었음이 틀림없다).

한번은 '할리우드 4대 감독 특집'이라는 어마무시한 부제 아래 크리스토퍼 놀런, 쿠엔틴 타란티노, 알폰소 쿠아론, 드니 빌뇌브 감독을 소재로 2회짜리 특집 방송을 한 적이 있다. 기획 아이디어를 떠올렸을 때부터 이미 심장이 두근두근 뛰기 시작했다. 나의 최, 최, 최, 최애 감독 네 사람을 특집으로 다루다니! 생각만으로도 아드레날린이 뿜뿜 분비되고 콧구멍이 횟횟 확장됐다. 그런데 웬걸…… 네 명의 거장이 만든 모든 영화와 각 영화의 메이킹필름, 인터뷰, 그리고 작가들이 준비한 논문 수준의 자료들 앞에서 까마득해지고 말았다. 10년 후에나 찾아올 노안이 들이닥쳤다. 비유가 아니라(차라리 비유였으면 좋겠다) 눈부터 병이 났고 영화의 내용들이 마구 뒤섞이기 시작했다. 회의를 하다 보면 작가들이 "그건 다른 감독 영화인데요." 하고 지적했다. 그 뒤죽박죽 속에서 정신을 차리고 '아는 영화의 모르는 이야기'가 담긴 대본을 만들어야 했다. 이토록 엄청난 정보화 시대에 '모르는 이야기'를 들려주겠다며 나서다니⋯⋯. 그래도 '아는 영화 모르는 이야기'가 〈방구석1열〉 시청자들이 가장 좋아하는 부분이 아니던가. 눈을 비비고 다시 신박한 이야기를 골라내야 했다. 그렇게 방대한 양을 검토했음에도 한 사람당 약 15분 내외로 토크를 정리하려니 보니 아깝게 버려야 하는 내용이 속출했다.

이렇듯 대본을 엮어내기 위해 차곡차곡 자료를 쌓아가는 일에는 온전히 그것들을 보고 읽고 하는 물리적인 시간이 필요하다. 게다가 PD의 업무가 자료를 검토하는 데서 끝나는 것이 아니다. 나머지 업무에 필요한 시간도 쪼개고 또 쪼개어 만들어내야 한다. 프로그램 제작 이외에 갖가지 행정 업무도 처리해야 하는 PD들에게는 이 절대적인 작업 시간을 만들어내는 것 자체가 고역이다. 결국 밥 먹고 잠자고 화장실 가는 시간을 줄이게 된다. 고3 때 선생님들이 이야기했던 사당오락("네 시간 자면 붙고, 다섯 시간 자면 떨어진다") 기억나시는지? 잠깐만 누웠다가 일어나야지 "허웃차⋯⋯." 하고 편집실 소파에 꼬부리고 누웠다가 헐! 세 시간 후에 눈이 번쩍 뜨여 일어났지만 그사이 모든 업무가 밀리는 바람에 관련 부서 사람들에게 연신 머리를 조아렸던 무시무시한 기억이 있다. 워낙 빡빡하게 돌아가다 보니 한 시간만 스케줄이 밀려도 수많은 사람들이 스케줄을 다시 조정해야 하는 일이 생긴다. 사람들이 떠올리는 '자유롭게 창작하는' PD의 이미지는 그저 매스컴에서 만들어진 것에 불과하다.

그래도 처음엔 내가 좋아하는 영화에 푹 빠져 마음껏 누릴 수 있는 것이 너무 행복했다. 영화를 보는 것이 내 일이라니, 얼마나 즐거운 일인가! 하지만 시간이 갈수록 그 행복이 나를 옥죄기 시작했다. 나에게 닥친 가장 큰 시련은 매주 정해진 시간 안에 여러 편의 영화를 보는 일이었다. 여기서 중요한 포인트는 '정해진 시간 안'에 봐야 했다는 것이다. 방해 요소가 차단된 극장이라는 공간에서, 또는 나만의 공간에서 영화를 즐기기는 완전히 포기해야만 했다. 아침에 이를 닦으면서, 머리를 말리면서, 밥을 먹으면서, 간단한 설거지를 하면서, 주차장으로 이동하면서 짧은 시간까지 박박 긁어 써야만 그 많은 영화들을 녹화 전에 다 챙겨볼 수 있었다. 일주일을 스몸비smombie, smartphone zombie 상태로 걸어 다녀야 그나마 회의와 편집이 가능했다. 녹화가 끝나고 나면 세 시간 정도 출연자들이 좔좔 이야기한 내용을 영화의 장면들과 잘 섞어가며 토크의 기승전결을 만들어야 하는데 영화를 제대로 보지 않으면 바로 이 단계에서 엄청난 위기에 봉착하게 되니 어떻게든 봐내는 수밖에 없었다.

이렇게 매주 버티며 꼬박 4년간 〈방구석1열〉을 만들었다. 그러면서 아쉽게도 영화를 예전처럼 설레는 마음으로 대하지 못하게 됐다. 하나하나 아껴가며 꺼내 보던 영화를 의무적으로 보고 있다니 왠지 서글퍼졌다. 하지만 모든 것에 양날이 있듯 〈방구석1열〉을 하며 고치게 된 악습관도 있다. 바로 영화를 편식하는 습관이다. 좋으나 싫으나 일 때문에라도 그간 편식하며 놓쳤던 보물 같은 영화를 발견하는 날이 많았다. 그런 가장 대표적인 영화가 바로 다르덴 형제의 〈아들〉²⁰⁰²이다. 〈방구석1열〉을 만들지 않았다면 평생 보지 못했을지도 모른다.

많은 사람들이 〈방구석1열〉 담당 PD는 엄청난 영화 박사라고 생각할지도 모르겠어서 겁이 난다. 이미 말한 것처럼 나는 영화 전문 블로거나 유튜브에서 난다 긴다 하시는 분들과 붙으면 1분도 안 돼서 K.O. 당할 수준이다. 좋은 영화를 많이 봐서 〈방구석1열〉을 만든 것이 아니라 프로그램 덕분에 영화를 더 좋아하게 됐다. 그런 면에서 〈방구석1열〉은 나에게도 참 특별한 프로그램이다.

한참을 진지하게 생각해봤다.

'슬기로운' 창작 생활이란 무엇일까?

고민 끝에 내린 결론, PD들에게 슬기로운 창작 생활이란 불가능하다. 슬기롭게 창작할 수 있다면 이 직업이 이렇게 힘들지는 않았겠지……. 문득 의구심이 든다. 창작이 혹시 나한테만 힘든 건 아닐까? 누구는 히트작을 빵빵 터뜨리며 스타 PD로 이름을 날릴 때 누구는 창문도 없는 회의실에 앉아 작가들의 한숨소리만 듣고 있는 것처럼.

창작은 어떤 꼼수도 용납하지 않는다. 흔히들 창작의 고통을 출산의 고통에 비유하고는 한다. 10개월을 견디기 고통스럽다고 7개월 또는 8개월 만에 아이를 출산할 수 있는 방법 따위는 없다. 그저 온몸으로 그 고통스러운 10개월을 온전히 견뎌내야 탄생의 기쁨을 맛볼 수 있는 것이다.

　　일주일을 오롯이 강제 영화광으로 살아야 하는 영화 프로그램 PD로서 실감한 슬기로운 프로그램 창작 방법은 틈날 때마다 영화를 성실하게 보는 것이었다. 〈방구석1열〉 1기 회장인 윤종신 선배가 그 바쁜 일정에도 잠도 미루고 녹화 당일까지 영화 네 편과 관련된 다큐멘터리까지 모두 챙겨보고 녹화를 했듯이 말이다. 나 역시 최대한 집중할 수 있는 환경에서 영화를 보려 애썼지만, 그렇게 하지 못할 때에는 짬짬이 그리고 부분부분 나눠서라도 끝까지 보며 등장인물의 이름과 성격 그리고 명장면과 명대사를 기억해두었다.

　　'시간을 슬기롭게 쓴다'는 말이 요령처럼 해석되는 게 나는 싫다. 꾸준히 노력하며 성실하게 시간을 쓰는 것이 바로 슬기롭게 사는 것이고, 또한 PD들에게도 슬기롭게 창작할 수 있는 자양분이 되는 것임을 다시 한번 마음에 새겨본다. 말은 이렇게 해도 사실 내일도 시간에 쫓겨 어쩔 줄 몰라 이리 뛰고 저리 뛰겠지. 하지만 언제나 그래 왔듯 나의 지향점은 오직 하나다.

꾸준히 노력하고 기회가 왔을 때 망설이지 마라.

그것이 바로 예능 PD의 슬기로운 창작 생활이다.

××, 운명이었다

김도훈

잡지를 받았다. 〈키노〉였다. 당시 나는 캐나다 밴쿠버에서 부모의 돈을 탕진해가며 어학연수라는 값비싼 유랑을 즐기고 있었다. 〈키노〉를 보낸 건 같은 대학, 같은 학과, 같은 동아리 출신이면서 지금 이 책을 함께 쓰고 있는 주성철이었다. 1995년 창간한 〈키노〉는 〈씨네21〉과 함께 90년대 영화광들의 바이블이었다. 영화를 좋아하는 사람이라면 모두가 샀다는 점에서도 바이블이었다. 끝까지 읽어내는 사람이 몇 없다는 점에서도 확실히 바이블이었다. 주성철은 〈키노〉의 기자가 됐다. 나는 책장을 넘기며 주성철의 글을 찾아서 읽었다. 이게 뭔 소리래. 편집장이 대체 얼마나 뜯어고친 거야. 그래도 타국에서 한글로 된 영화잡지를 읽는 건 정말이지 기쁜 일이었다.

　나는 1994년에 대학에 입학했다. 행정학과였다. 내가 행정에 관심이 있었을 리가 만무하지. 그저 수능 점수가 꽤 나왔다. 부모님은 안전한 학과를 선호하셨다. 나는 입학 원서를 넣는 날까지도 어떤 과를 가야 할지 결정하지 못했다. 원서를 넣는 입구에서야 "니 점수면 가능하다네"라는 엄마의 말을 듣고 행정학과에 지원했다. 어차피 나에게 대학은 별 상관없었다. 학과도 상관없었다. 1994년이었다. 4년제 대학만 나오면 취직은 얼마든지 가능했다. 호시절은 얼마 가지 않았지만 그래도 호시절은 호시절이었다.

　대학에 들어가자마자 결심했다. 영화 동아리에 들어가야겠어. 교정에서 가장 사람이 많이 지나다니는 곳에 온갖 동아리가 테이블을 내놓고 회원을 모집했다. 영화 동아리는 두 개가 있었다. 하나는 '영화연구회'였고 하나는 '새벽벌'이었다. '영화연구회'라니 너무 게으른 작명이 아닌가 고민하면서도 나는 영화연구회에 지원했다. 새벽벌 선배들은 뭐랄까, 입은 옷의 색이 너무 침침하고 표정이 지나치게 진지해 보였다. 나는 진지한 사람이 아니었다. 영화연구회 선배들은 엑스세대처럼 옷을 입고 있었다. 엑스세대처럼 옷을 입는다는 게 무슨 의미인지는 잘 모르겠다만 하여간 나는 가벼운 쪽을 선택할 만반의 준비가 되어 있었다.

　선택은 옳았다. 새벽벌은 '민중을 위한 영상 제작 동아리'였다. 그들은 시위 현장에서 엄청나게 무거운 캠코더를 들고 뛰어다녔다. 영화연구회는 '놈팡이들을 위한 영화 감상 동아리'였다. 영화를 그렇게 진지하게 보는 것 같지도 않았다. 수업이 끝나면 나는 빌린 비디오테이프를 들고 산꼭대기에 있던 학생회관의 동아리방으로 갔다. 주성철은 홍콩 영화를 보고 있었다. 나는 홍콩 영화는 영 당기지가 않았다. 대신 존 카펜터나 데이비드 크로넌버그의 영화들을 들고 갔다. 주성철의 홍콩 영화 상영회가 끝나면 나는 〈비디오드롬〉¹⁹⁸³ 같은 영화를 담배를 뻑뻑 피우며 반복적으로 봐댔다. 하여간 호시절이었다. 누구도 토익이나 토플 공부를 하지 않았다. "군대 가기 전까지는 노는 게 대학생이야." 선배들이 말했다. 나는 매일매일 영화를 먹었다. 폭식이었다.

　　제대하자 IMF 사태라고 불리는 아시아 금융위기가 한창이었다. 한국은 망했다. 나는 도피하듯이 캐나다로 갔다. 1999년이었다. 주성철이 〈키노〉를 매달 보냈다. 나는 그걸 보면서 약간의 질투를 느꼈던 것도 같다. 내가 캐나다식 영어 발음 따위를 배운다는 명목으로 부모의 돈을 매일매일 스타벅스 프라푸치노에 바치는 동안 친구는 영화잡지사에서 열심히 돈을 벌고 있구나. 그때부터 나는 영어 학원이 끝나면 곧바로 밴쿠버 시내에 있는 극장으로 갔다. 브라이언 싱어의 〈엑스맨〉²⁰⁰⁰을 보며 환호했고 리들리 스콧의 〈한니발〉²⁰⁰¹을 보며 구역질을 했다. 로버트 제메키스의 〈왓 라이즈 비니스〉²⁰⁰⁰를 보며 부르르 떨었다. 갓 개봉한 〈빌리 엘리어트〉²⁰⁰⁰를 보고는 함께 간 러시아 친구와 함께 꺼이꺼이 울었다. 친구는 슬퍼서 울고 나는 영화에 관한 일이 너무 하고 싶어서 울었다. 〈빌리 엘리어트〉가 얼마나 사랑스러운 영화인지에 대해서 글을 쓰고 싶었다. 아니, 글을 써서 돈을 벌고 싶었다.

한국으로 돌아왔더니 어럽쇼, 한국은 심지어 더 망한 상태였다. 누구도 동아리방에서 영화를 보지 않았다. 모두가 도서관에 있었다. 나는 졸업하자마자 다시 영국으로 도피했다. 지금 이 글을 읽는 당신은 지금쯤 '이 글은 무슨 중산층 엑스세대 깡깡족의 해외 도피 기록인가?'라고 생각할지도 모르겠다. 정확하게 말하자면 나는 영국에서 취업을 했다. 학교에서 잘린 아이들을 위한 2차 교육기관에서 보조 교사로 일을 했다. 맞다. 나는 도피했다. 내 의지라고는 전혀 없이 행정학과를 선택했다. 대학에 머무는 시간을 벌고 싶어 캐나다 어학연수를 선택했다. 망해버린 한국을 피해서 영국을 택했다. 나는 영국에 영원히 머무르고 싶었다. 미래에 대한 청사진 없이 그저 타국에서 익명성을 즐기며 주말에는 클럽에나 가는 현재를 계속 유지하고 싶었다. 하지만 사람은 그럴 수 없다. 현재는 언젠가는 미래가 된다. 영원히 현재에 머무르는 삶이란 불가능하다. 인생은 두 시간짜리 영화가 아니다.

어느 날 영화 개봉 정보가 있는 주간지를 샀다. 그런저런 영화들이 개봉 중이었다. 한 개봉작의 정보가 눈을 잡아끌었다. 정확하게 기억할 수는 없지만 한국말로 해석하자면 "필립 K. 딕의 원작을 바탕으로 한 레이건 시절의 시간 여행 판타지"라고 쓰여 있던 것 같다. 그걸 보려면 시내가 아니라 시외의 쇼핑몰로 가야 했다. 나는 닛산 스카이라인이라는 오래된 스포츠카를 헐값에 사서 매일매일 닦아대던 하우스메이트에게 말했다. "일주일간 네가 좋아하는 볶음밥을 해줄 테니까 오늘 밤에는 쇼핑

몰에 같이 가서 이 영화를 봐줘야겠어." 요리라고는 일본산 컵
라면에 뜨거운 물 붓는 행위 말고는 모르던 친구는 대번에 오케
이를 했다. 우리는 30분을 차를 몰아 겨우 쇼핑몰에 도착했다.
친구가 그제야 물었다. "헤이. 근데 영화 제목이 뭐야?" 나는 티
켓을 보면서 대답했다. "도니…… 다르코?"

　　맙소사. 그냥 '시간 여행 판타지'가 아니었다. 지금은 〈도
니 다코〉²⁰⁰¹라는 제목으로 알려져 있는, 리처드 켈리라는 신인
감독이 연출을 맡은 영화는 정말이지 기묘한 영적 체험이었다.
한 번도 영화에서 본 적 없던 신인 배우 제이크 질런홀이 밤마
다 꿈에서 토끼 가면을 쓴 인간을 마주하고 있었다. 세상은 곧
멸망할 참이었다. 레이건 시절의 미국은 번드르르하게 미쳐 있
었다. 교외의 고등학교는 끔찍한 호르몬의 소굴이었다. 어디가
현실이고 어디가 꿈인지 알 수 없었다. 영화관에 불이 켜지자
친구는 "×× 이거 ×× 센 대마를 핀 느낌이네"라고 말했다. 나는
×× 센 대마를 피는 게 어떤 느낌인지는 몰랐지만 어쩐지 그 말
이 이해가 됐다. 닛산 스카이라인으로 집에 돌아가는 길에는 비
가 부슬부슬 내렸다. 똑같이 생긴 재미없는 주택 단지가 끝없이
이어지는 영국 교외의 풍경은 도무지 현실 같지가 않았다. 나는
혼자 중얼거렸다. "××, 이런 게 영화지."

　　내가 한국으로 돌아온 건 불운의 결과였다. 영원히 영화
처럼 도피하고 싶은 삶은 영국 정부가 나의 취업 비자를 연장하
지 않기로 결정하면서 끝이 났다. 나는 짐을 싸 들고 한국으로
돌아왔다. 대체 뭘 하고 살아야 할지 도무지 감이 잡히질 않았
다. 〈키노〉는 2003년에 망했다. 주성철은 주간지 〈필름2.0〉의

기자가 됐다. 나는 매주 〈씨네21〉과 〈필름2.0〉을 사 보며 매일
매일 극장에 갔다. 엄마의 눈은 '너는 4년제 대학에 캐나다, 영
국까지 보내줬는데 대체 뭘 하고 살 작정이냐'라고 매일매일 말
하고 있었다. 나는 그걸 애써 무시하고 극장의 안락한 어둠 속
에 현재를 맡겼다. 집에 돌아오면 온갖 예술 영화들을 다운로드
받아서 삼키고 또 삼켰다. 나는 도무지 영화라는 환영에서 벗어
날 수가 없었다.

　　　놈팡이로 몇 개월을 살던 어느 날 '다음 취업 정보 카페'
의 글들을 검색하다가 기막힌 문구를 하나 발견했다. "영상 주
간지 〈씨네21〉이 취재, 편집, 산업 기자를 모집합니다." 원서 마
감은 모레였다. 나는 스칼릿 조핸슨이 특유의 몽롱한 눈으로
'미래에 대한 아무런 계획이 없는 백수의 영혼'을 연기하던 〈사
랑도 통역이 되나요?〉를 마침 본 참이었다. 밤새도록 그 영화의
리뷰를 썼다. 고치고 또 고쳤다. 고친다고 좋아질 일은 없었지
만 어쨌든 원서를 합격과 불합격으로 분류하는 〈씨네21〉 기자
들의 눈에 띄도록 고쳤다. 나는 자기소개서와 〈사랑도 통역이
되나요?〉의 리뷰를 프린트해서 우체국으로 뛰어갔다. 직원에
게 나는 입으로는 "최고로 빨리 가는 걸로 부탁드립니다"라고
말하며 눈으로는 '당신의 일 처리 속도에 제 미래가 달려 있습
니다'라고 말하고 있었다.

　　　한국 우체국의 일 처리 속도는 놀라웠다. 며칠 뒤 나는 시
험을 보러 오라는 〈씨네21〉 직원의 전화를 받고 새마을호를 타
고 서울로 올라갔다. 합격했다는 통보를 받은 건 바로 그 주 주
말이었다. 직원이 말했다. "다음주 월요일부터 출근하실 수 있

나요?" 나는 당연히 그러겠다고 말했다. 서울에 월셋집도 구하지 못한 주제에 '일주일만 시간을 더 주실 수 있나요?'라는 말이 도무지 입에서 나오질 않았다. 다음 날 나는 급하게 홍대에 에어컨도 안 달린 일곱 평짜리 원룸을 구했다. 다음 날 출근하자마자 선배 기자와 장동건 인터뷰를 가라는 지시가 떨어졌다. 동아리방에서 영화를 주워 삼키던 1990년대는 끝났다. 2000년대가 시작됐다. 누군가가 "취미는 뭐예요?"라고 물으면 "영화 감상입니다"라고 20년간 답하던 나에게 영화는 마침내 업이 됐다. 취미가 업이 되는 순간 취미는 좀 재미없어진다. 하지만 영화는 나에게 취미였던 적이 없었다. 영화는 선생이었다. 친구였다. 연인이었다. 무엇보다도, 영화는 인생이었다.

　　2009년의 어느 날 나는 40매짜리 원고를 토하듯이 마감하다가 전화를 받았다. "김도훈 기자님. 저희가 이번에 새로 DVD를 출시하는데요, 해설지를 좀 써주실 수 있나요?" "무슨 영화인가요?" 그는 말했다. "〈도니 다코〉 감독판입니다." 나는 소리 내 웃었다. 운명이었다.

'어쩌다 보니까' 선생

배순탁

인생은 '어쩌다 보니까'의 연속이다. 지난 45년을 돌아보건대 삶의 터닝포인트마다 끼어든 건 거의 예외 없이 '어쩌다 보니까' 선생이었다. '어쩌다 보니까' 선생은 참 능글맞기도 하다. 예의 사람 좋은 표정을 지으면서 스윽 한 자리 꿰차더니 이전과는 전혀 다른 방향으로 내 삶의 궤도를 수정했다. 과연 그렇다. '어쩌다 보니까' 선생이 없었다면 지금의 나도 없을 것이다.

'어쩌다 보니까' 선생은 수시로 내 삶의 경계를 침범했다. 인간관계에서도, 내 직업 커리어에 있어서도 기실 주도권을 잡고 있었던 건 내가 아니었다. 거의 대부분 '어쩌다 보니까' 선생이었다. 우리는 착각을 하고 산다. 나는 자유인이며 내 자유의지로 결정하는 경우가 적지 않다고 확신한다.

아니다. 그렇지 않다. 한번 곱씹어보길 바란다. 내 자유의지로 결단했다 생각하더라도 뒤돌아보면 늘 외부의 힘에 의해 결단하게 되었다는 걸 깨닫게 될 테니까. 어쩌면 우리가 결단할 수 있는 건 지극히 사소한 영역에 한정된 것일 수도 있다. 이런 측면에서 우리는 모두 정도의 차이만 있을 뿐 '어쩌다 보니까' 선생의 노예다.

영화 관련 일이 특히 그랬다. 심지어 이때 '어쩌다 보니까' 선생은 아예 사람의 형상을 하고, 이름까지 버젓이 달고 나타났다. MBC 라디오국 프로듀서인 송명석이다. 아직도 생생하게 기억난다. 2010년 말이었을 거다. 송명석 PD가 (가뜩이나 덩치도 큰데) 성큼 나에게 오더니 다음과 같은 제안을 던졌다.

"순탁 씨, 정엽이랑 영화 얘기 한번 해보는 거 어때요? 일주일에 한 번씩."

처음에는 '저 사람이 미쳤나……' 싶었다. 그런데 아니었다. 그는 참으로 진지했다. 자기 나름대로 '이것은 거부할 수 없는 제안'이라는 확신에 찬 표정이었다. 이후 경험 삼아 해보자는 심정으로 1년 넘게 당시 〈푸른밤〉 DJ였던 정엽과 방송을 했다. 아마 당신은 반문할 수 있을 것이다. 영화에 대해 별다른 공부도 한 적 없는 내가 어떻게 그런 식으로 덜컥 수락을 할 수 있는 거냐고. 그거 좀 무책임한 거 아니냐고. 혹시 돈을 너무 밝히는 거 아니냐고.

그렇지 않다. 나 그렇게까지 뻔뻔한 놈 아니다. 일을 할 때 나만의 대원칙이 하나 있다면 "말할 수 있는 것만을 말한다"이다. 가히 비트겐슈타인 뺨칠 만큼 이 원칙, 지금까지 제법 잘 지켜왔다고 자부할 수 있다. 그래서 행여 가끔씩 힙합 관련한 인터뷰가 들어오면 100퍼센트 거절한다. 힙합에 대해 아주 잘 알고 있지는 못하기 때문이다.

영화도 마찬가지다. 저 방송 들어본 라디오 청취자라면 알겠지만 영화 문법에 대해 설명하는 코너가 아니었다. 영화는 어디까지나 곁다리, 영화에 삽입된 음악 얘기를 주로 했다. 그런데 문제가 발생했다. 영화를 주제로 삼는 건 이 코너로 끝날 줄 알았는데 어느 날 전화가 또 온 것이다. 전화를 건 쪽은 KBS 영화 소개 프로그램 〈영화가 좋다〉였다. 요약하면, 나에게 코너 하나를 부탁하고 싶다는 거였다.

이후부터는 어쩌다가 여기까지 온 건지 잘 기억나질 않는다. 그럼에도 확언할 수 있는 게 하나 있다. 영화 관련한 일이 들어오면 일단 각도기부터 쟀다는 거다. 내가 감당할 수 있는 사이즈인지 아닌지, 견적을 철저하게 점검했다는 거다. 그러던 어느 날 이번에도 '어쩌다 보니까' 선생께서 잠시 침입해 아주 기발한 아이디어를 하나 제공해줬다. 김세윤 작가와 함께 영화가 끝난 뒤 진행되는 '관객과의 대화'를 해주면 어떻겠느냐는 거였다.

김세윤 작가는 영화 전문지 〈필름 2.0〉 기자 출신이다. 이후 〈출발! 비디오 여행〉과 〈FM 영화음악〉 작가를 거쳐 현재는 라디오 DJ까지 맡고 있다. 요컨대 영화 전문가란 소리다. 이게 인연이 되어 지금까지 김세윤 작가와만 최소 50번은 넘게 관객과의 대화를 진행했다. 김세윤 작가가 영화 얘기를 하면 내가 음악 관련한 정보를 제공하는 식이다.

들리는 소문에 의하면 우리 둘, 제법 잘 어울린다고 한다. 쿵짝이 내가 봐도 나쁘지 않다. 내가 그를 '영혼의 파트너'라고 부르는 바탕인데, 요즘 이를 주성철 (전) 편집장으로 바꿀지 말지를 심각하게 고민 중이다. 주성철, 그의 매력에는 정말이지 한도 끝도 없다. 가히 악마와도 같은 치명적인 매력의 소유자다.

이제 당신도 어느 정도 감 잡았을 것이다. 나는 지금도 유튜브 〈무비건조〉에 출연할 때마다 다음처럼 강조한다. "저는 영화 전문가가 아닙니다"라고 앵무새처럼 같은 말을 반복한다. 적어도 내 일에 관한 한 나는 사짜가 되고 싶지 않다. 그러려면 주위의 도움은 필수다. 만약 (그럴 일은 없겠지만) 나 한 명에게 유튜브 영화 채널 하나 파자고 의뢰가 왔다면 장담할 수 있다. 조금의 여지도 없이 "전 능력 부족으로 인해 못 합니다"라고 거절했을 거다.

영화에 대한 전문적인 이야기는 김도훈, 이화정, 주성철 이 세 명만으로도 충분하다. 〈방구석1열〉에 출연했을 때도 마찬가지다. 바로 옆에 사랑하고 존경하는 변영주 감독님이 있는 덕에 나는 음악 관련한 얘기만 해도 출연료 받는 만큼은 하는 셈이 되었다.

함께 써질 이 책 속 글 역시 이런 관점에서 바라봐줬으면 한다. 나는 철저하게 내가 말할 수 있는 것에 대해서만 쓸 것이다. 내가 말할 수 없는 것에 관해서는 끝끝내 침묵할 것이다. 아무리 '어쩌다 보니까' 선생일지라도 이것만큼은 훼손하지 못한다. 내가 바로 비트겐, 아니 '배'트겐슈타인이다.

.

직장을 다녀야 하는 이유와
때려 쳐야 하는 이유

주성철

'직장을 다녀야 하는 이유와 때려 쳐야 하는 이유'라는 챕터를 쓰겠다고 호언장담하고 가장 크게 후회했다. 직장을 때려 친 현재의 만족도가 크다는 점에서 무턱대고 내뱉은 말을 주워 담기에는 이미 늦어버린 뒤였다. 생각해보면 영화와 관련된 일을 하는 사람이 '직장'이라는 형태로 어딘가에 소속되어 일하는 경우는 '영화사'와 '홍보사' 혹은 '언론사' 정도로 한정될 텐데, 그나마도 아마 전체 3분의 1이 채 되지 않을 것이다. 대부분은 이른바 '기획안'과 씨름하며 여러 지원 제도의 문을 두드리는 프리랜서들이다. 그중에서도 갈수록 입지가 줄어들고 있는 영화평론가의 삶은 특히 더 고단하다. 다시 처음으로 돌아가, 이 주제에 대해 뭘 써야 할지 몰라 후회한 것과 별개로 중요한 것은 이 업계에서 일하는 모두는 운명적으로 프리랜서로서의 삶을 언젠가, 어쩌면 다른 업계보다 훨씬 일찍 맞이하기 마련이라는 사실이다. 그러니 김정연 작가의 웹툰 〈혼자를 기르는 법〉 제목처럼 일찍 마음먹을 필요가 있다. 어쩌면 그것이 크리에이터로서의 운명이자 이 업계의 본질이기도 하다.

영화계에서 일하고 싶다는 꿈을 꾸는 사람들이 직장을 다녀야 하는 가장 큰 이유는 아무래도 급여생활자의 삶이 먼 미래를 내다보는 지구력의 바탕이 되어줘서다. 부산 출신 '취준생'이 '영화인'이 되겠다는 막연한 꿈을 이루기 위해 누군가의 연출부에 지원하는 등 영화 스태프가 되는 방식을 택하기는 어려웠다. 표준근로계약서도 없던 시절, 100만 원 수준의 연봉을 받아가며 고된 연출부 생활을 버텼다는 누군가의 성공 스토리는 최소한 귀가해서 잠을 청할 단칸방이라도 있어야 가능한 이야기였다. 일단 서울에서 월셋방 이상의 거처를 마련하고 매월 최소 생활비를 버는 수준이 아니면 감히 꿈도 꿀 수 없었다. 친구 집에서 한동안 신세를 질 수도 있겠으나 그 또한 한계가 있었다. 무턱대고 일단 서울로 가서 아무 아르바이트라도 시작해볼 수도 있었겠지. 하지만 주객이 전도될 건 뻔해 보였다.

그러다 보니 지원할 수 있는 부문이 '영화사 기획실 직원'과 '영화잡지사 기자' 두 방향으로만 좁혀졌다. 나중에 만나게 된 수많은 영화인들, 특히 지방에 거주하는 사람들 대부분이 나와 거의 같은 생각을 했다는 것이 신기하기도 했다. 최소한의 '생활'을 영위하는 문제는 꿈이고 나발이고 그만큼 절박한 것이다. 그런데 남은 두 개의 길은 〈매트릭스〉[1999]에서 빨간 약과 파란 약 중 하나를 골라야 하는 선택지처럼 전혀 다른 길이기도 했다. 영화 만드는 일을 할 것이냐 아니면 만들어진 영화를 보고 쓰는 일을 할 것이냐 하는 중대한 선택의 기로였다. 후자로 마음이 기울긴 했으나, 대학교 4학년생 입장에서는 사실상 '상시 모집'인 전자로 향할 수밖에 없었다.

이메일 접수가 없던 시절, 우체국에서 막대한 등기 우편 비용을 써가며 닥치는 대로 원서를 보냈다. 거의 서른 개 가까운 영화사에 지원하면서 거의 매주 면접을 보기 위해 서울과 부산을 왕복하는 무궁화호를 탔던 것 같다. 서울과 부산을 세 시간 이내로 주파하는 KTX가 생기기 전이었기에, 학교생활과 아르바이트까지 병행하려면 심야 기차를 타고 기차에서 잠을 자는 수밖에 없었다. 새벽에 서울에 도착하면 비디오방에서 잠시 눈을 부친 뒤 면접을 보러 가고, 반대로 새벽에 부산에 도착하면 피곤한 상태로 바로 학교 도서관으로 향했다. 편도 여섯 시간 정도 소요되는 무궁화호에서 잠을 청하며 면접을 보러 다니던 시절이었다. 그러다 처음이자 마지막으로 결원이 생겨 취업 공고를 냈던 영화잡지사 〈키노〉에 필기시험과 면접시험 모두 합격하고 난 뒤, 무언가 최종 결정된 편안한 마음으로 처음 무궁화호보다 한 등급 위인 새마을호를 타고 서울로 향하던 때의 기분을 지금도 잊을 수 없다.

드디어! 영화기자로 일하게 되면서 느낀 '직장을 다녀야 하는 이유'는, 자연스러운 인맥 형성이다. 단순히 영화인들과의 교류를 의미하는 것도 있지만 자신이 영화평론가라 불리건 영화 저널리스트라 불리건 간에 향후 이 인맥으로 말미암아 '영화 글을 쓰는 프리랜서'로서 언론 시사회에 초청받아 개봉 영화를 미리 볼 수 있는 최소한의 조건을 갖출 수 있기 때문이다. 현재는 영화마케팅사협회에서 인정한 이들만 시사회에 갈 수 있고, 이런저런 자료들도 받을 수 있기에 프리랜서 활동의 바탕이 되기도 한다. 물론 개봉 당일 '내돈내산'으로 영화를 보고 재빨리 리뷰를 쓰거나 유튜브 영상을 제작할 수도 있겠으나 이른바 '속도전'은 갈수록 격해지고 있다. 즉 영화평론가나 영화 저널리스트, 더 넓게는 영화 블로거로 살기 위해서도 얼마간 '기자 생활'은 필수 조건이라 할 수 있다.

영화기자를 꿈꾸는 많은 이들에게 매체의 이름값이나 규모를 생각하지 말고 일단 인턴 기자로라도 취업부터 하라고 하는 이유가 바로 여기 있다. 영화 글을 쓰는 사람으로서 리뷰든 섭외든 영화홍보사나 제작사를 통해 특정 영화에 '접촉'할 수 있는 최소한의 접점이 그렇게 만들어진다. 막상 일을 시작해보면 의외로 이름이 알려진 매체에서 일하는 것이 그리 크게 중요하지 않음을 알게 된다. 이름이 알려진 매체의 기자건, 잘 알 수 없는 인터넷 매체의 기자건 시사회에서 똑같이 한 자리를 받고, 똑같은 분량과 내용의 보도자료를 받는다. 감독이나 배우와 인터뷰를 진행할 때도 '라운드 테이블'이라는 형태로 별반 차이 없는 인터뷰 기회를 얻기도 한다. 아무리 비싼 고급차라 하더라도 경차와 마찬가지로 한 차선으로만 달릴 수 있는 것과 같다. 아무리 좋은 차래도 두 칸씩 달릴 수 있는 건 아니지 않은가, 라고 비교하면 말이 되려나.

물론 지난 10년 새 이런 조건을 초월한 일군의 집단이 등장하기는 했다. 바로 '영화 전문 유튜버'라 불리는 사람들이다. 이들은 기자 경력과 무관하게 유튜브 공간을 진지 삼아 약진하기 시작했고, 오히려 기자라 불리는 사람들보다 더 큰 영향력을 행사하는 경우도 심심찮게 볼 수 있다. 그처럼 정제된 언변과 동영상 편집 능력을 겸비한 사람이라면 기자라는 직함에 굳이 집착하지 않아도 될 것이다. 사실상 그들은 이미 '준비된' 사람들이라 할 수 있다. 즉 '얼마간의 기자 생활'이라는 말도 '수련'과 '성장'이라는 의미에 방점을 찍은 것이기는 하다. 왜 길이 하나뿐이겠는가.

자, 이제 직장을 때려 쳐야 하는 이유! 보통의 직장인들이 그만둘 때와 닮은 점도 있고 다른 점도 있다. 후자의 다른 점에 집중해보자면, 기본적으로 '영화기자'와 '영화평론가'의 차이라고 말할 수도 있겠다. 영화기자라면 보통 상업 영화들이 개봉하는 일정에 맞춰서 움직일 수밖에 없다. 주간지 영화기자라면 매주 일정량의 리뷰와 인터뷰를 소화해야 하는데, 1년에 총 50권의 잡지, 즉 50번의 마감을 해야만 한다. 내가 좋아하는 영화와 영화인들을 즐겁게 5번 만나기 위해 나머지 45번의 직업적 마감을 완수해야 하는 것이 1년의 생활이었다고 할 수 있다. '직장인이 어떻게 하고 싶은 일만 골라서 하며 살 수 있냐'라는 것 또한 불변의 진리지만, 이 직종은 그 괴리감이 유독 심한 것 같다. 전혀 마음에 들지 않던 영화에 대해 리뷰를 쓰고 관련자를 인터뷰하는 것처럼 힘든 일이 없었다. 그나마 나는 다른 이들에 비해 '별점계의 성철 스님'이라 불릴 정도로 후한 마음을 갖고 살아가는 사람이었기에 그 스트레스는 덜한 편이었다. 때론 그 괴리감에서 얻게 되는 새로운 매력도 분명 있었다.

이제 전자의 닮은 점을 이야기해보자면, 여느 직장에서나 겪을 법한 스트레스가 똑같이 존재한다는 점이다. '아니, 그럼 똑같지 뭐가 다르겠는가?'라고 되물을 수도 있겠지만, 보통 영화기자가 된 사람들은 '난 내가 하고 싶은 일을 하는 사람'이라는 자부심이 상당하기에 그것이 깨졌을 때 상실감을 견디지 못하는 경우가 상당히 많다. '뭐야, 딴 직장하고 다를 게 없네?'로 시작해서 '뭐야, 딴 직장들보다 더 심하잖아!'로 끝나는 경우가 대부분이라고나 할까. 기본적으로 업무 환경이 불규칙해서 주 52시간 체계적인 업무 시스템을 적용하기가 힘들다. 게다가 주 52시간이 아니라 주 25시간도 일하지 않으면서 힘들다고 불평이 가득한 동료들의 업무를 떠맡아 속으로 스트레스를 삭이는 시간들도 많았던 것 같다. 급기야 영화기자라는 직업은 이른바 '언론고시'를 치르는 일간지 본위의 '언론인'으로 분류되지도 않기에, 솔직히 말해 검증된 저널리스트라고 보기도 애매하다. 갈수록 함량 미달의 기사들이 넘쳐나는 것도 어쩌면 당연한 이치다.

결정적으로 〈키노〉와 〈씨네21〉 창간 이후 수많은 영화 매체들이 한국 영화의 새로운 르네상스와 함께했지만, 오히려 상황은 점점 더 열악해져 갔다. 아무리 한국 영화가 잘 나가도 출판시장 혹은 매체 환경의 침체라는 전반적인 업계 상황과 동떨어질 수는 없던 것이다. K팝이 세상을 지배하는 것과 별개로 KBS 〈뮤직뱅크〉 MBC 〈쇼! 음악중심〉 SBS 〈인기가요〉 같은 프로그램들이 시청률 1퍼센트의 벽과 싸우고 있는 것과 마찬가지 상황이라고나 할까. 어쩌면 그런 괴리감이 20년째 같은 일을 해오면서 느낀 절망감의 근원이라 볼 수도 있겠다.

조심스런 얘기지만, 개인적으로는 코로나19가 회사를 그만둔 후에 터져서 정말 다행이라고 생각한다. 회사를 그만두던 즈음 이런저런 내적 외적 갈등이 있었지만, 그 과정 중에 코로나19가 터졌다면 책임감 때문에라도 이러지도 저러지도 못한 채 주저앉았을 것만 같다. 그때만 해도 코로나19가 1년 이상 갈 것이라 그 누구도 예상하지 못했다. 칸국제영화제건 부산국제영화제건 한두 달 연기해 개최하자는 논의를 하던 때였다. 그처럼 최소 6개월에서 최대 1년 안정세를 찾을 때까지 어떻게든 직장을 지키려 했을 것 같다, 라고 쓰고 보니 정말 그때 그만두길 잘했다는 생각뿐이다. 영화 개봉이나 영화제 개최 등이 사실상 흐지부지한 상태로 이전과 다르게 이어지고, 매체로서도 딱히 뭔가 할 수 없는 시간들이 계속됐다. 2년이 넘도록 이런 무력한 시간을 보내게 되리라고는 그 누구도 예상하지 못했을 것이다. 여전히 회사에 남은 이들이 걱정되고 궁금하긴 하지만 그건 때려 친 사람이 상관할 바가 아니다. '때려 쳐야 하는 이유'에는 그것까지 포함되기 때문이다. 때려 치는 순간 이후의 일만 생각하면 된다. 오히려 그것이 유튜브를 시작할 수 있는 기회를 만들어줬다고 생각한다. 성철 스님과 달리 이제는 그 스님의 이름을 거론하기 좀 애매해졌지만, 다른 한 스님이 얘기한 것처럼 '멈추면, 비로소 보이는 것들'이 생각보다 훨씬 많다.

당신의 첫 직장은?

주성철

<키노>

영화 팬들이라면 누구나 기억할 MBC 라디오 <정은임의 FM 영화음악>에서 영화를 소개하고, 그전에 영화잡지 <로드쇼>를 이끌었던 정성일 평론가의 열혈 팬으로서 그가 편집장으로 있던 <키노>에서 일하게 된 것만으로도 '성덕'이 된 기분이었다. 물론 그때의 일상은 지금도 믿기지 않는다. 거의 매일 밤을 새며 기자들이 마치 합숙하듯 똘똘 뭉쳐 글을 써나가던 날들이었다. 일을 하면 할수록 이상과 현실 사이에서 치열하게 갈등하던 때이기도 하였으나, 이제 와서 그런 기억까지 남들 보라고 쓰고 있으니 그냥 좋았던 시절로 남겨두련다.

이화정

애니메이션 제작, 배급, 수입사

계열사인 출판 쪽 '기자' 시험을 봤는데 정작 애니메이션 수입, 기획 파트에서 채용 연락이 왔다. 회사가 영상 분야까지 사세를 확장하는 때였다. 대표님이 말하던 직원 채용 기준이 떠오른다. "오타쿠는 안 돼." 엄연히 회사인데 일을 해야지 제 욕심 차리면 되나, 대략 이런 의미. 암요! 동의의 뜻으로 예를 한껏 갖춰 고개를 세차게 끄덕였다. 그렇게 덕력을 위장한 채 무사 입사. 출근해서 매일 '보카시' 처리 하지 않은 원본 그대로의 <슬램덩크> <세일러문> <포켓몬스터> <천공의 성 라퓨타> 등을 닥치는 대로 골라 봤다. 천국이었다. 만화방이나 비디오방에 취직했다는 이야기가 아니다.

김도훈

집 앞 어린이 영어교실

내가 "삭스"라고 하면 "티쳐. 노노. 속스! 속스!"라고 외치던 뉴질랜드 출신

꼬맹아. 이젠 '속스'를 스스로 쑥쑥 신는 나이가 되었겠구나. 영화도 속속들이 잘 챙겨보는 어른이 됐길 바라.

김미연
MBC
MBC가 드라마 왕국, 예능 왕국이라 불리던 2000년에 MBC에서 PD로서 첫발을 내딛었다. 당시 대한민국 최고 예능 <일요일 일요일 밤에> 막내 조연출이었는데 하루는 행정팀에서 콜이 왔다. 달려가 보니 엄마가 회사로 "거기 김미연이라는 아이가 출근하는 거 맞냐"라고 확인 전화를 하셨댄다. 하도 집에 안 들어오니(그날이 일주일이 되어가던 날이었다) 내가 어디선가 신나게 놀고 있다고 생각하신 거 같다. 집에 좀 들어가라는 핀잔 아닌 핀잔을 들었지만 그렇게 나의 근무 상태를 확인하신 우리 엄마는 그 이후 다시는 회사에 확인 전화 같은 건 하지 않으셨다.

배순탁
강앤뮤직
음반사 다니면서 회사 돈으로 미뎀MIDEM 참석을 위해 칸(깐느)에만 세 번 갔다. 영어를 할 줄 안다는 이유에서였다. 2007년이 되어 이제는 그만하자 싶어 한 달 쉬려고 퇴사했는데 귀신같이 MBC에서 작가 제의가 들어와 딱 일주일 쉬고 라디오 작가 일을 시작했다. 지금의 배순탁을 있게 해준 바로 그 순간이다.

2.

시네필 시대의
낭만과
사랑

작은 틈새의 기억

이화정

'애개, 거우 이런 화면이었어?'

너무 많은 말을 들은 터라 이미 본 듯한 영화. 아름다운 영상이 펼쳐질 거라 기대했는데, 눈이 부시다던 삿포로의 눈밭은 영화 내내 거무튀튀했고 이내 은갈치 빛을 내며 지지직거렸다. 그때까지 한 번도 가보지 못했던 하얀 눈의 고장 삿포로가 시시해지는 순간이었다. 아마 처음 복사본을 본 사람은 새하얀 설원을 그대로 보았겠지. 하지만 우리가 시네필들의 필감작으로 입소문 난 〈러브레터〉[1995]를 모여 본 그곳은 불법 복제한 비디오테이프를 상영하는 영화 소모임이었고, 나는 이미 손에 손을 거쳐 상영되어 명을 다해 가는 비디오테이프와 만난 대략 100번째 관객이었다.

그렇게 영화 전체의 1/3쯤은 형체를 분간하기 힘들 정도로 조악한 화질을 참고 보면서도, 나는 연신 흐르는 눈물을 소맷부리로 닦아내야 했다. 눈물의 성분은 이랬다. 세기에 한 번 나올까 말까 한 이와이 슌지의 감수성이 8할, 마침 청춘기를 지나고 있던 내 감수성이 1.5할 정도, 그리고 나머지는 장차 멜로 영화의 클래식이 될 영화를 이런 말도 안 되는 환경에서 맞닥뜨린 당혹감……. 그게 작지만 강하게 서러움을 자아냈던 것 같다.

와타나베 히로코(나카야마 미호)가 죽은 연인을 그리워하며 "오겐키데스카!" "와타시와 겐키~!" 외치던 그 하얀 설원을 커다란 스크린에서 제대로 본 건 그로부터 한참이 지난 1999년 11월의 일이었다. 1995년 작인 〈러브레터〉는 영화깨나 본다는 이들은 모두 알음알음 수소문해 본 뒤에야 마침내 극장에서 상영되었다. '재개봉'이 아니라 '정식 개봉'이었다. 얼마 전, 한중일 3국 협력사무국에서 3국 콘텐츠 교류의 일환으로 〈러브레터〉, 〈스왈로우테일 버터플라이〉[1996] 등 이와이 슌지 작품의 프로듀서로 활동했던 가와이 신야 씨를 한국에 초대했었다. 그때 토크 행사를 진행하며 나의 〈러브레터〉 불법 관람 경험을 무용담처럼 늘어놨던 기억이 난다. 일본에서 1995년에 개봉한 영화가 4년이 지나 한국에서 정식 개봉한 뒤 엄청난 흥행을 거두며 한국 팬들에게 그토록 열렬히 소구될 줄은 가와이 신야 씨도 감독인 이와이 슌지도 몰랐다고 한다.

지금부터 바로 그 세기 전 이야기를 잠깐 전하려 한다. 1998년 10월 이전에는 일본 문화 소비가 금지였다. 영화도 예외가 아니었다. 상상이 잘 안 가겠지만 해외여행 자유화가 되기 전이었고, 비행기 뒷자석에 무려 흡연석(!)이 있던 시절이었다. 그러니까 이 이야기는 어디까지나 왕가위 감독의 〈중경삼림〉¹⁹⁹⁴에서처럼 비행기가 홍콩 시내 카이탁공항에 착륙하던 케케묵은 시절의 이야기다. 그땐 공개 석상에서 가수가 일본 노래를 부르는 것도, 일본 영화를 보는 것도, 일본 책을 읽는 것도 다 불법이자 논란이었다. 하지만 영화 〈레토〉²⁰¹⁸에서 구소련의 청춘들이 데이비드 보위, 이기 팝, 믹 재거의 음악을 몰래 흡수하던 것처럼 엑스세대로 통칭되던 우리는 이미 금지된 일본 영화와 만화의 세계에 몰래 접근하고 있었다.

한일 문화 교류가 급물살을 탄 건 고^故 김대중 대통령 재임 기간에 이르러서였다. 10월 1차 개방에 앞서 4월 "일본 대중문화 개방에 두려움 없이 임하라"라는 대통령 발표문이 있었다. 그전까지 정부는 일본 문화를 개방했다가 우리 문화가 잠식당할까 봐, 무분별한 개방으로 자칫 저질 콘텐츠가 유통될까 봐 두려워했다. '왜색'은 농도의 정도를 나타내는 '짙다'라는 표현과 호응을 이루었고, 결국 2005년에 이르러 완전히 개방되기까지 행여나 나쁜 콘텐츠에 '물들지 않도록' 1차, 2차, 3차, 4차 순차적으로 개방이 이루어졌다. 영화의 경우 상업 영화에 앞서 칸, 베니스, 베를린 등 국제영화제 수상으로 작품성 인증 마크를 얻은 작품이 먼저 수입되었다. 공식 수입 1호 작품은 기타노 다케시가 연출한 〈하나-비〉¹⁹⁹⁸였다. 하필 그즈음 개봉한 수상작들이 다 그랬다. 폭력의 미학을 실험하던 기타노 다케시의 〈하나-비〉, 〈소나티네〉¹⁹⁹³ 같은 작품에 이어 선정성으로도 할 말이 많은 오시마 나기사의 〈감각의 제국〉¹⁹⁷⁶ 같은 작품이 연달아 도착을 했다. 아마 정부도 허가 의도를 빗겨난 결과에 꽤나 난감했을 거다. 하지만 우려처럼 일본 문화에 순식간에 잠식되는 일은 물론 없었다.

영화기자 일을 시작하기 전에 첫 직장으로 애니메이션 제작·수입사에서 근무했었다. 일본 문화 콘텐츠가 제대로 유통되지 않던 시절에 업무를 핑계로 각종 일본 콘텐츠들에 접근할 수 있었다. 한 작품 한 작품이 고픈 영화, 애니메이션 마니아들에게는 그야말로 최적의 직장이었다. 당시 "애니메이션도 곧 개방된다"라는 말이 '카더라'처럼 회사 내에 떠돌았다. 창고에 쌓인 화제의 작품이 대중에게 소개되어 실무자로서 활약하게 될 그날을 모두가 꿈꾸고 바라던 시기였다.

당시 내 주요 업무 중 하나는 곧 도래할 일본 문화 개방에 맞춰 이 작품들을 어떻게 상영할지에 대한 기획서를 쓰는 것이었다. 디즈니 애니메이션이 인기를 얻고 있었고, 한국도 성인 관객을 타깃으로 한 창작 애니메이션에 한창 투자하던 시기였다. 출근하면 자리에 앉아 "애니메이션은 더 이상 아이들의 전유물이 아니다. 지브리사의 애니메이션은 디즈니사의 작품처럼 성인도 즐길 수 있는 수준 높은 작품⋯⋯"이라고 그럴싸하게 기획서의 초안을 써 내려갔다. 〈바람계곡의 나우시카〉[1984], 〈천공의 성 라퓨타〉[1986], 〈이웃집 토토로〉[1988] 같은 지브리 애니메이션을 언급할 때는 좋아라 심장이 쿵쾅거렸다.

문제는 '곧' 내려진다던 상영 허가가 좀체 떨어지지 않았다는 점이다. 나는 매일 계획만 한참 하다 퇴근하고, 다음 날 다시 계획하고 퇴근하고를 반복해야 했다. 그렇게 거의 모든 업무가 지지부진하게 '플랜'에만 머무르던 때라 초조함도 늘어갔다. 23번 버스를 몰며 시를 쓰고 삶의 밸런스를 훌륭하게 유지하는 〈패터슨〉²⁰¹⁶의 패터슨 씨(아담 드라이버)처럼 매일의 반복이 일상의 루틴이자 시가 되는 삶이었으면 좋았겠건만. 나는 도래하지 않을지도 모르는 시간을 향해 계획표를 짜는 것이 그렇게 갑갑할 수가 없었고, 스스로도 놀랄 만큼 어느 날 갑자기 사표를 던지고 퇴사했다.

퇴사 전 그곳에서 보았던 블록버스터급 이미지 중 하나는 산처럼 쌓인 해적판 무더기였다. 정식 수입이 허가되지 않은 작품들의 해적판이 시중에 대량 유통되고 있었는데, 해적판 대량 수거의 날에 경찰과 출판 담당자들이 조를 이루어 불시에 판매처를 습격해 수거한 책들을 회사 앞마당에 쌓아두었다. 그렇게 수거한 책들은 전량 소각될 예정이었다. 직원들 대다수가 덕업이 일치된 삶을 살았으니 좀 아까운 마음을 느꼈다가도, 이내 불법 해적물에게 안녕을 고하고 돌아섰던 기억 한 토막.

시간이 흘러 미야자키 하야오 감독이 신작 〈바람이 분다〉²⁰¹³를 공개했을 때 기자 신분으로 도쿄에 있는 지브리 스튜디오에 가서 하야오 감독과 정식으로 인터뷰를 하며 격세지감을 느꼈다. 이제는 아예 넷플릭스에서 지브리의 애니메이션을 서비스하고 있어, 클릭 몇 번으로 최상 퀄리티의 작품을 원하는 장소에서 볼 수 있다. 판권 허가에 까다로운 지브리사에 넷플릭스가 어마어마한 판권료를 지불했다는 후문이 들려온다. 얼마 전 내가 진행하는 영화 소모임에 갔더니 "넷플릭스를 통해서 지브리 애니메이션을 처음 봤다"고 말하는 사람도 만났다. 세상이

변하면서 저마다 작품을 접하는 통로가 이토록 자유롭고 다양해졌다.

　　　문득 사회 초년병 시절 사무실에 앉아 언제가 될지도 모를 작품들의 상영 날을 그리며 그럴 듯한 말로 채워진 기획서를 쓰고 고치고 반복했던 내 모습이 떠오른다. 많은 것들이 막혀 있던 시절, 작은 틈새로 콘텐츠를 만끽하던 그때의 희열에 관한 이야기다.

나의 첫 19금 영화

김미연

초등학교 6학년 때였던 것 같다. 어느 날 TV 아래 놓여 있던 거실 서랍장을 열어보니 정체를 알 수 없는 비디오테이프 몇 개가 보였다. 한창 홈비디오가 각 가정에 보급되던 시기였다. 극장 상영이 끝난 영화가 비디오테이프로 재생산되었다. 서랍에서 발견한 비디오테이프에는 "푸른 산호초"라는 제목과 더불어 급하게 가릴 데만 가린 것 같은 금발 남녀의 사진이 붙어 있었다. 갑자기 손이 덜덜, 침이 꼴깍. 시계를 보며 엄마가 돌아올 시간을 재빨리 계산한 후 TV 아래 납작 엎드려 있는 플레이어에 비디오테이프를 밀어 넣었다.

결론부터 말하자면 아무것도 모르던 꼬마가(그때는 중학교에나 가야 제대로 된 성교육을 받

던 시절이었다) 〈푸른 산호초〉¹⁹⁸⁰를 본 것이다! 혹여 〈푸른 산호초〉라는 영화를 모르는 분이 계실지 몰라 간단히 말씀드리자면, 〈푸른 산호초〉는 당시 초딩들이 유행처럼 갖고 다니던 코팅 책받침을 점령한 여신 삼인방 브룩 실즈, 피비 케이츠, 소피 마르소 중 금발의 여신 브룩 실즈 님이 무려 15세 나이에 촬영한 청소년 관람불가 영화다. 원제는 "The Blue Lagoon"이고 원제 그대로 "푸른 산호초"라는 이름으로 국내 개봉했다. 당시 엇비슷한 청불 영화들처럼 "아무도 없는 섬에서 단둘이"라든지 "푸른 무인도의 불타는 밤"같이 요상하게 제목을 바꾸지 않은 점도 지금 생각하면 쿨내 나는 포인트다.

아무튼 영화가 시작되고 몇 분간은 '이 영화가 왜 청소년 관람불가라는 거지?'라고 생각했을 정도로 매우 별(?) 내용이 없었다. 그런데 아니 이게 웬걸 이야기가 점점 전개되면서 헐……! 6학년 초딩의 입틀막이 시작되었다. 아직 초경을 하지 않은 6학년 초딩에게 애멀라인(당시 실즈 언니가 맡은 역할)이 호수에서 유영하다가 초경을 시작하는 장면이 얼마나 큰 충격이었겠는지 상상해보시라. 룰루랄라 호수에서 유영하다가 갑자기 주변에 퍼진 빨간 핏물을 보고 비명을 지르는 애멀라인. 영화 〈죠스〉¹⁹⁷⁵를 본 뒤 상어 트라우마가 상당하던 초딩은 그 순간 "죠스가 나타나면 어떡해!!!" 말도 안 되는 두 영화의 컬래버레이션을 상상하며 소름이 돋았던 기억이……. (지금도 난 영화 〈죠스〉 때문에 바다에서 수영하는 것이 너무 무섭다. 끙.)

쭉쭉 뻗은 팔다리와 15세의 나이라 믿을 수 없는 글래머러스한 몸매. '저 언니는 저 영화를 촬영할 때 정말 창피했겠.

많은 사람들 앞에서 저렇게 홀딱 벗다니…….' 그 와중에 이런 생각을 했던 사춘기의 나. 아무튼 그 당시 내 성교육 수준에서는 그 영화가 19금이 아니라 39금에 맞먹는 충격을 주었다. 하지만 〈푸른 산호초〉가 그런 성적인 코드로만 호기심을 자극하는 영화는 아니었다. 세기에 한 번 나올까 말까 하다는 미녀 브룩 실즈와 다비드상을 연상케 하는 크리스토퍼 앳킨스가 성경에 나오는 에덴동산같이 아름다운 섬에서 어떤 옷보다도 아름다운 나신으로 뛰노는 모습이 어린 나에게도 섹슈얼한 느낌에 앞서 아름다운 느낌으로 다가왔기 때문이다.

이런 나의 감상과는 무관하게 브룩 실즈는 〈푸른 산호초〉로 매년 할리우드 최악의 영화를 뽑는 골든라즈베리시상식에서 최악의 여우주연상을 받게 된다. 하하하. 그럼에도 불구하고 감독 랜달 크레이저는 그로부터 11년이 지난 후 밀라 요보비치가 나오는 〈Return to the Blue Lagoon〉[1991]를 기획하는데, 그걸 보면 그도 (나처럼) 〈푸른 산호초〉에 대한 애정이 각별했던 것 같다. 어쨌거나 지금 생각해보면 어차피 누구나 19금 영화를 처음 접하는 순간이 오는데 그게 나는 초등학교 6학년이었을 뿐이고, 그 영화가 〈푸른 산호초〉였다는 게 뭐 그렇게 나쁜 출발은 아니었다는 생각이 한편 든다.

이렇게 아름다운 영화로 19금 영화의 계보를 연 나에게 19금 영화로 인한 트라우마는 의외로 성인이 되고 나서 찾아온다. 서른이 훌쩍 넘은 내가 다시는 베드신이나 섹스신이 나오는 영화를 볼 수 없게 만든 영화, 바로 〈무법자〉[2010]다. 이렇게 제목까지 다 얘기했으니 그 영화와 관계된 분들이 나를 정말 싫어

할지도 모르겠다. 하지만 이 영화는 대단히 시대착오적이어서 지적하지 않을 수가 없다. 나는 가급적 모든 분들에게 웬만하면 이 영화를 보시지 않길 권하고 싶다. 이 영화를 보고서 한동안 (모든 남자들이 그렇지 않다는 것을 알면서도) 남자들이 무서웠다. 심지어 그 영화를 본 이후에는 어떤 영화건(하물며 로맨틱코미디라도!) 분위기가 묘하게 흐르면서 로맨틱한 장면이 시작되면 머릿속에 남아 있던 그 영화의 잔상이 떠올라 부랴부랴 정지 버튼을 누르곤 했다. 영화 한 편이 내게 얼마나 큰 트라우마를 남겼는지 이해하실 수 있을지.

영화 〈무법자〉는 1990년대 한국을 떠들썩하게 만든 희대의 연쇄살인 조직 '지존파' 사건을 모티프로 한 영화이다. 범죄 스릴러 영화를 좋아하는 나는 망설임 없이 영화를 관람했다. 그런데 〈무법자〉는 군이 이렇게까지 해야 하나 싶을 정도로 강간과 폭행을 적나라하게 묘사했다. 심지어 아주 길게! 왜 그렇게 길게 또 왜 그렇게 폭력적으로 묘사해야만 했을까? 그들의 비인간적인 범죄의 온상을 보여주기 위해서? 그렇게까지 하지 않아도 여성들은 그와 유사한 사건을 머릿속에 떠올리기만 해도 너무 끔찍하고 더러운 기분을 느낀다. 그런데 그토록 폭력에 무참히 희생되는 여성을 전시하듯 긴 시간에 걸쳐 보여줘야 하는 이유는 대체 무엇이란 말인가. 가해자를 중심으로 한 '과시적인' 묘사가 가능했던 이유는 일상에서 성폭력에 노출되어 있는 여성 관객에 대한 이해 부족으로 보인다. 누군가에게는 이러한 과시적인 폭력이 유희가 된다는 점에서 나는 복잡한 트라우마를 겪어야만 했다. 피해자 시점의 이야기를 만들지는 않을지라도, 피해자에게 이런 식으로 또 한 번 상처를 남기는 이야기를 만들어야 하는 당위성을 나는 찾지 못하겠다.

아무튼 나는 그 이후 치명적인 트라우마를 갖게 되었고 나 외에 또 다른 여성이 그 장면을 보지 않기를 진심으로 오랫동안 기도했다. 이와 같은 트라우마를 갖게 되는 사람이 더 생기는 건 너무나 슬픈 일이다. 영화 한 편으로 인해 로맨틱코미디도 있는 그대로 받아들이지 못하는 관객이라니. 그래, 나는 30대 중반에 이 영화를 봤으니 불행 중 얼마나 다행인가. 만약 이 영화를 10대나 20대에 보게 되었었다면? 상상하기도 싫다. 너무나 비극적이다. 이제는 이런 식의 '불행 중 다행'을 이야기하는 데도 지쳤다.

나는 한국 영화를 사랑한다. 한국 영화를 보며 울고 웃으며 자라왔다. 그런데 재미가 있고 없고를 떠나서 그 자체를 부정하게 되는 영화가 있다. 아무리 좋은 의미를 담았다고 해도 일련의 연출로 인해 트라우마가 될 단 한 장면만 관객의 가슴속에 남는 영화가 있다. 그래서 부탁드린다. 폭력이 필요한 장면에서 강한 인상이나 메시지를 전달하고 싶다면 폭력의 전시가 아니라 다른 방법을 조금 더 연구해주시길. 한국 영화를 사랑하는 한 사람의 관객으로서 부탁드리는 바다. 19금 영화라고 해서 모든 표현이 허락되는 것이 아니다. 성인에게도 보호받아 마땅한 감수성이 있으므로.

꿈도 꾸지 마셨어야 합니다 어머니

김도훈

 부산 집에 내려가면 종종 이런 대화가 펼쳐진다. 내가 최근 한국 미술가의 작품이 얼마에 팔렸는지를 엄마에게 말한다. "그니까 내가 미대 간다고 했을 때 그냥 보냈어야지. 뭔 생각으로 말렸수?" 엄마는 항변한다. "나는 니가 서울대 법대는 갈 줄 알았지." 아마 그 말에는 '영화잡지사 들어가서 최소 생활비나 벌면서 일할 줄은 꿈에도 몰랐지'라는 문장이 포함되어 있을 것이다. 뭐, 그런 시절이었다. 요즘은 부모들의 옵션도 다양해졌다. 예쁜 아이는 아이돌, 건강한 아이는 운동선수, 똑똑한 아이는 스타트업 사업가로 키울 수 있을 것이다. 그 시절 부모들은 자식을 의대 아니면 법대에 보내고 싶어 했다.

나로 말하자면 깨진 와인잔 조각에 손을 살짝 베어 피가 햄스터 오줌만큼만 나와도 기절할 것 같아 자리에 주저앉는 사람이다. 의대? 꿈도 꾸지 마셨어야 합니다 어머니. 나로 말하자면 뉴스를 보다가 매우 합리적인 판결 소식을 듣고도 "뭐? 그게 법이냐! 사람 위에 법이 있냐!"라고 외치는 약간의 아나키스트 기질이 있는 자유주의자다. 법대? 꿈도 꾸지 마셨어야 합니다 어머니.

나는 미술을 좋아했다. 미술이라는 걸 배운 적이 없는 유아시절에도 혼자서 천장을 바라보며 손가락으로 그림을 그리곤 했다고 한다. 유치원에 들어가기 전까지 내가 가장 좋아하던 장난감은 스케치북이었다. 이상할 정도로 묘사가 세밀한 그림들을 매일 스케치북이 가득 차게 그리곤 해서 외할머니는 그걸 그렇게 지우개로 빡빡 지워댔다. 매일 스케치북을 사는 것은 꽤 부담이었을 것이다. 국민학교에 들어가자 가장 좋아하는 과목은 자연스레 미술이 됐다. 태권도학원과 주산학원과 웅변학원은 매일매일 빼먹고 도망치면서도 미술학원에 가는 시간은 그렇게 좋았다. 재능이 없던 것도 아닌 것 같다. 국민학교 내내 해마다 서울에 올라갔다. 전국 사생대회 참석을 위해서였다. 어린이회관에서 받아 온 트로피만 열 개가 넘어가자 엄마는 그 트로피들을 거실에 모두 진열하는 것을 포기했다.

중학교에 올라가자 미술 선생이 말했다. "너는 보는 눈이 다른 애들이랑 달라. 미술을 하자. 유화는 날고 기는 애들이 많으니까 수채화를 중점적으로 해보자." 방과 후에도 미술 실습을 계속하면서 미대에 가자고 했다. 일찍 아이의 재능을 알아보는 스승이란 정말이지 훌륭한 존재다. 엄마는 말했다. "미술? 미술은 안 돼. 니는 법대에 가야 하는데 무슨 미술이고. 안 된다고 해라." 다음날 그 말을 전했더니 선생은 이미 수백 번은 들어본 이야기라는 듯 무심하게 말했다. "알았다. 됐다. 집에 가라." 나는 그게 딱히 슬프지는 않았다. 어쨌거나 '법대'라는 단어는 매우 고상하게 들렸다. 미래를 내다보기에는 지나치게 어린 나이였다. 미술은 취미로도 충분했다. 외할머니가 "우리 손자는 그림쟁이는 안 된다"라고 말했던 것도 같다. 미술을 하면 영화관 간판이나 그리게 된다고 믿던 시절이었다(아, 당시에는 영화관 간판을 그림으로 그렸다!).

부모님은 큰 실수를 했다. 그들은 내 손에서 붓을 꺾었다. 하지만 그들은 이미 내 유년기부터 다른 형태의 예술을 아무 생각 없이 주입하고 있었다. 영화였다. 부모님은 스스로 소리 내어 말하지 않았지만 영화를 사랑하는 사람들이었다. 내가 태어나서 처음으로 본 영화는 1980년대 유년시절을 보낸 사람들이라면 잊지 못할 할리우드 영화 〈벤지〉[1974]였다. 똑똑하고 용감한 강아지를 주인공으로 한, 이를테면 '반려견 주인공 영화'의 어떤 출발점이었다. 미국에서도 대히트를 한 그 영화는 1970년대 후반에 한국에서도 개봉해서 큰 화제를 모았다. 엄마는 말을 갓 시작한 나를 안고 〈벤지〉를 보러 갔다. 나는 칭얼거림도 없이 뚫어지게 영화를 봤다고 한다. 마지막 장면에서 벤지가 "멍! 멍!" 하고 짖자 나도 카랑카랑한 소리로 "멍! 멍!" 하고 소리를 질렀다. 극장에 있던 사람들 사이에서 폭소가 터졌다. 물론 나는 그걸 기억하기에는 지나치게 어린 나이였다. 이 이야기는 오로지 엄마의 증언에 따른 것이다.

내가 기억하는 첫 번째 영화 관람은 1984년 작 〈인디아나 존스 2: 마궁의 사원〉이다. 엄마는 그 영화가 어찌나 보고 싶었는지 국민학교 저학년생인 내 손을 잡고 극장에 갔다. 사실 그 영화는 당시 검열 제도로 따지자면 미성년자 관람불가였어야 마땅했다. 하지만 엄마는 사람의 가슴을 손으로 갈라서 심장을 빼는 장면이 있는 영화를 아이와 보러 가야 할 정도로 영화를 좋아하는 사람이었다. 나는 아직도 캄캄하고 쥐가 뛰어다니는 소리가 들리는 듯한 어두운 극장에서 스티븐 스필버그의 놀라운 모험담을 보던 기억이 생생하다. 아날로그 특수효과로 만들어낸 광산차 추격 장면이 시작되자 정말이지 기절할 것 같았다. 그런 것은 예전에 단 한 번도 본 적이 없었다. 나는 그것이 특수효과로 만든 인공적인 장면이라는 걸 깨달을 정도로는 영리했다. 그러나 그것이 어떤 방식으로 만들어진 것인지는 도무지 유추할 수가 없었다. 당시에는 영화의 정보를 알 수 있는 경로가 극장에서 나눠주는 전단지뿐이었다. 유일하게 내가 기억에 새겼던 것은 감독의 이름이었다. 스티븐 스필버그. 어머니 맙소사. 당신은 훗날 사춘기를 통과할 저에게서 앤디 워홀이 될 가능성을 제거했지만 대신 스티븐 스필버그를 하사하셨습니다. 미대 대신 법대? 그럴 가능성은 어머니가 직접 없애셨습니다.

〈인디아나 존스 2〉를 본 순간부터 나는 이르게 영화광이 됐다. 〈주말의 명화〉는 절대 놓치지 않았다. 영화를 밥 먹는 것처럼 습득했다. 영화광 꼬맹이에게 남은 다음 프로젝트는 '혼자 극장에 가기'였다. 이건 정말 쉬운 일이 아니었다. 1980년대에는 국민학생이 홀로 시내버스를 타고 시내에 나가는 일이 거의 없었다. 〈인디아나 존스 2〉를 본 이듬해, 나는 TV에서 영화 광고 하나를 보고는 완전히 홀려버렸다. 〈고스트 버스터즈〉[1984]였다. 아무리 생각해도 엄마가 이걸 보러 함께 극장에 갈 것 같지가 않았다. 나는 모든 것을 치밀하게 계획했다. 극장에서 영화 한 편을 보는 가격은 1,000원이었다. 국민학생 버스비는 50원이었다. 버스 안내양이 있던 시절이니 100원짜리 동전을 내면 50원을 거슬러 줄 터였다. 나는 용돈을 모아 1,100원을 마련했다. 관람료와 교통비는 해결이 될 터였다. 영화 시간을 대충 맞춘 나는 버스를 탔다. 어럽쇼. 안내양이 없었다. 그사이에 정부는 버스 안내양이라는 직업을 없애버리고 대신 기사 옆자리에 돈 통을 설치했다(자동화 시대의 시작이었다). 말을 하면 기사가 거스름돈을 내주기는 했다. 나는 그 사실을 전혀 몰랐다. 기사가 말했다. "야야 탈끼가 말끼가." 나는 아무 말 없이 버스에 오르면서 100원짜리 동전을 돈 통에 넣었다. 버스는 달리기 시작했다. 영화를 보고 집으로 돌아오는 건 이제 불가능한 일이 되었다. 나는 용기를 냈다. 걸어서 오면 된다. 어쨌든 나는 태어나서 처음으로 버스를 혼자 탔다. 영화도 혼자 볼 것이다. 각오는 비장했다.

　극장에 도착하자 나는 주저앉고 말았다. 1,000원이 아니었다. 그사이 영화 관람료는 1,000원에서 1,200원으로 올랐다. 나는 완벽하게 잘못된 계획을 세웠다. 그리고 그 계획은 이제 나를 영화도 보지 못한 채 무려 1,000원을 버스비로 내고 집에 돌아가는 패배자로 만들 차였다. 나는 극장 앞 계단에 앉았다.

서러운 표정을 하고 앉았다. 한두 시간이 흘렀다. 여대생으로 보이는 20대 여자가 말을 걸었다. "너 왜 그렇게 앉아 있어 여기?" 나는 눈물을 터뜨렸다. 엉엉엉 소리 내어 울었다. "영화를 보러 왔는데 1,000원밖에 없어요." 그는 나에게 말했다. "누나가 보여줄게. 같이 들어가자." 그는 영화비를 대신 내고 나를 극장 자리에 앉힌 다음 아이스크림을 하나 사 들고 왔다. "누나는 다른 사람이랑 영화를 봐야 하니까 이거 먹으면서 영화 잘 보고 돌아가." 나는 또 울었다. 〈고스트 버스터즈〉는 정말이지 재미있었다. 그 이후로 나는 할리우드만이 유일한 꿈의 공장이던 시절의 영화들을 혼자서 보러 다니기 시작했다. 혹시나 모를 상황에 대비해서 언제나 주머니에는 2,000원 정도가 있었다.

　　마침내 온 가족이 함께 영화를 보러 갔다. 1987년 즈음이었을 것이다. 아버지가 어느 날 갑자기 "영화를 보러 가자"고 했다. 엄마와는 달리 함께 영화를 보러 가는 일이 거의 없던 양반이라 꽤 설렜던 것도 같다. 당시 마산에는 태양극장이라는 낡은 극장이 있었다. 최신 영화들은 시민극장과 중앙극장에서 상영했다. 태양극장은 재개봉 전문관이었다. 극장 건물 자체가 고딕적으로 음산했다. 그게 어울리게 항상 뭔가 무서워 보이는 영화를 상영하는 곳이었다. 아버지와 어머니, 나와 남동생은 극장에 들어가 앉았다. 영화가 시작되자 나는 완전히 공포에 질려버렸다. 우주왕복선이 우주에서 발견해 지구로 공수한, 옷을 한 오라기도 걸치지 않은 여자가 갑자기 사람들의 정기를 빨아먹으며 돌아다니기 시작했다. 정기를 빨린 사람들은 좀비처럼 바싹 마르고 뒤틀린 채 죽었다. 그녀는 영화 내내 옷을 하나도 입지 않고 런던 시내를 돌아다녔다. 마지막 장면에서는 역시나 옷을 하나도 입지 않은 남자 주인공이 그녀를 안고 섹스를 하다가 긴 칼로 서로의 몸을 꿰뚫어 버렸다. 영화가 끝나자 부모님은 아무 말도 없었다. 동생은 그 모든 걸 이해하기에 지나치게 어렸다. 태어나서 처음으로 극장에서 미성년자 관람불가 등급의 나체와 섹스와 피가 넘쳐나는 호러 영화를 본 나는 순식간에 어른이 됐다. 나중에 알고 보니 "뱀파이어"라는 제목으로 개봉했던 영화는 〈텍사스 전기톱 학살〉[1974]로 유명한 토브 후퍼의 〈라이프 포스〉[1985]였다. 지금도 B급 영화광들이 열광하는 컬트 영화 중 하나다. 절대 부모가 10대 초반의 아이들을 데리고 볼 만한 영화가 아니라는 건 그때나 지금이나 명백하다.

어느 날 〈주말의 명화〉에서 데이비드 린의 〈아라비아의 로렌스〉[1962]를 방영했다. 세 시간이 넘어가는 그 영화를 나는 숨도 쉬지 못하고 봤다. 갑자기 주인공이 촛불을 불어서 끄자 사막의 여명 장면으로 화면이 바뀌었다. 그 순간 나는 처음으로 깨달았다. 이것이 영화구나. 이것이 편집이구나. 촛불을 불어서 끄는 장면 뒤에 사막 장면을 이어서 붙인 것이구나. 세상에서 가장 위대한 비밀을 알아챈 것처럼 가슴이 쿵쾅쿵쾅 뛰기 시작했다. 아마도 그 순간에 나는 알았던 것 같다. 나는 아마도 영화에 관련된 일을 하게 되겠구나. 마침내 나에게는 꿈이 생겼다. 영화가 너무 길다며 부엌에서 설거지를 하던 어머니도 꿈을 꾸고 있었다. 공부를 곧잘 하는 큰아들이 서울대 법대에 가리라는 꿈을. 사막의 여명처럼 헛된 꿈을.

아빠와 우뢰매

배순탁

 지금은 세상에 없는 내 아빠(아버지라고 부른 적이 거의 없으므로 아빠라고 적는다)는 클래식 마니아였다. 우리가 가곡이라고 부르는 음악도 좋아했다. 노래를 잘하는 편은 아니었다. 내 기억에 음치는 아니었지만 그렇다고 어디 가서 뽐낼 만한 가창력을 들려주신 적도 없었다.

노래는 차라리 엄마가 잘했다. 성가대에서 조수미라도 빙의된 듯 고역으로 쭉 치고 올라갔다. 듣기에 나쁘지 않았다. 객관적으로 봤을 때 내 실력은 부모님의 중간 정도다. 유전자는 역시 위대하다. 거짓말하지 않는다. 완전 소름이 끼칠 수준이다.

이런 아빠에게 이끌려 단자리 숫자 나이일

때부터 세종문화회관이라는 곳엘 갔다. 그것도 정말 많이 갔다. 턱시도를 차려 입고, 나비넥타이를 매고 갔다. 나처럼 번듯하게 차려 입은 아빠는 정말이지 엄숙한 얼굴로 클래식 연주를 끝까지 감상했다. 아니다. 정확하게 말할 필요가 있다. 나는 아빠가 집중의 끈을 놓지 않았는지 어쨌는지 기억하지 못한다. 첫째로 너무 자주 졸았고, 둘째로는 거의 40년이 다 된 추억인 까닭이다.

　여기까지 읽었다면 당신은 아마 오해할 수 있을 것이다. 배순탁 씨의 아빠는 되게 엄격한 분이셨겠구나 추측할 확률이 높다. 전혀 그렇지 않다. 자랑은 아니고 내 아빠는 정말 착한 사람이었다. 인생 전체에 걸쳐 대부분의 시간 동안 친절했고, 유머 감각을 잃지 않았다. 그는 진정한 의미에서 따뜻한 사람이었다. 대상이 친척이든 이웃이든 나눠주는 행동으로부터 행복을 느낄 줄 아는 사람이었다. 그랬던 아빠에 비한다면 그가 낳은 아들은 과연 형편없다. 이거 참, 뭐로 보나 낙제점이다.

　비단 세종문화회관만은 아니었다. 나는 아빠의 손을 잡고 호텔에도 갔다. 1980년대에 서울에서 유명한 호텔은 아마 다 가봤을 것이다. 호텔 관련한 추억하면 떠오르는 게 하나 있다. 아빠의 직업은 회사와 회사를 연결해주는 프리랜서 무역 중개인이었다. 아빠의 고객은 대개 미국인이거나 사우디아라비아인이었다. 어린 마음에 '코 진짜 크다'라고 생각했던 게 기억난다. 아빠가 벼락치기 해준 영어를 어떻게든 외워서 인사한 뒤 호텔 식당에 함께 앉아 고오급 스테이크를 먹었다. 낯설고, 어려웠지만 문제는 없었다. 이유는 뻔하다. 스테이크를 먹을 수 있었기 때문이다.

해외에서 온 손님을 맞이해야 하는 경우가 잦은 만큼 아빠는 출장 역시 수시로 갔다. 1980년대였다. 인천공항은 있지도 않은 그 시절 나는 엄마의 손을 잡고 김포공항으로 향했다. 귀국하는 아빠를 맞이하기 위함이었다. 그곳에서 엄마가 사준 햄버거를 (한 개로는 부족하니까 어떻게든 졸라서 두 개) 먹으면서 아빠가 나오기를 기다렸다. 돌이켜보면 당시 스테이크와 햄버거는 2022년 기준으로 한참 모자란 퀄리티였다. 스테이크는 얇디얇았고, 햄버거 패티는 차라리 햄에 가까웠다. 그러나 그때는 그게 외식의 정점이었다. 있어도 먹기가 쉽지 않았다.

지금부터 본론이다. 사실 아빠와 가장 자주 간 곳은 따로 있다. 바로 세종문화회관 별관이었다. 1991년 서울시의회 본관으로 바뀐 이곳에서 셀 수 없이 많은 영화를 봤다. 대부분 아동을 대상으로 하는 영화였다. 그중 최고는, 나와 비슷한 엑스세대(아아 기어코 이 단어를 쓰고야 말았다)는 다 알겠지만 〈우뢰매〉[1986]였다. 나는 세종문화회관 별관에서 〈우뢰매〉 시리즈를 3탄 혹은 4탄까지 봤다. 내 옆자리에는 언제나 아빠가 있었다.

일단 까놓고 말해볼까. 〈우뢰매〉는 엉망진창인 영화다. 이걸 영화라고 정의하는 게 영화 예술에 대한 모욕이 되지 않을까 우려될 만큼 〈우뢰매〉는 영화라고 말하기조차 힘든 영화다. 완성도는 처참하고 처음부터 끝까지 표절 아닌 구석을 찾기가 어려울 지경이다.

알다시피 〈우뢰매〉의 주인공은 코미디언 심형래가 맡았다. 당시 그는 영구라는 캐릭터로 일세를 풍미하는 중이었다. 초등학생치고 그를 좋아하지 않는 아이가 없었다. 당시 〈우뢰매〉를 본 아이들은 모두 자기가 심형래가 연기한 에스퍼맨인 줄 착각하고 살았다. 쫄쫄이를 입고 하늘을 마음껏 누비는 상상에 푹 빠졌다.

이게 대체 특수촬영인지 애니메이션인지 종잡을 수 없는 화면 따위는 상관없었다. 미니어처를 이용해 대충 때운 장면도 셀 수 없이 많았다. 그랬다. 〈우뢰매〉는 볼 만한 가치가 있는 영화가 전혀 아니었다. 그런데도 내 주위의 모든 아이가 봤다. 〈우뢰매〉는 가히 당대의 '난 알아요' 같은 존재였다.

물론 어린 시절 〈우뢰매〉를 처음 봤을 때 이런 생각을 했을 리 없다. 앞서 강조했듯 도리어 열광했다. 아니, 정확하게 말할 필요가 있다. 우뢰매와 에스퍼맨도 좋았지만 내 눈길을 사로잡은 건 에스퍼맨의 파트너인 데일리, 즉 배우 천은경 씨였다.

아아. 그것은 첫사랑이었다. 이뤄질 수 없는 사랑이기도 했다. 세상에서 가장 섹시한 쫄쫄이를 입고 있는 그 모습을 바라보면서 나는 당장 나이를 먹고 20대가 되어 천은경 씨를 찾아가 고백하고 싶어졌다. 장담한다. 당시 초등학교 남자애들 모두 나와 똑같은 생각을 했었을 거라고 확언할 수 있다.

이제 나는 아빠에 대해 생각한다. 내 옆에서 그가 어떤 기분으로 〈우뢰매〉를 감상했을지 머릿속에 그려본다. 마찬가지로 나는 거의 확신할 수 있다. 재미 더럽게 없었을 것이다. 아무리 아들을 사랑한다고 하더라도 이게 대체 언제 끝나나 좀이 쑤셨을 것이다. 그럼에도 아빠는 나와 함께 세종문화회관 별관에서 〈우뢰매〉를 봤다. 금성극장에서는 〈은하에서 온 별똥왕자〉1987를 봤다. 저 유명한 순돌이가 주인공인 영화였다.

〈우뢰매〉와 〈은하에서 온 별똥왕자〉가 내 영화 보기의 밑거름이 되어줬을 리는 없다. 다만, 영화 보는 기쁨이 뭔지를 어렴풋하게나마 알게 해줬다는 점에서 나는 우뢰매와 순돌이에게 감사한다. 돌아가신 아빠의 인내심과 사랑에 감사한다. 뭐가 더 필요하겠나. 이것만으로도 우뢰매와 순돌이의 존재 가치는 적어도 나에겐 충분하다.

홍콩에 두 번째 가게 된다면

주성철

"언제부터 홍콩 영화를 좋아했나?"

누군가 물을 때면 내 대답은 한결같다. 바로 홍콩 소림사 영화들을 봤을 때부터다. 특정한 작품을 기억하는 것은 아니고, 그저 웃통을 벗은 민머리의 남자들이 물을 긷고 불을 때며 질서 있게 열 맞춰 훈련하는 모습이 그렇게 좋았다. 무슨 다섯 살 정도밖에 안 된 꼬마가 그런 삼청교육대스러운 획일화된 장면을 좋아했냐고 묻는다면, 어렸을 적 저마다 다르게 매혹되어 각인된 영화적 '원체험'이 내게는 바로 소림사 영화였다고 답하고 싶다. 무엇보다 부모를 잃고 어렵게 소림사에 들어간 주인공이 끝내 강시 복장을 한 청나라 관리와 싸워 이겨서 복수를 완성하는 것이 중요했다. 적어도 당시 내게는 남북통일보다 반청 복명이 더 중요한 화두였다. 영화란 결국 누군가가 죽어야 비로소 완성되는 것이었다.

그렇게 소림사 영화를 지나 성룡을 만나 즐거운 한때를 보낸 뒤(이소룡은 나보다 이전 세대임을 밝혀둔다), 드디어 주윤발을 만나게 됐다. 〈영웅본색〉¹⁹⁸⁶의 주윤발은 그야말로 신선한 충격이었다. 위조 지폐를 태워 담뱃불을 붙이고 성냥개비를 질겅질겅 씹던 그의 등장은 홍콩 영화계에 있어 중요한 단절의 순간이었다. 과거 쇼 브라더스 ^{Shaw Brothers}의 대스타 적룡의 컴백과 신인 장국영의 약진도 주목할 만한 일이었으나, 그 사이에서 가장 주목받은 사람은 결국 집도 가족도 없는 '낭만적 루저' 주윤발이었다. 한국 가수 구창모의 '희나리'를 번안한 노래 '기허풍우^{幾許風雨}'가 흘러나오는 가운데 자신의 드라마틱한 과거를 얘기하던 주윤발의 모습, 홍콩을 떠나다가 어쩔 수 없이 친구를 위해 모터보트의 방향을 틀던 의리의 순간은 단숨에 '주윤발 신드롬'을 일으켰다.

그런데 당시 한국에는 오우삼의 〈영웅본색〉도 있었지만 그와 제목마저 비슷한 김용의 《영웅문》도 있었다. 당시 홍콩에서 도착한 1986년의 소설 《영웅문》과 국내에 1987년에 개봉한 영화 〈영웅본색〉은 한국 대중문화의 지형도를 일거에 바꿔놓았다. 2003년 《사조영웅전》을 시작으로 김영사가 정식으로 판권 계약을 맺고 《신조협려》, 《의천도룡기》까지 사조삼부곡^{射雕三部曲}을 출간하기 전 이야기다. 그 당시 고려원은 사조삼부곡 삼부작을 《영웅문》으로 이름을 바꿔서 출간했고, 그와 동시에 소설 부문 1위에 올랐다. 중요한 것은《영웅문》과〈영웅본색〉이 비슷한 시기에 한국에 도착해 폭발적인 인기와 함께 대중의 마음을 움직였다는 사실이다. 당시《영웅문》의 광고 카피는 "기氣를 펴라! 대인大人이 돼라! 웅지를 품은 대자유인大自由人으로 거침없이 인간세人間世를 살아가라!"였고,〈영웅본색〉에서 가장 널리 회자된 대사는 바로 송자호(적룡)가 배신당한 것을 알게 된 소마(주윤발)가 육교에서 신문을 떨어뜨림과 동시에 들려왔던 "강호의 의리가 땅에 떨어졌다"라는 말이었다.

1987년 6월 민주항쟁 이전, 군사독재 정권의 말기에 도착한 두 작품이 전한 자유와 의리의 메시지가 당대 청춘들의 심금을 울리고 억눌린 마음에 불을 지폈다고 하면 지나친 비약일까. 김용의 작품들은 그즈음 여러 대학 도서관 대출 목록에서 언제나 1, 2위를 차지했다. 개봉과 동시에 인기를 끈 것이 아니었던〈영웅본색〉을 재개봉관에서 구해낸 것도 당대 청춘들이었다.《영웅문》과〈영웅본색〉은 당대의 청춘 문학이요 청춘 영화였으며, 김용 유니버스의 상상계로서 무림은 암울한 현실계와 분명히 맞물려 있었다. 그렇게 홍콩에서 온 소설과 영화가 1987년 한국의 억눌린 민중의 함성과 결코 동떨어져 있지 않았다는 얘기가, 나는 결코 과도한 의미부여가 아니라고 생각한다. 아무튼 이런 오래전 얘기를 꺼낸 것은《영웅문》과〈영웅본색〉으로 홍콩에 대한 사랑이 만개하여, 그로부터 한참 세월이 지나《홍콩에 두 번째 가게 된다면》과《그 시절 우리가 사랑했던 장국영》이라는 책을 써서 거창하게 작가라고도 불려본 입장에서 1987년의 한국과 2014년의 홍콩을 교차해서 바라보는 마음이

황망하기 그지없기 때문이다.

　'우산 시위'라는 이름으로 불린, 2014년 9월 27일부터 시작된 홍콩 주민들의 시민불복종 운동은 여전히 계속되고 있다. 시위 전개 과정에서 홍콩 경찰이 최루탄과 최루액, 살수차 등을 이용해 진압을 펼치자 시민들이 지참하고 나온 우산을 이용해 최루액을 막아내면서 '우산 혁명'이라는 이름이 붙여지기도 했다. 그처럼 1997년 홍콩 반환을 전후로 하여 과거의 영국, 현재의 중국에 저항해왔던 홍콩 사람들의 자존심은 여전히 건재하다. 1967년 당시 영국의 통치에 반대하던 반식민 시위 양상은 오우삼의 〈첩혈가두〉[1990] 초반부에 잘 담겨 있다. 홍콩 노동자들의 시위가 격해지며 혼란스러운 가운데 세 청년(양조위, 장학우, 이자웅)은 베트남으로 떠났었다. 또한 서극의 초기 걸작 〈제일유형위험〉[1980]에서 완전무장한 영국인 무기 밀매업자와 싸우다 급기야 사제폭탄까지 만드는 홍콩 청년들의 광기 어린 혼돈의 모습 역시 당시 시위로부터 큰 영향을 받았다. 〈순류역류〉[2000] 촬영감독이면서, 〈팔선반점의 인육만두〉[1993] 같은 하드고어 장르 영화부터 〈등후동건화발락〉[2000] 같은 사회파 영화까지 만들었던 독특한 이력의 구예도 감독도 이제는 홍콩의 향수가 되어버린 〈찹쌀볶음밥〉[2010]이라는 단편 다큐멘터리를 통해 과거 홍콩 사람들의 시위 장면을 담아내기도 했다. 그렇게 홍콩 사람들은 굵직한 역사적 사건들이 있을 때마다 분연히 일어섰다.

　"7,000홍콩달러 월세를 내서 감방 같은 방만 구할 수 있는데, 체포되어 감방으로 가는 게 두렵겠어요?" 지난 2019년 서울 서교동 갤러리 위안에서 열린 '신문에 보이지 못하는 전인후과 'The True Story behind media coverage' 사진 전시회에 다녀온 적 있다. 최근 홍콩 시위대의 투쟁을 사실적으로 기록한 전시였다. 전인후과前因後果란 "원인이 있기에 결과가 있다"라는 뜻이다. 관광지 웡타이신사원으로 유명한 웡타이신에서 시위에 참여한 누군가가 벽에 위와 같은 글귀를 남겨둔 사진이 눈에 띄었다. 그 아래 설명을 보니 인구 밀도와 집세 등을 고려할 때 홍콩 사람들의 1인당 거주 면적은 탁구대 하나 정도 크기에 불과하다고 한다. 우리 돈으로 약 100만 원 정도인 7,000홍콩달러를 들여도 팍팍하게 살 수밖에 없는 홍콩의 젊은이들이 '광복홍콩 시대혁명光復香港 時代革命'이라는 구호를 내걸고 시위에 참여하는 이유를 알 것만 같았다.

더불어 2019년 8월 23일, 13만여 명의 홍콩 시민들이 정확히 30년 전 '발트의 길'을 본받아 시내에서 사자산 정상까지 최종 60킬로미터에 이르는 인간 띠를 이룬 '홍콩의 길' 사진도 감동적이었다. 발트의 길은 1989년 8월 23일, 당시 발트 3국의 시민 200만여 명이 에스토니아 수도 탈린에서 라트비아 수도 리가를 거쳐 리투아니아 수도 빌뉴스에 이르는 총 길이 678킬로미터를 인간 띠로 연결했던 길을 말한다. 당시 소련의 점령하에 있던 발트 3국이 독립에 대한 열망을 세계 각국에 보여주기 위해 계획했던 것으로, 시위 7개월 만에 리투아니아는 소련의 공화국 중 처음으로 독립을 선언하기도 했다. 발트의 길은 세계 역사상 가장 대중적이고 창의적인 비폭력 운동 중 하나로 평가받고 있다. 그로부터 30년의 세월이 흘러, 홍콩 사자산 정상에는 "FREE HK"라는 불빛이 빛났다. 서울 시민들의 남산처럼 홍콩 시민들이 사랑하는 사자산은 오우삼 감독과 제작자 테렌스 창이 할리우드로 진출해 〈윈드토커〉²⁰⁰²와 〈페이첵〉²⁰⁰³과 〈방탄승〉²⁰⁰³ 등을 제작하며 설립한 영화사 라이언록 프로덕션^{Lion Rock Production} 이름의 출처이기도 하다. 한편, 범죄인 인도법(송환법) 개정안 논의로 촉발된 홍콩 시위는 코로나19로 잠시 잦아들었을 뿐 근본적으로는 전혀 달라지지도, 멈추지도 않았다.

　　'홍콩 누아르'라는 이름으로 홍콩 장르 영화가 아시아 극장가를 호령하던 1980년대부터 1990년대 초반까지, 그 영화들 밑바닥에는 '1997년 홍콩 반환'이라는 당시로서는 불안한 미래를 향한 근심이 자리해 있었다. 체제 변화라는 거대한 물결 앞에서 한편으로는 동시대 홍콩 영화의 보편 정서를 과잉 해석하는 하나의 틀이 만들어졌다고도 할 수 있다. 아닌 게 아니라 아시아에서 가장 고도 자본화된 홍콩 영화산업이 공산 중국을 바라보며 느낄 수밖에 없는 근원적인 공포가 영화의 속살에도 의식적이든 무의식적이든 반영되었을 테다. 그로부터 20여 년의 세월이 흘러 '2014년 우산 혁명'이라는 새로운 틀이 만들어졌다. 물론 우산 혁명이 동시대 홍콩 영화에 어떤 영향을 줄지, 어떤 모습으로 담길지는 알 수 없다. 더구나 한국에서 (더는 구분법이 무의미해진) 홍콩 영화 혹은 중국 영화의 마지막 실질적 흥행작이 2002년에 개봉한 〈무간도〉라는 것을 감안하면(공식 집계가 시작된 이래 기록상 현재 국내 중화권 영화 최고 흥행기록은 오우삼의 2009년 작 〈적벽대전 2: 최후의 결전〉의 269만 관객이다) 한때 홍콩 스타들이 하루가 멀다고 내한하여 국내 TV 예능 프로그램과 CF를 섭렵했던 옛 기억도 한참 물러나고, 그야말로 머나먼 남의 나라 이야기처럼 느껴진다. 한편 그 2014년으로부터도 어느새 10년 가까이 세월이 흘렀고 상황은 더 나빠졌다.

《홍콩에 두 번째 가게 된다면》이라는 책을 낼 때, 저자인 내가 아니라 출판사 편집부가 냈던 제목이 최종적으로 채택되어 썩 마음에 들지 않았던 기억이 있는데, 돌이켜보니 정말 잘 지은 제목이라는 생각이 든다. 바로 그때의 홍콩과 홍콩 영화가 이제는 없기 때문에 계속 음미하게 되는 제목이다. 그로부터 12년이 더 지나《헤어진 이들은 홍콩에서 다시 만난다》라는 개정판을 냈다. 그사이 내가 기억하는 홍콩과 홍콩 영화가 사라져가는 속도는 상상을 초월했다. 그래서 개정판이지만 확 달라진 제목만큼이나 글도 거의 새로 쓸 수밖에 없었다. 개인적으로는 뿌듯하기도 하지만 홍콩에는 미안하다. 마치 서둘러 헤어짐을 준비하는 것처럼 느껴졌기 때문이다. 그렇게 내 영화의 첫사랑을 힘겹게 떠나보내고 있는 중이다.

좋아하던 극장과
돈 주고 본 첫 번째 영화는?

주성철

부산 범내골 보림극장

과거 나훈아와 조용필이 공연을 하기도 했던 일종의 복합 문화공간 보림극장은, 과거의 영광을 뒤로 하고 동시상영관이 되어 내 유년기, 청년기 영화 관람의 거진 8할을 채워주었다. 영화 관람 기억 중에서도 목에 물건 매대를 걸고 오징어와 쥐포를 파는 판매원이 있던 그 풍경이 가끔 그립다.

당연히 이곳에서 내 생애 첫 유료 관람을 했다. 제목은 전혀 기억나지 않지만 소림사 영화였던 것만은 분명하다. 벌거벗은 민머리의 사내들이 죽음을 무릅쓰고 청나라 군사와 싸우던 그 모습이 지금도 선명하다.

이화정

종로 코아아트홀

서울 시내 '코어' 중의 코어에 영화가 단단하게 자리하던 시절이었다. 믿기지 않겠지만 그곳에는 객석 한가운데에 건물을 지지하는 기둥이 떡하니 있었다. 운이 좋지 않은 날은 당연히 기둥 뒤 자리를 배정받았고, 그 가림막이 떡하니 스크린의 일부분을 잠식해 버렸다. 장면을 놓칠세라 고개를 쏙 빼고 <죽거나 혹은 나쁘거나>2000나 <퐁네프의 연인들>1991 같은 영화를 봤다. 영화의 한 장면 한 장면을 놓칠세라 보는 내 마음도, 내 고개도 무척 애절했었다. 지금은 사라진 그 공간에 가둬두었던 그 시절의 열기란!

어른들이 내준 돈이 아니라 내 돈으로 영화를 본 건 중학교에 들어가고 나서다. 수업 시간 내내 철제 필통에 모아둔 지폐와 동전을 재차 확인하면서, 얼른 수업이 끝나 극장에 갈 생각에 들떠 있었다. 그렇게 막 개봉한 <죽은 시인의 사회>를 만났다. 아이들이 책상 위로 올라가서 "오! 캡틴, 마이 캡틴!"을 외칠 때, 대낮에 이 걸작을 보고 있는 관객이 이 공간 안에 나 말고 몇 없다는 생각에 마음이 마구 일렁였다. 아무리 생각해도 그 어머어마한 '흥분'에 지불하기에는 턱없이 적은 금액이었다. 그후로 내 용돈의 상당 부분을 영화 보기에 할애하게 만든, 지출의 서막이었다.

김도훈

사실 좋은 극장이라는 것의 의미는 점점 시라져가고 있다. 예전의 대한극장이나 단성사처럼 극장별로 개성이 있던 시절도 이젠 엑스세대 끝물이나 이해하는 역사가 됐다. 이 답변에 정직하게 대답하자면 용산 CGV 아이맥스관이 되어야 마땅할 것이다. 혹은 집에 있는 75인치 텔레비전 앞이 되어야 할 것이다. 위치든 화질이든 음질이든 나에게는 최적의 상영 조건을 갖춘 극장이기 때문이다. 나는 아트시네마에 가는 걸 그리 좋아하지 않는다. 숨소리도 내지 못할 정도로 경직된 태도들이 한 장소에 모여서 뿜어내는 어떤 신앙 간증의 분위기를 좀처럼 참아내지 못하는 편이다.

태어나서 처음으로 돈을 주고 본 영화는 기억이 가물가물하지만 아마도 "블랙 후라이데이"라는 제목으로 개봉한 <13일의 금요일 4: 더 파이널 챕터>[1984]가 아니었나 싶다. 내 영화적 삶은 슬래셔와 고어로 시작됐다.

김미연
신사동 브로드웨이 극장

고딩 때 추억이 남아 있는 극장이다. 어른 흉내 내면서 앞머리에 무쓰(?) 바르고 극장 앞에서 친구랑 만나 영화를 보던 추억. 대형 멀티플렉스에서 풍기는 특유의 기름진 팝콘향은 없지만 나름 팝콘도 팔고, 극장 앞에서는 거대 왕문어발이랑 쥐포 등등도 팔았다. 신사동 브로드웨이에서 <쉬리>[1999]를 혼자 본 이후로 영화를 혼자 보러 다니기 시작했다. 진정한 독립!

그리고 '내돈내관' 한 첫 영화는 <천장지구>[1990], 유덕화 광광팬이었기 때문에 개봉하자마자 줄 서서 표를 사고 두 손(내 손 두 손) 꼭 잡고 관람했다.

배순탁
종로 피카디리

지금은 사라진 이곳에서 내 친구 김승택과 정말 많은 영화를 봤다. 주로 무협영화들이었다. 그중에서도 <황비홍>과 <동방불패>가 유독 기억에 남는다. 처음 돈 주고 본 영화는 아마도 <구니스>[1985]일 것이다. 대한극장이었다는 건 확실하다. 승택아, 혹시 이 책 본다면 출판사로 연락해라.

영화잡지 춘추전국 시절

이화정

"이런 ××."

말하려다 심호흡 한 번. 나는 전날 홍보사에 영화 스틸컷을 요청했고, "아직 공개할 만한 스틸이 없다"라는 답변을 받았으며, 바로 다음 날, 분명 없다고 말한 그 사진이 첨부된 메일을 받았다. 없다고 한 스틸컷이 밤사이 갑자기 준비된 건 아니었고, 전말은 이랬다. 홍보 담당자가 내가 아니라 다른 잡지사 기자에게 최초 공개 스틸컷을 보내려 했는데 하필 수신인으로 나를 지정해버린 것이다. 그분도 내적 갈등이 있었는지 해서는 안 될 실수를 해버리고 말았다. 바로 따져 묻는 대신 전작의 어마어마한 성공으로 차기작에 관심이 몰린 이 감독의 신작 기사를 어떻게든 그럴듯하

게 마감하는 게 먼저라고 정신을 수습했다. 매체 첫 공개 스틸
이다. 오배송된 스틸컷의 첨부 여부에 따라 기사의 중요도가 달
라질 수 있다. 이른바 '독점'과 '단독' 타이틀을 거느냐 마느냐의
순간. 덜덜덜덜 떨리는 손으로 키보드를 두드려 답신을 보냈다.

"보내주신 스틸 잘 받았어요!"

실수로 보낸 그쪽이 차마 "잘못 보냈으니 돌려 달라" 답
신할 재간이 없어지는 결정적 순간이 그렇게 만들어졌다.

그렇다. 나는 매주, 같은 날, 같은 시간, 지하철과 버스 가
판대에 나란히 걸릴 주간지들이 취재 경쟁을 하며 각축전을 펼
치던 영화잡지 춘추전국 시절을 통과한 영화기자다. 1995년
4월 14일 〈씨네21〉 창간. 연이은 월간지 〈키노〉의 탄생. 그 뒤
로도 〈필름2.0〉, 〈무비위크〉, 〈씨네버스〉 등 지금은 모두 폐간
돼 이름을 읊어도 생소해할 영화잡지들이 앞다퉈 창간하면서
영화잡지, 특히 주 단위로 발행하는 주간지가 융성했던 전설의
시기가 있었다. 지금 무슨 OTT를 구독할까 궁리하듯, 그땐 잡
지를 골라 구독했다. 한 주에 한 번씩 이 많은 신간이 일제히 우
편함에 도착했답니다.

내 이름을 단 바이라인으로 글을 쓰기 시작한 건 〈씨네
21〉에 〈대부〉[1972]의 촬영감독 고든 윌리스를 비롯해 〈E.T.〉[1982]
를 촬영한 앨런 다비오, 〈어둠 속의 댄서〉[2001]의 눈 로비 밀러
등 할리우드 유명 촬영감독들의 작품 세계를 망라하는 '세계의
촬영감독' 시리즈를 연재하면서부터였다. 내 이름 옆에는 잡지

사들이 필자들을 곧잘 지칭했던 '자유기고가'라는 타이틀이 따라붙었다. 해당 잡지사의 정식 소속은 아니지만 영화잡지 내지 문화지에 꾸준히 글을 쓰며 이름을 알리고 정식 기자가 되기를 바라는 대기 상태였달까. 그렇게 기자 일을 시작한 후 〈씨네버스〉, 〈무비위크〉, 〈필름2.0〉을 거쳐 〈씨네21〉에 이르기까지, 지난 20년간 어쩌다 보니 나는 거의 모든 영화잡지사에서 기자로 일한 경험이 있다. 그러나 〈씨네21〉에서만 13년 근속이니, 다른 잡지사 근속 기간은 상대적으로 길지 않은 편이다. 그땐 창간을 많이 한 만큼 폐간도 잦았고, 폐간 즈음의 사내 경영난을 버티다 탈출도 많이들 했다. 이렇게 돌아보니 내 경력이 '영화잡지 폐간의 역사'로 치환되는데…… 어쨌든 그래서 나는 오늘날 지인들에게 '영화잡지계의 시조새'라 불리고 있다.

그즈음 나이 지긋했던 어느 일간지 기자가 한 말이 떠오른다. '영화기자'라는 타이틀이 좀 어불성설 아니냐는 거다. 언론협회 소속도 아닌 데다, 사회부, 정치부, 문화부 등을 로테이션으로 돌며 전천후 기사를 쓰는 그가 보기에는 영화만 다루는 기자의 영역이 너무 협소해 보였던 것 같다. 수적으로도 한 줌 안 되던 우리가 그렇게 '영화기자'라는 직함을 내걸고 하는 일은 신작 영화를 개봉 전에 보고, 감독, 배우, 스태프를 인터뷰하고, 리뷰와 심층 분석 기획기사, 뉴스를 쓰는 것이었다. 영화를 만드는 제작자나 감독을 만나보면 "아고, 2년이 어떻게 갔는지 몰라요"라고 하는데, 이는 그분들의 신체 리듬이 작품 개발에서 완성까지 수어 년이 걸리는 호흡에 맞춰져 있기 때문이다. 마찬가지다. 주 단위로 개봉하는 영화에 맞춰 사는 영화잡지 기자들은 2주 후 개봉할 영화를 보고, 고민하고, 기획 아이디어를 만들다 보니 남보다 정확히 2주를 앞서 산다. 처음에는 주간지 기자들의 라이프스타일이 신기해 보였는지, 취재 요청도 몇 번 받았다. 이른바 '영화기자의 24시' 이런 것들. "찍어도 별스럽지 않을 텐데요." 하고 거절한 경우도 많다.

정말 별스럽지 않다. 영화기자의 하루를 쫓은 한 TV 다큐멘터리에서 시사회에 가는 기자에게 "근무 시간에 영화를 보러 가다니 정말 좋겠다"라는 질문이 따랐다. 하지만 다시보기도 없던 시절, 첫 시사를 보고 기사 마감을 하려 치면 무척 긴장됐다. 선배들처럼 좋은 문장을 쓰기까지야 더 수련이 필요할 테고, 일단 팩트 체크가 안 될까 봐, 당장은 그걸 챙기는 게 급선무였다. 기자 시사에서 기자로서 보는 영화와 개봉 후 객석에서 관객으로서 보는 영화가 주는 재미는 그렇게 질적으로 달랐다.

따지고 보면 영화기자는 1990년대 한국 영화산업 붐에 따른 비평의 확장으로 새로 나타난 직군이다. 지금이야 〈기생충〉을 비롯해 한국 영화가 세계 시장에서 호평을 받고, 윤여정 배우가 한국 배우로서 최초로 오스카상을 수상하는 등 쾌거를 이루고 있지만, 한국 영화를 '방화'라는 말로 폄하하던 시절도 분명 있었다. "한국 영화는 극장에서 안 봐요"라는 말은 단순히 취향이나 선호도를 뜻하는 문장을 넘어 "저는 한국 영화 같은 퀄리티 낮은 영화를 보는 사람이 아니라, 미국과 유럽 영화 같은 작품성 높은 영화를 선택해서 보는 식견이 높은 사람입니다"라고 으스대는 맥락을 품고 있었다. 한국 영화의 작품성과 완성도가 해외 작품에 못 미친다는 인식이 대중에게 점점 굳혀지고 있었다. 〈키노〉와 〈씨네21〉의 출현은 그 선입견을 바꿀 일대 전환이 된 사건이었다. 매주 발행되는 기사와 인터뷰를 통해 우리는 좋은 한국 영화가 없던 게 아니라, 그걸 발굴하고 평가해줄 시선이 부족했었다는 걸 깨닫게 됐다.

프랑스 누벨바그의 서막을 연 〈카이에 뒤 시네마〉나 미국의 〈버라이어티〉, 〈할리우드 리포터〉, 영국의 〈엠파이어〉, 일본의 〈키네마 준보〉같이 영화 리뷰와 영화계의 이슈를 전해줄 저널의 필요성이 서서히 대두되면서 1990년대에 영화잡지들이 나오기 시작했다. 이렇게 말하면 모두가 영화잡지의 창간을 열망했던 것같이 들리지만, 처음에는 누구도 성공을 기대하지 않았다. "어떻게 매주 영화로만 잡지 한 권을 발행할 콘텐츠를 채워 넣느냐" 하는 것이 우려 지점이었다. 그런데 웬걸, 막상 시작을 하고 보니 언론이 한 번도 다루지 않았던 새로운 영화와 감독, 배우들이 원석처럼 널려 있었다. 인물 발굴 기사와 심층 분석 기사가 영화와 덕업 일치된 기자들의 열띤 취재를 통해 채워졌다. 먼저 기사화 하는 사람이 임자라고 말할 정도로 발견의 기쁨이 큰 글들이 써 내려져갔다. 급기야 오히려 읽는 독자들이 한 주에 소화하기 숨 가쁘다며 "워워." 할 만큼 잡지 두께도 점점 두꺼워졌다.

영화잡지 기자들과 취재원들이 부담 없이 탁 터놓고 작품에 대해 가능한 한 많은 이야기를 하려는 움직임도 이때 형성됐다. 감독과 배우, 프로듀서, 촬영, 미술, 음악, 의상 스태프 등 영화계 각 분야의 인물들이 작품을 만들 때 가진 의도와 비하인드 스토리가 활자화되어 대중에게 전달됐고, 그렇게 모인 글들이 다시 생동하는 한국 영화의 흐름을 분석하는 재료가 되어 또 다른 결과물을 만들어냈다. 한 영화를 두고 찬반도 크게 나뉘었다. 각 필자들이 글로 주고받는 '싸움'을 보는 재미도 쏠쏠했다. 누군가 영화를 공격하면, 다음 주에 다른 필자가 그 필자를 공격하는 식이었다. 모두가 글로 오가는 치열한 싸움!

기자들은 잘 알려진 감독들뿐만 아니라 신인 감독들을 주목하고, 주연 배우뿐만 아니라 조연 배우들을 조명했다. 그 일이 즐거웠고, 또 해야만 했다. 잡지 발행일에 맞춰 우리는 매주 새로운 아이템을 발굴해 나갔다. 제작자나 프로듀서들이 기자들에게 작품을 함께할 실력 있는 감독과, 역할에 맞는 배우를 추천해 달라고 의견을 구할 때, 전문지 기자라는 자부심도 커져갔던 것 같다. 작품을 만드는 이들의 몫도 중요하지만, 작품을 분석하고, 의도를 듣고, 의미를 짚어내고, 가치를 평가하고, 새로운 창작자들을 발굴해내는 것이 중요하다는 사실도 이즈음 우리 영화계가 다양한 매체와 함께 교류하며 얻은 경험이다.

결과물에 대한 평가도 매주 혹독하게 내려졌다. 주로 밤샘 마감을 하고 지하철에 탔는데, 옆 사람이 우리 잡지를! 그것도 내가 쓴 페이지를 펼쳐놓고 읽을 때면 "여기 그 기사를 쓴 사람이 있다고요!" 하고 말을 걸고 싶다가도, 못난 문장이 발각되지 않을까 읽는 이의 표정을 바삐 살폈던 기억이 난다. 다양한 잡지에서 매주 같은 아이템을 다루다 보니 행여나 내가 기사를 더 못 쓰지는 않았을까 예민해지기 일쑤였다. 아이템이나 인터뷰이를 뺏기는 걸 "물 먹었다"라고 하는데, 혹시 그런 일이 생기지는 않을까 잡지가 나오는 날이면 내 잡지보다 타사 잡지를 먼저 확인했다. 그렇게 자신의 글이 활자화되어 낙장불입의 결과물로 인쇄되는 무시무시한 프로세스 안에서 모두가 치열하게 일했다.

전쟁이 불가피하던 시기였다. 특히 표지 전쟁이 극심했다. 출퇴근길 스마트폰 대신 가판대를 보던 시기야말로 영화 주간지의 황금기였다. 표지 모델이 누구냐에 따라, 어느 잡지가 한 시간이라도 먼저 가판대에 걸리느냐에 따라, 판매 부수가 급등했다. 동일한 마케팅의 결과로 같은 주에 같은 배우를 표지에 내세우는 경우도 많았는데, 그때는 어느 잡지의 표지 퀄리티가 더 좋으냐도 비교의 대상이었다. 결과 확인에 모두가 그만큼 촉각을 곤두세웠다.

처음 들어간 잡지사에서 버티지 못한 것도 생각해보면 그놈의 경쟁 때문이었다. 퀄리티는 아랑곳 않고 "좀 더 빨리 마감하라"라는 편집장의 종용에 질려하던 차에 급기야 사달이 났다. 당시 편집장은 경영난이 악화된 잡지사를 구제한다는 명목으로 전혀 엉뚱한 분야에서 스카우트되어 왔다. 판매 부수를 올리려는 의욕이 넘치던 분이었다. 지금도 기억난다. 쥘리에트 비노슈 주연의 〈초콜릿〉[2000] 기사 사건. 영화 시사도 전이었는데 빨리 발행을 해야 하니 '미리' 마감을 하라는 지시가 내려졌다. "영화도 안 보고 어떻게 리뷰를 쓰냐"라는 동료의 대답에 편집장이 사무실이 다 울리도록 냅다 소리쳤다. "〈초콜릿〉이고 나발이고!" 파티션 너머로 들리는 고함 소리에 곧장 짐을 싸고 사표를 쓴 건 정작 나였다. 여긴 아니다, 이렇게 잡지를 만들어서 뭐하나.

과열된 만큼 그 열기에 흥이 났던 것도 사실이었다. 실적을 가리는 완전한 경쟁구도와 별개로, 우리는 영화, 음악, 책 등 대부분 같은 관심사를 가지고 같은 일을 하는 또래의 청년들이었다. 만나면 대화의 수렴점은 늘 영화였다. 취재차 지방, 해외 출장을 같이 가면 경쟁지 기자라는 건 잊고 그날 본 영화나 촬영 현장에 대해 함께 떠드느라 바빴다. 사실 서로 간 잡지로 이동하는 경우도 있고, 현장 스케치, 인터뷰, 시사 등 취재 라인이 겹쳐서 어느 잡지사 숟가락이 몇 개인지, 구성원이 누구인지 모두 아는 등 영화잡지 기자들 대부분이 선후배 사이였다. 하나둘 소속 잡지사를 떠났어도 영화제나 영화사 등에서 일을 하는 편이라 지금까지 업계에서 계속 인연을 이어가고 있다. 이 일을 하며 영화를 보다 보니 '사람'이 남았다.

매주 벌어지던 이 '치열한 전쟁'을 통과해온 나는 영화인은 아니지만 지금도 영화의 곁에 함께하고 있다. 그래서 나는 눈물샘 제조기로 정평이 난 〈타이타닉〉[1997], 〈인생은 아름다워〉[1997], 〈밀리언 달러 베이비〉[2004] 같은 영화 옆에 〈월터의 상상은 현실이 된다〉[2013]를 같이 줄 세운다. '슬픈 영화' 카테고리에 넣기에는 뭔가 이상하지만 쏟아낸 눈물의 총량으로는 내게 앞선 영화에 필적할 만한 작품이었다. 주인공 월터 미티(벤 스틸러)는 잡지사 〈라이프〉의 사진 현상부에서 장장 16년을 근속한 직원이다. 70년 역사의 잡지도 디지털, 온라인 시대에 더 이상 수익률을 기대하기 힘들어 폐간을 결정한 시기에 월터는 〈라이프〉 최고의 포토그래퍼가 숨겨놓았다는 '삶의 정수'가 담긴 결정적 사진 한 컷, 마지막 호 표지에 실릴 예정이었으나 잃어버린 필름을 찾아 나서며 인생에서 한 번도 겪어보지 못한 판타스틱한 경험을 하게 된다. 그리고 그 과정의 끝, 월터가 그토록 찾아다닌 사진의 정체는 바로 16년간의 근무 기간 중 어느 별스럽지 않은 평범했던 하루, 잡지사 건물 앞 화단에 앉아 햇빛에 필름을 살펴보는 자신의 모습이었다. 영화의 마지막 장면, 뉴욕 거리를 걷다가 가판대에서 자신의 모습이 프린트된 표지를 보는 월터를 따라 나도 엉엉 울었다. 마지막 호로는 더할 나위 없이 근사한 선택이다.

그와 함께 오랫동안 일해온 거장 포토그래퍼 숀 오코넬(숀 펜)은 한 권의 종이 잡지가 발행되기까지 묵묵히 자신의 자리를 지켜온 월터에게 그렇게 자기만의 방식으로 박수를 쳐준다. 〈라이프〉의 현상 담당 월터를 보면서, 사라져가는 아날로그의 시대, 그리고 그 아날로그 시대에 매주 복잡한 공정을 거치며 마감을 해온 내 '라이프'가 자동 연상됐는지도 모른다. 이보다 더 잡지쟁이들의 마음을 울리는 주제가 같은 영화가 또 있을까.

시네필 K의 오컬트적 낭만

김미연

나도 안다. 현실은 영화와 다르다는 것을. 하지만 항상 머릿속으로 공상 망상 상상을 펼친다. 누군가에게 그것들을 털어놓을라 치면 듣게 되는 한마디.

"너…… 영화를 너무 많이 본 것 같아."

그래, 어쩌면 영화를 너무 많이 본 걸지도. 처음으로 고백하는 거다. 솔직히 나는 귀신을 본다. 아니 귀신을 보는 것 같다. 아직까지 그것이 귀신인지 아닌지 확신할 수 없기 때문에(나한테만 보이기 때문에 누군가에게 판명받을 수가 없다) 딱 잘라 귀신이라 말할 수는 없겠다. 그래서 나는 이를 비밀에 부친 채 살아왔다.

〈식스 센스〉¹⁹⁹⁹의 가련한 콜(헤일리 조엘 오스먼트)이 하루 종일 별의별 귀신을 다 만나면서도 주위 사람들에게 이야기하지 않은 이유가 무엇이겠는가? 아무렴 믿어주지도 않겠지만 행여나 사람들이 자신을 이상한 사람으로 바라볼지도 모른다는 염려 때문이다. 나도 그런 마음이 반반이라 특별히 친한 지인들에게도 잘 이야기하지 않고 지내왔다. "어딜 쳐다보는 거야?"라고 묻는 친구에게 "저 나무 뒤에 서 있는 사람 보여?"라고 순순히 얘기해 헤어질 때까지 공포에 떨게 한 이후로는 더더욱 그렇다. 귀신이 실재한다면 굳이 알아서 좋은 것도 아니고.

그렇다. 나는 SF 판타지와 공포 영화와 같은 장르 영화, 그중에서도 오컬트 영화광이다. 다들 홍콩 영화와 달달한 러브 스토리에 열광할 때 〈엑소시스트〉¹⁹⁷³에 열광했다. 우리가 인지하지 못하는 또 다른 영적인 존재들에 호기심이 많았던 나는 남들보다 (많이) 일찍 좀비, 뱀파이어를 필두로 오컬트 장르에 입문했으며, 심지어 한국 최고의 공포 영화 〈여곡성〉¹⁹⁸⁶과 〈월하의 공동묘지〉¹⁹⁶⁷를 초등학교 시절에 모두 섭렵했다. 그때는 공포 영화를 대개 한여름 밤 납량특집 시리즈를 통해 만날 수 있었다.

그렇다고 내가 공포심을 모르는 강심장인 건 아니다. 오히려 반대, 최약심장에 가깝다. 귀신들은 자기 이야기 하는 것을 좋아해서 공포 영화를 보거나 무서운 이야기를 하는 사람들 주변에 몰래 와서 듣고 있다고 하지 않나! 나는 공포 영화로부터, 그리고 주변에 모여 있을 귀신들의 장난으로부터 내 심장을 보호해야만 했다. 일찍이 공포 영화 속 귀신들의 급작스러운 출현(공포 영화 감독들의 놀래기 스킬)으로부터 나를 보호하는 기술을 터득할 수 있었다. 조기 교육이 이렇게 중요하다(?). 그렇게 터득한 나만의 '공포 영화 안전 감상 노하우'를 최초 공개한다. 우스워 보일 수 있지만 나는 사뭇 진지하다.

1. 최대한 중앙을 피해 방구석 모서리에 자리 잡는다. 즉, 영화를 보는 정면 외의 다른 면을 최대한 줄여야 한다.
2. 무릎을 구부리고 앉아 최대한 몸을 작게 만든다. 귀신이 나를 인식하지 못하게.
3. 이불을 뒤로 돌려 머리에 뒤집어쓴 후 몸을 칭칭 감는다. 이때 발가락과 머리카락도 남김없이 이불 속에 넣는다. 일단 한기를 느끼지 않기 위함이며, 머리카락과 발가락에 장난치는 잡귀들에 대비한 방어책이다. 귀신들은 장난기가 아주 많다.
4. 발 아래 쪽에는, 특히 이불 안에는 여유를 두지 않는다. 〈주온〉2002에서 절대 안전 지역이라 믿었던 이불 안에서 귀신이 급습하는 것을 보았을 것이다. 방심은 금물이다.
5. 양쪽 손에 정확한 역할을 분담한다. 두 엄지손가락으로는 양쪽 귀를, 나머지 양손 네 손가락으로는 양쪽 눈을 보호한다.

심멎주의 영화들(?)에 단단히 대비하고 10대 후반에 접어들면서 비로소 오컬트 영화를 본격적으로 탐닉하기 시작했다. '엑소시즘'을 기반으로 한 여러 오컬트 무비들, 그 시작엔 히치콕의 〈새〉1963가 있었고 리처드 도너의 〈오멘〉1976은 단연코 절정이었다. 종교도 없는 내가 악마의 숫자 '666'으로 대표되는 사탄에 맞서 '과연 주님이 저 사악한 것들을 물리치실 수 있을까?' 하는 종교적인 고민까지 할 정도로 완전히 과몰입했다. 일반 공포 영화가 그냥 커피면 오컬트 영화는 T.O.P였던 셈. 사제님들 신부님들이 구마의식 중에 하나둘 쓰러져 나가는 모습을 보고 있자면 영화 끝에서는 나도 모르게 안절부절하며 종교의 힘을 찾는 수밖에 없었다.

    하지만 심멎주의 영화 보는 법을 익혔듯이 오컬트 영화에도 서서히 단련이 되어갔다. 세월이 지나 슬슬 오컬트 영화의 클리셰에 지쳐갈 무렵 내 갈증을 채워준 건 뜻밖에도 그간 오컬트 영화를 전혀 찾아볼 수 없던 한국 영화들이었다. 그야말로 하늘에서 뚝 떨어진 양 놀라운 영화들이 등장했다. 장재현 감독의 〈검은 사제들〉2015과 나홍진 감독의 〈곡성〉2016. 아마 나뿐 아니라 한국의 모든 오컬트 마니아들이 흥분을 감추지 못했을 듯싶다. 〈검은 사제들〉은 개봉 당일 5열 중앙 좌석에서 보았다. (개봉 날 첫 회차에 관람하는 그런 아마추어적인 실수는 하지 않는다. 어스름이 내린 때가 공포 영화를 보는 최적기다.) 한국 최초의 오컬트 영화라는 타이틀 때문이기도 했지만 이상형인 강동원 배우가 신부복을 입고 나와 종을 울린다니! 이 최고의 순간을 오롯이 만끽하기 위해 나는 혼영(혼자 영화 보기)을 택했다.

    공포 영화에서 조금 더 세분화된 장르인 오컬트 영화에

서 〈검은 사제들〉을 연출한 장재현 감독님의 위상은 가히 독보적이다. 〈방구석1열〉의 인터뷰를 위해 감독님을 처음 만났을 때 이전에 뵈었던 다른 감독님들과는 다른 느낌이 들었다. 뭐랄까. 영화감독의 느낌보다 무속인의 기운을 느꼈던 것도 같다(감독님 죄송해요). 아기 도깨비를 연상케 하는(?) 덧니를 가진 장 감독님은 신이 난 표정으로 다음 영화로 '불교와 기독교의 만남'을 기획하고 있다며 무당과 스님과 목사님을 만나고 다닌다고 했는데(그간 봐온 오컬트 영화에서 벗어난 한국적인 신묘한 영화를 볼 수 있다는 생각에 기대감이 잔뜩 부풀었었다), 그 영화가 바로 〈사바하〉[2019]였다.

한편, 다시없을 것만 같던 한국 오컬트 영화 〈검은 사제들〉 이후 머잖아 한국 오컬트 장르에 한 획을 그은 영화가 탄생하니 바로 나홍진 감독님의 〈곡성〉이다. 〈곡성〉은 오컬트라는 장르를 한국 시장에 로컬화하는 동시에 한국의 샤머니즘을 결합하여 기존의 오컬트 영화에서 찾아볼 수 없던 더욱 음습하고 기괴한 새 옷을 입었다. 나홍진 감독님 특유의 '끝까지 가는' 이 영화는 황정민 배우에게 무당 옷을 입혀 작두를 타게 했으며 천우희라는 명배우를 대중에게 알렸다. "와타시와 아쿠마데스!" 라는 대유행어를 남긴 배우 쿠니무라 준의 캐스팅과 "절대 현혹되지 마라"며 수많은 관객을 현혹한 대담한 마케팅까지……뭐 하나 아쉬울 게 없는 〈곡성〉. 이런 명작을 〈방구석1열〉에서 다루지 못한 건 다름 아닌 저작권 때문이었다. 〈곡성〉을 다루고 싶은 마음에 모자란 영어 실력으로 저작권을 가진 미국 이십세기폭스 본사에 제안서를 보냈으나 어마어마한 사용료(한 회 제작비를 다 쏟아부어도 모자랐다)로 인해 아쉽게도 포기해야 했다. 이렇게 한국 공포 영화를 다변화하고 도약시킨 두 영화를 비롯해 〈여고괴담〉1998, 〈장화, 홍련〉2003, 〈기담〉2007, 〈부산행〉2016, 〈곤지암〉2018 같은 장르 영화의 등장이 공포 영화 마니아들에게는 감격스러운 사건으로 기억된다.

어린 시절 심멋주의 영화부터, 오컬트 영화까지 오랜 시간 공포 영화를 섭렵해왔으니, "너 영화를 너무 많이 본 거 아니야?" 하는 지적에도 일면 타당한 구석이 있다. 그래, 나 공포 영화 많이 봤다! 영화가 삶을 일부 바꾼다면, 그 말이 사실이라면, 공포 영화라고 그러지 말라는 법이 어디 있겠는가. 사랑 영화에서 사랑을 배우고, 우정 영화에서 우정을 배우고, 인생 영화에서 인생을 배우듯, 난 공포 영화에서 공포를, 공포를 이겨내는 방법을, 또 영적 존재들과의 친밀감을 익혔다. 내가 순간순간 만나는 귀신님들이 영화에서 마주한 존재들과 닮아 있는 것을 보면 사실 다 영화의 산물처럼 느껴지기도 한다. 귀여운 구석이 있달까. 뭐, 갑자기 달려들어 물어뜯는 것도 아닌데 귀신 좀 보인다고 대수인가.

나의 오컬트 영화 사랑은 이렇게 생활 속에 어느 순간 오컬트적 낭만을 낳았다. 낭만이라 하니 이상한가? 누군가는 기괴하다고 생각할 수 있지만 나에게는 여름밤 나무 뒤에 서 있는 그들을 보는 것이 한여름 밤의 낭만이기도 하다. 특히 그것들이 유년기 시절부터 쌓아온 기억과 추억의 산물이기에 더더욱.

스필버그에게 보내는
영화광의 반성문

김도훈

 자주 가는 영화 게시판에는 종종 '베스트 리스트'가 올라왔다. 연말에 많이 올라왔다. 시기와 관계없이 '올타임 베스트'를 올리는 사람들도 꽤 있었다. 영화광들의 베스트 리스트는 꽤 재미있다. 기본적으로 모두가 상찬하는 역사적 걸작들과 내밀한 개인적 리스트가 뒤엉켜 있다. 그 시절 나의 베스트는 언제나 스탠리 큐브릭의 〈2001: 스페이스 오디세이〉1968였다. 사실 대학 영화동아리 면접을 볼 때도 "제가 가장 좋아하는 영화는 스탠리 큐브릭의 〈2001: 스페이스 오디세이〉입니다"라고 말했다. 면접위원 선배는 아주 감탄한 표정으로 "캬. 그 영화를 봤어?"라고 했다. 나는 그 순간이 자랑스러웠다. 1990년대 초까지만 해도 스탠리

큐브릭의 〈2001: 스페이스 오디세이〉는 그리 알려진 영화가 아니었다. 나는 진정한 영화광으로 평가받은 기분이 들었다. 스탠리 큐브릭을 알고, 〈2001: 스페이스 오디세이〉를 졸지 않고 끝까지 본 드문 인재로서 동아리의 핵심 멤버가 될 재량을 인정받았던 것이다.

그건 진심이었던가? 솔직하게 말하자. 당시 내가 가장 좋아했던 감독은 스티븐 스필버그였다. 1970, 1980년대 유년기를 보낸 사람이라면 스티븐 스필버그의 영향을 받지 않는 것은 거의 불가능한 일이었다. TV에서 종종 방영하던 〈죠스〉와 〈미지와의 조우〉[1977]는 유년기 영화광들이 처음으로 마주한 할리우드 영화들이었다. 〈인디아나 존스〉 시리즈는 극장에서 영화를 본다는 것의 쾌감을 완벽하게 변방의 소년소녀들에게 전달했다. '스티븐 스필버그 사단'이라고 불리는 감독들의 영화도 있었다. 스필버그 제작하에 만들어진 그 영화들의 제목을 줄줄이 읊는 순간 지금 40대 독자들은 무릎을 치고야 말 것이다. 조 단테의 〈그렘린〉[1984]과 〈이너 스페이스〉[1987], 리처드 도너의 〈구니스〉, 로버트 제메키스의 〈백 투 더 퓨처〉[1985], 배리 레빈슨의 〈피라미드의 공포〉[1985]. 그렇다. 축하한다. 이 리스트에 잠시라도 흥분을 느꼈다면 당신은 정말이지 아름답게 '중년의 위기'를 느끼며 빨간 스포츠카라도 사야 하나 고민하는 나이가 된 것이다.

그런데 왜 나는 동아리 면접에서 "스티븐 스필버그의 〈쥬라기 공원〉[1993]을 가장 좋아합니다!"라고 말하지 않았을까. 왜 나는 "스탠리 큐브릭의 〈2001: 스페이스 오디세이〉를 좋아하니다"라고 말했던 것일까. 이유는 뻔하다. 영화광의 자의식을 가진 나에게 스티븐 스필버그는 너무 흔한 이름이었다. 그는 할리우드 상업 영화의 상징이었다. 당대 스티븐 스필버그는 한국에서 매우 저평가받았다. 많은 초기 한국 비평가들은 스필버그의 영화들을 "미국적 가족주의에 봉사하는 전형적인 킬링타임용 할리우드 오락 영화"라고 평가했다. 하이텔 시네마천국의 영화광들 사이에서도 스필버그의 이름은 모두가 마음으로는 품고 있지만 소리 내어 말할 수 없는 볼드모트 같은 것이었다. 1993년 〈쉰들러 리스트〉가 개봉한 이후 조금씩 그에 대한 평가가 변하고는 있었지만 혁명적인 변화는 없었다. 솔직히 지금 와서 생각해보자면 그해 스필버그의 최고작은 〈쉰들러 리스트〉가 아니라 〈쥬라기 공원〉이었다. 〈쥬라기 공원〉은 할리우드의 자본과 기술력이 현대의 히치콕을 만나서 아름답게 폭발한 마법이었다. 나는 아직도 그 영화에서 브라키오사우루스가 처음 등장하던 순간을 잊을 수가 없다. 그 장면은 영화 역사상 가장 경이로운 순간 중 하나로 꼭 역사책에 기록되어야 마땅하다.

시네마천국과 동아리방의 우리는 스필버그의 이름을 말하지 않았다. 대신 우리는 스탠리 큐브릭을 말했다. 장뤼크 고다르와 프랑수아 트뤼포를 말했다. 구로사와 아키라와 오즈 야스지로를 말했다. 페데리코 펠리니와 로베르토 로셀리니를 말했다. 당시 나의 올타임 베스트는 갓 보기 시작한 온갖 '공인된' 걸작들로 가득했다. 오슨 웰스의 〈시민 케인〉1941을 넣었다가 조금 더 영화광적 자의식이 깊어진 이후에는 "훗, 오슨 웰스는 사실 〈시민 케인〉보다는 이거지"라고 삐딱하게 말하며 〈악의 손길〉1958을 넣었다. 미켈란젤로 안토니오니의 영화들을 보기 시작하자 리스트는 곧 이탈리안 시네마로 가득 차기 시작했다. 물론이다. 여전히 나의 올타임 베스트에는 이탈리아 감독들의 영화가 가득하다. 안토니오니의 〈태양은 외로워〉1962와 루키노 비스콘티의 〈레오파드〉1963를 리스트에서 뺄 생각은 전혀 없다. 하지만 당시의 내 솔직한 리스트에는 분명히 스필버그의 〈쥬라기 공원〉이 들어가야 마땅했다. 나는 그게 부끄러웠다. 나의 지금 올타임 베스트 1위는 데이비드 린의 〈아라비아의 로렌스〉인데 심지어 그 시절에는 데이비드 린의 영화를 넣는 것조차 부끄러웠다. 어린 영화광인 나에게 할리우드의 대작이라는 것은 베스트 리스트에 넣어서는 안 되는 것이었다.

나는 종종 소셜미디어나 인터넷 게시판에 영화광들이 올리는 리스트들을 보며 그 시절의 나를 다시 떠올린다. 그 리스트들은 정말 마음 깊이 좋아하는 영화들이라기보다는 남들이 보면 누구나 납득할 만한 걸작들과 '와 이런 영화를?'이라는 반응을 끌어낼 만한 약간 독특한 선택을 섞어서 공인된 영화광적 자의식을 내보이면서도 남들과 조금 다르다는 것을 충분히 보여줄 수 있는 영화들로 채워진다. 아니다. 나는 지금 그런 리스트를 게시판에서 뽐내고 있는 당신을 비난하기 위해서 이 글을 쓰는 것이 아니다. 당신은 옳다. 나도 그런 방식으로 리스트를 만든다. 누구나 그런 방식으로 리스트를 만든다. 여전히 영화광들의 맹렬한 지지를 받고 있는 프랑스 작가주의 영화잡지 〈카이에 뒤 시네마〉의 베스트도 마찬가지다. 나는 그들이 2011년 베스트 10 리스트 8위에 J. J. 에이브람스의 〈슈퍼 에이트〉2011

를 넣었을 때 깔깔깔 웃었다. 그건 분명히 '우린 초큼 다른 독창적인 선택을 보여주겠다'는 선언에 가까운 선택이었다. 익스큐제무아! 〈카이에 뒤 시네마〉 필진 여러분. 당신들은 분명히 지금쯤 저 선택을 부끄러워하고 있을 것입니다. 이건 좀 다른 이야기인데, 나는 브라이언 드 팔마의 범작인 〈미션 투 마스〉²⁰⁰⁰가 〈카이에 뒤 시네마〉 베스트 리스트에 오른 뒤에야 갑자기 한국 비평가들이 이 영화를 재평가하기 시작한 것에 약간의 의문을 여전히 갖고 있다. 물론 나에게도 브라이언 드 팔마는 현재 가장 사랑하는 감독 중 한 명이지만. 〈미션 투 마스〉요? 여러분?

　　나는 이 글을 쓰고 나서 스티븐 스필버그의 역사적인 후기 걸작 〈레디 플레이어 원〉²⁰¹⁸을 다시 볼 생각이다. 8, 90년대 유년기를 보낸 영화광들에 보내는 이 거침없는 헌사는 다시 볼 때마다 나의 영화광으로서의 코어를 뒤흔들어 눈물을 쏙빼낸다. 나는 동아리 면접에서 스필버그의 이름을 말하지 않았다. 하이텔 시네마천국에서 스필버그의 영화를 이야기하지 않았다. 영화잡지 면접을 볼 때도 스필버그의 이름을 꺼내지 않았다. 그 선택들을 후회하냐고? 그렇지는 않다. 원래 청년기의 자식들이란 가장 존경하는 사람으로 아버지의 이름을 내놓기를 꺼리게 마련이다. 어쩌면 이 글을 읽는 당신은 20년 뒤에야 좋아하는 감독으로 '크리스토퍼 놀런'이라는 이름을 말하기를 더는 부끄러워하지 않게 될 것이다. 그때 다시 이 글을 읽어 달라. 이 책이 그때까지 생명을 갖고 존재한다면 말이다.

오늘도 나는 외친다

배순탁

‘쉬샤오둥’이라는 사람이 있다. 이름에서 알 수 있듯 중국 사람이다. 그의 직업은 격투가이자 유튜버. 만약 당신이 무술에 조금이라도 관심 있다면 그의 존재를 이미 알고 있을 것이다. 쉬샤오둥은 이른바 ‘전통무술 무용론자’로 유명하다. 더 나아가 고수를 자처하는 이들과의 시합에서 연전연승을 거둔 것으로 널리 알려져 있다. 유튜브에 ‘쉬샤오둥 전통’이라고만 치면 관련 영상을 여럿 볼 수 있다. 참고 삼아 찾아보기 바란다.

조금은 서글펐다. 나는 나이가 단자리 숫자일 때부터 중국과 홍콩의 무술 영화를 보면서 자랐다. 영화 속에서 볼 수 있었던 무술가들은 내 심장의 맥박을 요동치게 했다. 거기에는 악을 멸

한다는 힘이 있었고, 선을 수호한다는 로망이 있었다. 나는 성룡 형이 노래한 것처럼 남아당자강男兒當自强을 실천하고 싶었지만 그것은 아무래도 무리였다. 아무리 애써 봐도 스스로 마땅히 강건해질 수가 없었다. 요컨대 이루지 못할 남아당자강의 꿈을 영화 보기로 대체한 셈이다.

영웅의 이름부터 나열해본다. 나는 1977년생으로 1980년 대부터 영화를 본격적으로 찾기 시작했다. 단 하나의 아이콘이라 할 이소룡은 가까이 하기엔 너무 먼 당신이었다. "그렇다면 성룡?"이라고 당신은 질문할 테지만 저 유명한 성룡의 〈취권〉1978이 개봉했을 때 나는 아마 겨우 말을 막 뗀 단계에 있었을 것이다. 어머니에 따르면 나는 가르치지도 않았는데 텔레비전을 보면서 스스로 말을 익혔다고 한다. 이후 그 아들은 커서 배순탁이 된다. 역시, 어머니의 사랑은 위대하다. 위대한 만큼 때론 서글퍼진다는 게 함정이긴 하지만.

적시해서 콕 짚어본다. 이연걸이다. 아니, 황비홍이다. 이연걸이 스크린에서 "워스황페이홍我是黃飞鸿!"이라고 신분을 밝히던 그 순간을 기억한다. 우와. 그것은 너무 멋졌다. 끝내주게 근사했다. 나도 저렇게 되고 싶다는 욕망을 참을 수가 없었다. 다시 한번 강조하지만 이렇듯 원대한 미래를 그렸던 저 아이는 이후 커서 배순탁이 된다. 현재 대학원에서 부여한 과도한 과제로 인해 말라 죽어가고 있다고 전해진다.

중국 무술을 통해 강자로 우뚝 설 수 없다면 남은 방법은 딱 하나였다. 중국어를 배우는 거였다. 진짜다. 저 아이는 그나마 공부라도 잘한 덕에 이후 외국어 고등학교에 진학해 중국어를 전공하게 된다. 기쁨이 없지는 않다. 최근 나는 중고등학교 시절 매혹 당했던 무술 영화를 다시 찾아서 보고 있는데 북경어로 촬영된 경우, 수시로 자막을 안 봐도 된다는 엄청난 특혜를 누릴 수 있다. 그렇다고 전부 이해 가능한 건 아니다. 평균 잡으면 50퍼센트, 최대로 쳐봐야 70퍼센트 정도다.

그중 한 작품이 바로 (제목을 발화하는 것만으로도 진심 설레는) 〈동방불패〉[1992]다. 확실히 10대 시절 나에게는 영웅적 풍모를 동경하는 경향이 있었던 듯싶다. 어떤 10대가 안 그랬을까 싶지만 유독 심한 측면이 없지 않았다.

즉, 〈황비홍〉[1991]과 똑같았다. 내가 이 영화를 보면서 넋이 나갔던 순간은 임청하가 "워스똥방부빠이我是東方不敗!"라고 선언하듯 정체를 드러내던 그 장면이었다. 스크린 속 임청하는 아름다우면서도 카리스마적이었다. 상대가 누구든 동방불패답게 그 상대를 한껏 낮춰보는 냉소적인 눈빛은 그중에서도 최고였다. 그랬다. 모두가 왕조현을 우러러보던 그 시절 나 같은 소수의 임청하파가 있었다. 참고로 왕조현은 〈동방불패 2〉[1993]에서 임청하를 사랑했던 아내이자 가짜 동방불패로 나오기도 했다. 이쯤에서 주성철 평론가는 누구 파였을지 궁금하지만 왠지 "전 쪽파요." 할 것 같아 그만두기로 한다.

쉬샤오둥의 영상을 쭉 본 결과 중국에는 고수를 자처하는 사기꾼이 제법 많아 보인다. 이런 이유로 내가 무술에 대한 어린 시절의 동경을 완전히 접었느냐 묻는다면 그것은 아니다. 영화는 영화이고, 현실은 현실이다. 나는 그 어떤 텍스트에도 배울 점은 (그것이 작든 크든) 반드시 존재한다고 믿는 쪽이다.

사람도 마찬가지다. 뭐, "저런 인간에게도 배울 게 있을까" 싶을 때가 없지는 않지만 그럼에도 "도처에 스승이다"라고 생각하는 쪽이 뭐로 보나 정신 건강에 이롭다. 그래, 맞다. 취할 수 있는 게 있다면 취할 줄 아는 것도 배움의 기술이다. 삶의 지혜다.

　　무술을 연마하는 걸 또 다른 말로 '공부工夫'라고 말한다. 그러니까, 무술 역시도 단어의 뜻 그대로 '학문이나 기술을 배우고 익히는 행위'인 셈이다. 가짜가 판치는 세상일지라도 진짜는 어딘가 있기 마련이다. 무술이라고 해서 다를 리 없다. 어쩌면 신선이라도 살 것 같은 깊은 산중에서 홀로 공부에 매진하고 있는 무술가가 있을 (수도 있을) 것이다. 매일 같은 동작을 반복, 또 반복하면서 심오한 내공이 깃들기를 기다리는 무술가가 있을 (수도 있을) 것이다.

　　과연, 나이가 들수록 절감한다. 내 인생을 마침내 결정하는 건 거대한 이벤트 따위가 아니다. 매일매일이다. 에브리데이 라이프다. 내가 한때 푹 빠져서 놓지 못한 책들 중《작가란 무엇인가》라는 인터뷰 모음집이 있다. 이 책에서 볼 수 있는 인터뷰 대상을 쭉 나열해본다. 존경하는 필립 로스를 비롯해 무라카미 하루키, 레이먼드 카버, 이언 매큐언, 밀란 쿤테라, 오르한 파묵, 그리고 도리스 레싱 등이다. 이건 극히 일부에 불과하다. 이 책, 꼭 찾아서 보길 강력하게 권한다. 총 세 권인데 당신이 애정하는 작가가 한두 명은 반드시 있을 확률이 높다.

　　이 인터뷰를 보면서 나는 여러 위대한 작가의 생애를 가로지르는 공통점이 뭔지를 깨달았다. 우리는 보통 작가가 밤을 꼴딱 새서 글을 쓸 거라고 여긴다. 아무 짓도 하지 않고 팡팡 놀다가 어느 순간 영감이 찌릿하고 오면 "우오오오!" 하는 대오각성大悟覺醒과 함께 그제야 글을 쓰기 시작할 거라고 짐작한다. 아니다. 그건 나 같은, 가끔은 내 이름 뒤에 작가 타이틀이 붙는 게 맞나 싶은, 반半 짝퉁에게나 해당되는 습관일 뿐이다.

예외는 없었다. 저 책에 이름을 올린 작가들은 다같이 짜기라도 한 듯 아침에 일찍 일어나서 점심 이후까지 글을 쓰다가 저녁에는 휴식을 취했다. 그러니까, 삶의 서클만 놓고 보자면 직장인과 다를 바가 없었다. 이 책을 보면서 나는 예전 김훈 작가가 했던 인터뷰 내용을 떠올렸다. 대충 이런 논지였다. "소설가라는 게 사실상 백수예요. 아침에 일어나서 원고지 앞에 앉으면 막막합니다. 그래도 일단 써야 합니다. 안 그러면 수입이 없잖아요?"

우리는 평생에 걸쳐 남이 정한 스케줄은 기가 막히게 잘 지키고 산다. 나도 여러분과 마찬가지다. 내일 일어나서 방송국 가야 한다. 쉬고 싶은 마음 간절하지만 지친 육신 어떻게든 이끌고 일터로 나가야 한다. 따라서 진짜 어려운 건 내가 스스로에게 부여한 규칙이다. 새해 금연 계획, 새해 절주 계획(금주는 아무래도 무리다), 새해 운동 계획이 언제나 망하는 데는 다 이유가 있는 것이다.

그렇다. 저 작가들처럼, 그리고 어딘가에 있을 (수도 있을) 진정한 무술가처럼 우리를 구원하는 것은 거창한 무언가가 아니다. 실로 엄정하게 지켜나가는 태도로부터 비롯되는 루틴이다. 나는 내가 루틴을 칼같이 지켜도 될까 말까 한 소박한 재능의 소유자라는 걸 아주 잘 알고 있다. 그럼에도, 언젠가는 극의極意에 다다를 수 있겠지 하는 소망을 조심스럽게 품어본다. 이연걸이 그랬던 것처럼, 임청하가 그랬던 것처럼, 다음 문장을 크게 외칠 수 있는 순간이 어쩌면 올 수도 있을 거라고 희망해 본다.

"워스페이슌투오我是真舜鐸!"

비디오 키드의 생애

주성철

"〈로드쇼〉 창간호를 1억 원에 삽니다."

라는 말에 현혹되어 당시 한 달 용돈의 절반을 털어 1989년 4월 〈로드쇼〉 창간호를 두 권 샀었더랬다. 당시 가장 '힙한' 영화잡지가 될 거라는 소문이 무성했던 〈로드쇼〉를 한 권은 소장용으로, 한 권은 자유롭게 오려서 코팅 책받침용으로, 쓰기 위해서였다. 표지 모델이 무려 소피 마르소였다. 기억에 남기로는 배우 박중훈과 함께 이른바 '스크린 카페'를 탐방했던 기사와, '데이트 인터뷰'라는 이름으로 진행한 홍콩 배우 주윤발과 한국 배우 이혜영의 인터뷰 기사가 유독 선명하다. 이미 영화 월간지 〈스크린〉을 보고 있던 때 경쟁지 〈로드쇼〉가 그렇게 등장했다. 1억 원 이벤트의 자세한 내용은 다음과 같았다. "저희가 만든 창간호를 되돌려 삽니다. 1989년 4월 호 창간호는 10년이 지난 뒤에는 100만 원이 됩니다. 가급적 파손을 피해주시고 10년 동안 보관하시면 횡재를 하실 수 있습니다"라며 "당첨자는 경찰관 입회 아래 공정하게 100명을 추첨하여 각각 100만 원씩을 드린다"라고 했다.

지금 생각해보면 어이없는 일이긴 하지만, 당시 '복권당첨금 1억'이란 금액은 상전벽해하여 새 인생을 꾸릴 수 있는 꿈의 금액이었다. 물론 1억 원을 다 준다는 게 아니라 100명을 추첨하여 100만 원씩 준다는 얘기이긴 했으나, 그 또한 어린 나이에는 어마어마한 돈이었다. 심지어 극장 영화 관람료가 2,500원이던 시절이었으니(분식점 라면은 100원 정도 했던 것 같다) 3,500원짜리 〈로드쇼〉가 10년 후에 100만 원이 될 수도 있다는 얘기에 부리나케 서점으로 달려갔던 것이다. 하지만 〈로드쇼〉는 그 10년이 되기 불과 몇 개월 전인 1998년 폐간했다. 패배주의에 물들어서 1997년 IMF 금융위기의 여파 때문일 거라고, 오히려 〈로드쇼〉를 불쌍하게 여기던 친구들도 있었지만 내 생각은 전혀 달랐다. 코 묻은 용돈으로 영화잡지를 사던 어린 친구들에게 그런 천인공노할 사기를 치다니, 젠장.

비록 〈로드쇼〉는 허망하게 사라졌지만, 우리에게는 '비디오'라는 도피처가 있었다. 1990년대 영화광들의 가장 큰 무기가 바로 비디오였다. 아주 가지 않은 것은 아니지만, 주로 쥐가 노닐던 허름한 동시상영관을 떠나 가가호호 VHS 비디오 플레이어라는 무기를 장착하게 된 것이다. 조금만 발품을 팔면 몇 몇 전설의 비디오 대여점을 찾아서 기어이 원하는 영화를 원하는 때 볼 수 있었다. 선배 영화광 세대처럼 프랑스문화원이나 독일문화원에 가지 않고도, 책을 통해 풍문으로만 알고 있던 고다르와 트뤼포의 영화를 보게 됐으니 책과 영화, 즉 이론과 실제의 괴리도 줄어들어 갔다. 물론 그런 걸작들 외에도 ZAZ 사단의 코미디 영화들, 스티븐 시걸의 액션 영화들을 발견하는 쾌감을 받기도 했다. 아닌 게 아니라, 영화잡지를 사면 제일 먼저 뒤적이는 것이 바로 후반부의 '비디오 추천' 코너였다. 영화광들에게 1990년대는 동시상영관이나 문화원이라는 양극단을 넘어, 그리고 책에서 벗어나 비디오숍으로 옮겨가게 된 대전환의 시기가 아니었나 싶다. 현재의 OTT 서비스와도 같은 맥락일 텐데, 영화광들은 더 이상 굳이 '야외 활동'을 하지 않아도 되었다.

게다가 당시 쿠엔틴 타란티노라는 비디오숍 점원 출신의 영화광이 정식 영화학과 교육을 전혀 받지 않았지만, 직원 신분을 이용하여 닥치는 대로 그 비디오들을 보며 스스로 영화 문법을 익혀 〈저수지의 개들〉[1992]로 데뷔하고, 급기야 〈펄프 픽션〉[1994]으로 칸국제영화제 황금종려상을 수상했다는 이야기는 영화를 꿈꾸었으되 그와 무관한 전공으로 살아가던 수많은 영화 소년소녀들의 피를 끓어오르게 했다. 거기에 '나도 캠코더만 있으면' 마치 당장이라도 칸영화제로 달려갈 수 있을 것 같은 헛된 망상도 심어주기에 이르렀다. 돌이켜보니 당시 1994년 대학 1학년 여름방학 때 '핵폭탄'이라는 어마무시한 상호를 가진 호프집에서 아르바이트를 하게 된 주 목적이 바로 캠코더 구입

비용 마련이었다. 하지만 그 비용은 전자제품점에 당도하기 전 이미 술값으로 탕진하고 말았다.

　　1980년대 후반 들어 가정용 비디오 플레이어 보급률이 1가구 1대 수준으로 높아지면서 비디오 대여점은 호황을 맞았다. 동시상영관에서 담배 피우는 아저씨와 컵라면 먹는 아저씨 옆에서 영화 보던 일은 단숨에 '저개발의 기억'이 됐다. 하지만 '합법 다운로드'와 OTT 서비스가 없던 시절, 최신 출시작 비디오를 차지하기 위한 경쟁은 그야말로 치열했다. 인기작 같은 경우에는 몇 개씩 들여놓았음에도 조금만 늦으면 뒤집어 넣어둔 빈 비디오 곽만 허망히 바라봐야 했다. 그러한 인기에 힘입어 은퇴하면 비디오 대여점을 차리겠다는 중년들이 치킨집을 차리겠다는 사람들만큼이나 많았다. 그러다 보니 정식 유통과정을 거치지 않고서 이른바 '보따리장수'들에 의지하던 만화 대여소의 은밀한 불법 'B자 비디오'(정품이 아닌 복사본을 대여해주는 것으로 당시 신작 영화들도 이렇게 흔히 유통됐다) 상영회도 더 이상 열리지 않게 됐다. 하지만 릴리아나 카바니의 〈비엔나 호텔의 야간 배달부〉[1974]나 안드레이 줄랍스키의 〈퍼블릭 우먼〉[1984], 그리고 〈내 무덤에 침을 뱉어라〉[1978]를 비롯한 싸구려 이탈리아 호러 영화들의 인기 B자 비디오들은 '불법 복제'라는 이름으로 손에 손잡고 공유됐다. 모여서 보지 않을 뿐 '복제'는 비디오라는 문명의 이기가 부리는 황홀한 마술이었다. 당시 우리에게 영화란 발터 벤야민이 얘기한 '기술복제시대의 예술작품' 그 자체였다.

　　음침한 동시상영관과 B자 비디오가 남성 영화광들만의

전유물이었다면, 비디오 대여 시대가 열리면서 숨죽이며 살았던 주위의 여성 영화광들의 커밍아웃도 기하급수적으로 늘어났다. 물론 그 존재를 모르고 있었을 뿐 어딘가에서 영화에 대한 사랑을 키우고 있었을 그들을 비로소 '양지'에서 만나게 된 것이다. 돌이켜보면 그들과의 교류를 통해 〈길버트 그레이프〉1993의 조니 뎁과 리어나도 디캐프리오, 〈아리조나 유괴 사건〉1984의 니콜라스 케이지, 그리고 〈허공에의 질주〉1988의 리버 피닉스를 발견하게 됐던 것 같다. 당연히 〈로드쇼〉와 〈스크린〉 같은 영화잡지를 사기 위해 서점 앞에 줄 선 이들 역시 남자들만은 아니었다. 그저 나만이 동시상영관에 죽치고 살았을 뿐이었다.

그렇게 문화원이나 각종 동호회들이 영화와 영화에 대한 정보를 독점하던 시절을 넘어, '1,500원에 1박 2일'('구프로는 1,000원에 2박 3일', '무협비디오 시리즈는 개당 500원에 일주일' 등 약속은 지역마다 천차만별이었다)이라는 약속을 지키고 "너만 봤냐? 나도 봤다!"를 외치는 시네필의 민주화 바람이 불기 시작했다. 구하지 못한 영화를 보기 위해 굳이 어떤 단체나 동호회의 문을 두드릴 필요가 없게 된 것이다. 1990년대 영화 문화의 데탕트는 그렇게 VHS 비디오를 타고 시작됐다.

나 역시 한때나마 장래에 비디오숍을 차리고 싶다는 꿈을 꽤 오래 간직하고 있던 '비디오 세대'였다. 이후 2000년대 DVD와 블루레이, 시대를 거쳐 현재의 OTT 서비스 시대로 넘어오기 전까지, 책으로 제목만 알고 있던 영화들을 빌려볼 수 있었던 시대, 싼 가격에 원하는 영화를 볼 수 있었던 시대. 그렇게 비디오 문화의 확산이 '문화원'과 '동시상영관'을 중심으로 결집된 배타적 시네필 집단 내에 성평등과 민주화를 가져왔다, 고 말하면 지나친 비약일까.

가장 많이 본 영화와 그 횟수는?

주성철

오우삼 <영웅본색>

극장 지정좌석제도 없던 시절이었기에 조조 상영부터 극장 문 닫을 때까지 계속 앉아서 봤다. 모든 대사와 노래를 머릿속에 박제시키고 싶어서 아마도 50번은 확실히 넘게 본 것 같다.

이화정

로브 라이너 <스탠 바이 미>

성장 영화를 워낙 좋아해서, 나름 분류법으로 '성장하는 성장 영화' 챕터를 만들어뒀다(언젠가 묶어 책으로 쓰겠다는 마음으로). 첫 번째 챕터에는 <스탠 바이 미>1986가 들어갈 거다. 누군가 성장 영화를 만들고 싶다면 먼저 이 영화의 요소들을 조목조목 해부해보는 걸 권한다(이미 많은 감독들이 했다만). 길을 떠난 아이들이 겪는 '짧은', 그러나 실은 '길었던' 통과 여행. 이 여행이 끝

난 뒤 다시는 예전의 내가 아님을 알게 되는 서늘함까지. 스티븐 킹의 원작이 주는 단순하지만 속 깊은 대사들과, 무엇보다 너무 멋있어서 눈을 뗄 수 없었던 리버 피닉스의 어린 시절이 고스란히 박제된 영화. 몇 번 봤더라?

김도훈

리들리 스콧 <블레이드 러너>

지금까지 가장 많이 본 영화를 꼽는 건 매우 쉽다. 리들리 스콧의 1982년 작 SF 영화 <블레이드 러너>다. 나는 이게 블랙핑크 같은 영화라고 생각한다. 네 명의 천재가 필연적으로 혹은 우연으로 한 자리에 모여서 만들어낸 걸작이기 때문이다. 연출가 리들리 스콧, 배우 해리슨 포드, 음악가 반젤리스, 특수효과 담당자 더글러스 트럼블. 당대의 가장 매력적인 예술가들이 만나 빚어낸 이 빛과 어둠의 교향곡은 봐도 봐

도 질리지 않을뿐더러 보면 볼수록 새로운 아름다움을 발견하게 된다. 놀라운 영화다. 반젤리스의 음악은 너무나도 훌륭해서 화면을 보지 않고 그냥 배경음악으로만 틀어놓아도 기가 막히다. 사실 '현대의 고전'이라는 말에 <블레이드 러너>만큼 어울리는 영화는 몇 없다.

김미연
제임스 캐머런 <타이타닉>

극장에서 <타이타닉>1997을 처음 본 후 DVD, 블루레이, 성우가 더빙한 공중파 채널의 명절 특선, OCN, 채널 CGV, 슈퍼액션에서 수없이 많이, 심지어 편집실에서까지 열여섯 번에 걸쳐 또 보았다. 그렇게 많이 봤음에도 다시 한 번 선실 중앙 나선 계단에서 조우하는 로즈와 잭의 마지막 신을 볼 때면 열여섯 번 다 똑같이 눈물 콧물을 흘렸

다. "유…유 머…머스트 프프프프로미스…미… 댓 유 워…워운트 깁…기브 업… 노…노 매터 왓 해…해픈……." 명대사 속 디캐프리오의 호흡마저 또렷이 기억하는 수준이다.

배순탁
폴 토머스 앤더슨 <매그놀리아>

나는 술 취하면 <매그놀리아>1999를 트는 기묘한 습관이 있다. 거의 매일 술을 마시기 때문에 꽤나 많이 봤을 테다. 너무 취한 날은 오프닝만 보고 잠든 적도 많다. 따라서 처음부터 끝까지 다 본 건 최소 5회 이상. 오프닝만 보다가 쿨쿨나라로 건너갔던 건…… 나도 몰라요……. <매그놀리아>에 대한 내 자세한 감상을 읽고 싶다면 <씨네21>에 기고한 글을 참고 바란다. 네이버에 '매그놀리아 배순탁' 치면 바로 나온다.

영화 사담

3.

결국 눈물을 떨어뜨리는 건

김미연

예능 프로그램을 연출할 때 무반주 댄스로 코믹한 상황을 만드는 경우가 있다. 말 그대로 음악 없이 출연자가 신나게 춤을 추는 건데, 추는 이나 보는 이나 민망함이 주된 정서다. 바보 같아 보이는 황당함에 웃는 거다. 어쨌거나 그것도 음악을 활용한 코미디라고 할 수 있겠다. 있어야 할 음악을 쓰지 않는 데서 오는 코미디. 음악은 어디서나 상황을 더 비극적으로 혹은 희극적으로 살려주는 역할을 하는데 이것을 이쪽 방송계 용어로 "감정 로션"이라고 한다. 이 감정 로션은 영화에서 감동과 웃음 그리고 긴박감과 공포심을 주는 데 특히 큰 역할을 한다. 덕분에 영화를 영화 음악으로 기억하기도 한다. 영화는 몰라도 그 영화의 OST는 아는 사람들이 있는 듯이 말이다. 영화 음악을 워낙 좋아해서 〈방구석1열〉에서도 해당 영화의 OST는 꼭 짚고 넘어갔었다.

한편, 나에게 "영화를 완성하는 것은 곧 영화 음악이다"라는 강렬한 인상을 심어준 영화는 바로 스티븐 스필버그의 〈죠스〉다. 아니, 작곡가 존 윌리엄스의 〈죠스〉다. 〈죠스〉의 타이틀곡은 첫 등장 이후 예능 프로그램의 BGM으로 셀 수 없을 만큼 많이 쓰였다. 내 경우에도 뭔가 엄청난 아우라를 가진 출연자가 비밀리에 등장하거나, 엄청난 사건이 터지기 전 분위기를 조성하는 데 사용해 재미를 톡톡히 보았다.

수영장에서 "빠 ― 밤. 빠 ――밤." 하고 장난치면 〈죠스〉를 보지 않은 아이들조차 "꺄악!" 소리 지르며 울음을 터뜨리는데, OST에 흐르는 이런 중심 멜로디를 '모티프'라고 한다. 작곡가 존 윌리엄스가 감독 스필버그에게 이 모티프를 들려줬을 때 스필버그는 "에이~ 형! 장난치지 마요"라고 했단다("형"이라고 부르지는 않았겠지). 나 같아도! 그도 그럴 만한 것이, 아니 공포의 화신 죠스 님이 등장하시는데 달랑 음표 두 개로 모시겠다니! 하지만 감독이 가장 힘줬을 부분에 달랑 음표를 두 개만 내민 존 윌리엄스에게는 그만한 확신이 있었을 테다. 결국 그 새로운 시도를 받아들인 스필버그의 실험정신이 영화사에 길이 남을 OST를 남겼다.

나의 첫 극장 영화 〈E.T.〉[1982]는 영화라는 매체에 푹 빠지게 한, 나에게는 실로 아주 기념비적인 영화인데 이 역시 OST가 한몫했다. 이티가 자전거를 타고 하늘로 날아오르는 순간 터져 나왔던(아슬아슬한 그 순간의 느낌이 정말 음악이 터져 나오는 듯했다) 'Flying theme'이 관객들을 자리에서 벌떡 일어서게 한 일등공신임이 틀림없다. 이티와 엘리엇이 탄 자전거가 하늘로 날아오르는 장면 자체가 영화 음악 때문에 존재하는 게 아닐까 싶을 정도다. 바로 이 음악의 작곡가도 존 윌리엄스다. 어떻게 보면 비극적이라고 할 수 있는 엔딩(엘리엇과 이티의 이별은 너무 가슴 아팠다)을 존 윌리엄스는 음악을 통해 해피엔딩으로 바꿔냈다. 거장 존 윌리엄스가 작업한 〈E.T.〉의 OST는 1983년 제55회 아카데미시상식에서 음악상을 수상하며 "역시 존 윌리엄스! Two thumbs up!"을 외치게 만들었다. 이에 스티븐 스필버그는 이렇게 화답했다. "내 영화는 사람들 눈에 눈물을 고이게 하지만, 그것을 흘러내리게 하는 것은 윌리엄스의 음악이다."

　　역시…… 사람은 말을 잘하고 봐야 해…….

　　〈죠스〉와 〈E.T.〉만 봐도 알겠지만 스필버그는 누구보다 영화와 음악을 '극적'으로 묶어내는 재주가 탁월한 감독이다. 바야흐로 1993년, 〈쥬라기 공원〉을 통해 처음 스크린에서 공룡을 마주했던 순간을 기억하는 분이 있으신지? 그 순간 나는 조용한 극장에서 엄청난 데시벨로 "우와!" 하고 소리를 질렀다. 어렸을 적 책에서만 보던 공룡이 실제 눈앞에서(물론 스크린이지만) 살아 움직이는 걸 봤으니 오버할 수밖에. 이쯤 되면 다들 예상했겠지만 그때 흘러나왔던 노래 'Welcome to Jurassic Park' 역시 존 윌리엄스의 작품이다. 솔직히 그때는 눈앞에 펼쳐진 공룡들의 웅장한 등장에 홀려 정신이 없었다. 그날 느낀 벅찬 감정에 존 윌리엄스의 음악이 큰 역할을 했다는 걸 나중에야 깨달았다.

〈쥬라기 공원〉OST의 백미는 쥬라기 공원에서 브라키오 사우르스를 만나는 순간이다. 잠시 어렸을 적을 되돌아보자. 공룡 대백과사전에서 처음 보았던 브라키오사우르스는 비록 2D였을지언정 빌딩만큼 거대한 것이 어쩐지 감동스런 모양새이지 않았나. 초식성이고 둥글둥글 순해 보이는 이 녀석의 경이로운 느낌을 표현하기 위해 존 윌리엄스와 스티븐 스필버그는 몇 시간씩 본격 토론을 벌였을 거다. 몇 시간이 뭐야, 밤을 새가며 브라키오사우르스를 처음 본 그 순간에 대한 추억을 앞다퉈 얘기했겠지. "거 참, 나도 얘기 좀 합시다." 으악…… 상상만 해도 너무 설렌다. 타임머신만 있다면 그 대화 현장의 커튼 뒤에라도 숨어서 엿듣고 싶을 정도로. 인류가 머릿속으로만 상상해오던 태곳적 생물을 눈앞에서 보게 되는 그 순간, 어떤 음악으로 어떤 감정을 전달할지 머리에 피나도록 고민했겠지.

위에 언급한 영화가 셋 다 스티븐 스필버그와 존 윌리엄스의 작품이다. 두 사람은 서로의 존재를 내심 고마워했을 거다. 내가 만든 영화를, 그리고 내가 만든 음악을 탁월한 재주로 이토록 멋지게 조명해주는 파트너가 있다니. 작업할 때 눈빛만 봐도 무엇을 원하는지 알아주는 존재가 있다는 사실은 무엇이든 가능하다는 자신감을 갖게 해주니까.

코로나19가 한창일 때 존 윌리엄스 영화 음악 콘서트에 다녀왔다. 코로나 시국임에도 불구하고 마스크를 꼭꼭 낀 팬들이 공연장을 메웠다. 존 윌리엄스 없는 존 윌리엄스 콘서트인데도 객석이 꽉 찼고 연주 내내 공연장에 탄식과 감동이 가득했다. 그날 무대에 오른 WE 필하모닉 오케스트라는 모든 파트가 홀

류했지만 특히 금관악기와 타악기가 아주 탄탄했는데, 존 윌리엄스의 음악이 금관악기와 타악기가 효과적으로 활용된 음악임을 생각하면 얼마나 감동적인 연주가 펼쳐졌을지 상상할 수 있을 것이다. 〈슈퍼맨〉[1978]부터 〈인디아나 존스〉, 〈스타워즈〉와 〈E.T.〉 그리고 〈해리포터〉[2001]까지……. 나와 비슷한 세대의 사람들이 음악을 들으며 저들의 유년기를 떠올리고 있음이 확실했다. 공연장 안은 행복의 기운으로 가득했다. 한스 짐머의 웅장하고 화려한 음악도 좋지만 나는 역시 내 유년기 정서를 만들어준 존 윌리엄스의 음악이 더 좋다. 극장 안에 앉은 관객들을 영화에 앞서 음악이 먼저 행복했던 과거 그때로 보내준다.

만약 나처럼 영화 음악을 영화만큼 좋아하는 분이 있다면 2016년에 개봉했던 〈스코어: 영화음악의 모든 것〉이라는 다큐멘터리 영화를 추천하고 싶다. 그 시절 우리를 가슴 뛰게 했던 명작들과 OST가 어떻게 탄생하게 되었는지, 그리고 존 윌리엄스, 한스 짐머, 하워드 쇼어, 브라이언 타일러 등이 전하는 작업의 기술과 영업 비밀을 생생하게 들을 수 있다. 이 다큐멘터리 영화를 보면서 느낀 것은 두 가지다.

하나. 역시 영화의 모든 것은 영화를 정말 사랑하는 사람들에 의해 탄생한다.

둘. 거장들은 거장스럽게 생겼다……. 하…….

오늘도 나는 내가 힘주어 편집한 부분 앞에서 나만의 보물 같은 뮤직 라이브러리 폴더를 연다. 슬픈/비장한/쫓기는/

웃픈/코믹한 등등으로 분류해둔 작은 폴더들이 빼곡하다. 폴더를 선택해 열어보면 그 안에는 세계적인 거장들이 열심히 작업해둔 OST가 제 모습을 뽐내며 기다리고 있다. 오늘은 어떤 반짝반짝 빛나는 곡을 편집본에 얹어볼까 가슴이 두근두근. 일상의 앰비언스와 출연자들의 목소리만 존재하는 건조한 파일 위에 별같이 빛나는 음악들이 얹어지는 짧은 순간, 그 공간에 존재하지 않았던 새로운 감정이 만들어지는 마법이, 펼쳐진다.

극장이라는 공간에서 호흡하기

이화정

"혹시 아직 계시면, 맥주 한잔 하면서 영화 이야기 더 나누실래요?"

새벽녘 카톡이 울렸다. 이 시간에? 스팸이겠거니 하고 무시하려다가 '영화 이야기'라는 말이 걸렸다. 누가 스팸으로 '같이 영화 이야기 나눠요'라는 말을 쓸까. 지인인가 싶어 얼른 눌러서 프사를 확인해봤다. 카톡의 발신자는 내가 모르는 사람이 맞았으며, 그럼에도 스팸은 아니었다. 그날 내가 진행한 관객과의 대화에서 연 단체 '오픈 채팅방'에서 아직 나가지 않았던 관객이 같이 영화를 관람한 관객들과 영화 이야기를 나누고 싶어 톡을 보낸 것이었다. 지금처럼 디지털 예매 시스템이 정착되기 전을 떠올려 보면, 화제작을 보려고 몇 시간 전부터 줄을 서서 예매하다가 앞뒤 줄 선 이들이 서로 영화 이야기도 나누고 그랬지…… 이날 관객의 오프라인 접속 시도는 온라인 시대의 아날로그적 만남과의 결합쯤 되는 걸까. 디지털 시대의 오픈 채팅방이 아날로그 만남을 불러오는 기이한 풍경이네.

아, 오픈 채팅방이 뭐냐고? 코로나19 이후 비대면의 제약을 극복하고자 마련한 관객과의 대화, 소통 방식이다. 어떻게든 함께 만나 영화로 소통하고자 하는 일종의 자구책인 셈이다. 감염의 위험이 있는 마이크를 관객 간에 서로 공유하지 못하니, 톡 방을 개설해 행사를 진행하는 모더레이터가 톡 방에 올라온 질문을 채택해가며 문답을 진행한다. 극장이라는 공간에서 함께 대면하고 있지만 질문은 비대면으로 받으니 하면서도 늘 아이러니하다 싶다. 하지만 코로나 시대일지라도 극장이라는 공간에서 영화를 함께 보고 의견을 나누고 싶은 마음들이 고안한 사뭇 절박하고도 신박한 방법이기도 하다.

초창기엔 혼란도 있었다. "거, 마스크 좀 벗고 합시다." 감독의 답변 중 갑자기 객석에서 거친 요구가 들려왔다. "모두의 안전을 위한 조치이니 협조해달라"는 진행자로서 내 멘트가 떨어지기도 전에 그 관객이 다시 "관객들의 볼 권리를 막는다"며 언성을 높였다. 이러한 극히 일부의 혼선을 빼곤 관객도 게스트도 모두가 안전하게 의견을 나눌 제2의 방법에 빠르게 적응해갔다.

1998년, 강변 테크노마트에 국내 최초의 멀티플렉스 극장인 강변 CGV가 오픈했던 해가 생각난다. 테크노마트가 있는 그 첨단의 건물도 이제는 인터넷 쇼핑몰에 밀린 지 한참됐지만, 당시는 단관극장에 익숙한 관객들의 발걸음을 모을 새로운 형태의 극장이었다. 로비에 별빛 네온이 있던 최첨단의 극장은 나들이, 데이트 장소로 각광받았다. 이제는 집 앞에 동네 친구처럼 하나쯤은 대형 멀티플렉스 체인이 있다. TV를 보다가 슬리퍼 신고 뛰쳐나가 바로 영화를 볼 수 있는 편리한 시대다. 극장의 확산으로 관객층도 중장년층까지 확산됐다. 중장년층을 타깃으로 한 영화 콘텐츠도 개발됐다. 그렇게 전진하던 극장이 2020년 들어, 잠깐이지만 뒷걸음을 한 것이다.

각종 절차부터 심리적 부담까지, 극장 입장에는 단단하고 높은 벽이 생겼다. 지자체에서 주관하는 영화제는 방역 조치가 특히 더 강력했다. QR코드를 찍고 체온 측정을 하고, 마스크를 단단히 쓰고, 라텍스 장갑을 꼈다. 얼핏 선별진료소 간호사처럼 보이지만 코로나19 시대에 영화제 관객과의 대화 진행에 필요한 모더레이터 기본 착장이 이 정도였다. 거리두기를 시행한 좌석은 비어두기의 표시로 띠를 두르거나, 종이 안내지를 붙여두고, 빈자리에 배우의 등신대를 대신 앉혀두는 등 객석 거리두기의 방법도 각양각색이었다. 무대와 관객과의 거리두기도 철저히 지켰다.

방역지침 2.5단계가 시행되고부터는 이 정도 무장만으로는 부족해서, 무대 위에 바이러스의 공격으로부터 보호해줄 투명 아크릴판을 설치하기 시작했다. 처음엔 옆 좌석에만 있더니, 어느 날부터는 객석과 무대 사이도 아크릴판으로 가려졌다. 이렇게, 할 수 있는 최대한의 만전을 기하고 나서야 비로소 감독과 배우와 관객들이 함께 만나는 소중한 시간이 마련됐다. 2020년, 2021년 극장은 공기 중에 함께 존재하고 있는 코로나바이러스의 심기를 건드리지 않기 위해 매순간 긴장의 끈을 놓치지 않았다.

덕분에 활성화된 것도 있다. 직접 만나지 않아도 가능한 비대면 줌 토크다. 직접 한국에 오지 못하는 해외 게스트들을 줌 링크로 연결해 관객과 소통한다. 환경에 적응해 모더레이터를 맡는 나도 진귀한 경험치를 쌓고 있다. 〈드라이브 마이 카〉2021의 하마구치 류스케와 한국 관객이 이어진 현장에는 대면 무대만큼이나 열기가 가득했다. 진행하면서도 극장에서 뿜어져 나오는 공기를 체감할 수 있었다. 얼마 전에는 홍콩에서 열리는 홍콩아시안필름영화제에서 임순례 감독 특별전의 토크도 진행했다. 코로나 시대의 진행자는 이렇게 글로벌하게! 임순례 감독과 나는 각자의 공간에 있으면서, 한 시간 시차를 극복하고 홍콩 몽콕의 브로드웨이 시네마테크로 곧장 연결되었다. 극장에 꽉 들어찬 관객들과 눈을 맞추면서 대화를 나누면서, 코로나 장벽이 없던 예전에는 시도 못 할 형태의 소통을 경험했다. 이게, 참, 참여해보면 비대면인데도 연결되어 있는 현장감이 확연하게 느껴진다.

처음엔 참 어색하다 싶었는데, 차츰 줌 링크에 나 포함 우리 모두 적응하고 진화하는 걸 보는 게 흥미롭다. 어디든 인터넷만 연결되면 가능하니, 게스트들의 공간도 작업실, 집을 가리지 않는다. 덕분에 토크 도중 강아지가 난입하거나, 아기가 우는 일도 많다. 시차 때문에 이제 막 일어나 지각 입장을 하거나,

와이파이 연결이 원활하지 않아 화면에서 사라졌다 한참 후 나타나는 게스트도 있다. 정말 '쌩' 라이브 쇼가 스크린에서 펼쳐진다. 영화보다 더 영화 같은 에피소드가 한 가득이다. 관객 적응 속도는 그중 최고다. 말문이 막힌 대신 손동작은 더 화려해졌다. 최근에는 공연장에서처럼 아이패드나 스케치북에 감독, 배우를 향한 메모를 적어 팬심을 전달하기 시작했다.

　　코로나가 막 창궐하기 시작했던 2020년, 전도연 배우가 〈지푸라기라도 잡고 싶은 짐승들〉 무대 인사를 하면서 울컥 눈물을 쏟았던 기억이 난다. 위험을 무릅쓰고 영화를 보러 와준 관객들에 대한 감사와 미안한 마음, 공들여 찍은 영화를 앞에 두고도 극장에 오라고 선뜻 말하지 못하는 마음, 이런 겹겹의 복잡한 마음들이 뭉쳐져 쏟아진 감정이었을 거다. 나 역시 무대에서 행사를 진행하면 마스크 위로 전하는 관객들의 눈빛이 그렇게 애틋할 수가 없다.

　　방역 단계가 격상될 때마다 문화 콘텐츠의 소비는 늘 가장 하위로 밀려났다. "영화 안 본다고 죽나" 하는 말이 아주 틀린 말은 아닐지도 모르지만, 극장에서 영화를 쉽게 볼 수 없는 시간이 지속되면서 마음의 수명은 감소되지 싶다. 한 시간가량 진행되는 행사, KF94 마스크를 써서 숨이 막혀 가끔 발음이 뭉개지고 라텍스 장갑 때문에 손에는 땀이 가득 차지만 그래도 영화는 멈추지 않았다.

　　바람은 하나다. 이 책이 출간될 때쯤에는 부디 코로나가 종식되고 이 페이지에 써 내려간 이 모든 이야기가 한때 이 시기를 경험한 희귀한 증언이 되기를.

마감 막바지, 인원 제한과 시간 제한 해제, 극장 취식이
가능해졌다. 야외에서는 마스크도 벗게 되었다. 비대면
의 기억이 추억으로, 또 하나의 극장의 역사로 남길 바라
며, 이 원고는 살려둔다.

늙은 영화 힙스터는 죽지 않는다

김도훈

나는 끊임없이 새로운 걸 찾아 헤맨다. 이건 거의 집착에 가깝다. 내 마음속에는 트렌드를 따라가지 못하면 패배한 기분이 들고야 마는 '늙은 힙스터'가 한 마리 살고 있는 게 틀림없다. '늙은 힙스터'라는 단어는 누군가 인스타그램 공계정을 만들어 내 계정에 악플을 달며 사용했던 단어다. 아마도 그는 '이런 소리를 들으면 좀 부끄러워하겠지?'라고 생각했을 것이다. 정체를 알 수 없는 악플러 님, 당신은 저의 내적 윤리를 지나치게 과대평가하셨습니다. 사실 나는 그 단어를 보자마자 껄껄껄 웃었다. 그만큼 나를 제대로 설명해주는 단어는 없었기 때문이다. 늙은 힙스터라니. 그건 내가 지난 20여 년간 나를 설명하기 위해 동원했던 모든 단어 중 가장 뼈를 때리는, 마조히즘적으로 아름다운 내적 찰과상이 남는 단어였다. 어쩌겠는가. 맞으면서 희열을 느끼는 사람도 세상에는 일정한 비율로 존재하게 마련이다.

그렇다. 내 인생은 힙스터적이었다. 물론 내가 '하는 일도 없으면서 트렌드를 좇으며 문화적 과소비에 시달리는' 힙스터의 정의에 완벽하게 부합하는 사람은 아니라는 변명 정도는 하고 넘어가야겠다. 나는 언제나 열심히 일을 하며 돈을 벌었다. 한 달도 멈추지 않고 직장의 안위와 나의 안위를 동일시하며 살았다. 이토록 건전한 생산적 삶을 산 사람에게 힙스터라니. 하지만 나는 역시 힙스터라는 단어가 아주 싫지만은 않다. 고백한다. 나는 힙하게 살고 싶다. 쿨하게 살고 싶다. 엣지 있게 살고 싶다. 현실은 그렇지 않다는 것이 문제이긴 하지만 '힙'을 추앙하며 사는 인생이 뭐 그리 나쁜 건 아닐 것이다. 어쨌거나 힙스터라는 인간들은 누구도 쳐다보지 않는 콘크리트 더미에서도 힙을 찾아내고야 마는 존재들이니까 말이다.

물론 성수동과 홍대의 카페를 야금야금 잠식하던 '콘크리트 힙'도 이제는 한물간 힙이 되고 말았다. 솔직히 말하자면 나는 콘크리트 힙이 시작부터 싫었다. 콘크리트 노출의 미학을 뛰어넘어 아예 '공사판 시크'라고 부를 법한 그 인테리어 유행은 좀 지긋지긋했다. 먼지가 마구 날리는 폐허 속에서 신체를 가장 불편하게 만들겠다는 일념 하나로 제조한 의자에 앉아 원산지와 풍미에 대한 설명은 가득하나 맛은 그다지 특별할 것이 없는 드립커피를 마시는 건 도무지 내 취향이 아니었다. 나에게 카페라는 공간은 푹신한 소파와 눈높이에 맞는 테이블이 있어야 하는 곳이다. 그렇다. 나는 늙었다. 새로운 걸 찾으면서도 콜레스테롤 약을 삼키고 당뇨를 걱정해야 하는 늙은 힙스터가 됐다.

늙은 힙스터 영화광으로서 나는 지난 10년간 끊임없이 좌절했다. 더는 새로운 것이 보이지 않았다. 내가 영화의 미래를 어느 정도 맡겨도 괜찮겠다고 생각하는 감독은 조너선 글레이저가 유일했다. 그는 스칼릿 조핸슨 주연의 SF 영화 〈언더 더 스킨〉[2014]으로 모든 영화광과 비평가들의 무시무시한 사랑을 받는 작가가 됐다. 나는 조너선 글레이저의 전작이자 비평적으로 큰 주목을 받지 못한 〈탄생〉[2004]부터 그를 일찌감치 점찍었다는 자찬을 부끄러움 없이 하곤 한다. 자신이 10년 전 죽은 남편이라고 주장하는 열 살짜리 꼬맹이를 만난 여성의 불안을 다루는 〈탄생〉은 당신이 놓친 걸작이다. 루이스 부뉴엘의 〈부르주아의 은밀한 매력〉[1972]과 〈욕망의 모호한 대상〉[1977]을 쓴 장클로드 카리에르, 거스 밴 샌트의 〈엘리펀트〉[2004]와 〈라스트 데이즈〉[2005]를 촬영한 해리스 사비데즈, 갓 영화 음악가로 이름을 알리기 시작하던 알렉상드르 데스플라, 로만 폴란스키의 〈악마의 씨〉[1968]의 미아 패로를 연상시키는 짧은 단발과 파리한 표정만으로 바로크적 아름다움을 만들어내는 젊은 니콜 키드먼. 조너선 글레이저는 이 꿈같은 조합으로 깨질 것처럼 예민한 사랑이야기를 스크린에 빚어낸다. 만약 당신이 이 영화를 아직도 보지 않았다면 그건 영화광으로서의 직무유기나 마찬가지다.

신인 감독의 영화를 발견하는 즐거움은 1990년대와 2000년대를 거치면서 거의 끝이 난 것 같다. 1990년대는 확실히 행복한 영화광의 시대였다. 나는 아직도 타란티노의 〈펄프 픽션〉, 폴 토머스 앤더슨의 〈부기 나이트〉[1997], 웨스 앤더슨의 〈맥스군 사랑에 빠지다〉[1998], 대런 애러노프스키의 〈파이〉[1998]와 라스 폰 트리에의 〈브레이킹 더 웨이브〉[1996]를 처음 본 순간을 잊을 수가 없다. 구로사와 기요시의 〈큐어〉[1997], 미이케 다카시의 〈오디션〉[1999], 왕가위의 〈중경삼림〉[1994]을 처음 본 기억을 지울 수가 없다. 새로운 영화가 시작되고 있었다. 모두가 자기 멋대로 영화를 만들고 있었다. 전통적인 내러티브는 해체되고 있었다. 고전적인 편집도 해체되고 있었다. 인디 영화와 메이저 영화의 오래고 굳건한 경계는 무너지고 박살 났다. 거의 모든 국가에서 뭔가 새로운 게 매년 터져 나왔다. 너무 새로운 게 자주 많이 등장한 나머지 정신을 차릴 수가 없을 정도였다. 나는 1990년대가 1950년대 누벨바그 이후로 가장 거대한 영화적 지진이 발생한 시대라고 확신한다. 그렇다면 요즘은 누가 있는가? 글쎄. 곧바로 생각나는 '젊은' 이름이 없는 걸 보니 나도 꼰대가 되어가는 중인가 보다.

지난 몇 년간 내가 조너선 글레이저 다음으로 기대했던 감독은 니콜라스 빈딩 레픈이었다. 〈드라이브〉[2011]는 오직 폼으로만 가득한 위선적 영화라는 평을 받곤 하지만 나는 여전히 그 영화가 끝내주는 폼으로 가득한 걸작이라고 생각한다. 어떤 영화들은 오직 폼으로만 가득한데 그 폼이 너무 굉장해서 예술이 되어버리는 경우가 있다. 이를테면 두기봉의 영화들이 그렇다. 니콜라스 빈딩 레픈은 〈드라이브〉 이후 계속해서 폼을 잡았다. 당신은 그가 〈드라이브〉의 폼을 더 극단적으로 밀어붙여서 만든 〈온리 갓 포기브스〉[2013]와 〈네온 데몬〉[2016]을 정말로 싫어

하고 있을 것이다. 솔직히 말하자면 나는 그 두 편의 괴상한 영화들도 좀 재미있는 구석이 있다고 생각한다. 하지만 니콜라스 빈딩 레픈이 〈드라이브〉만큼 좋은 영화를 만드는 일은 벌어지지 않을 것이다. 어떤 감독들은 데뷔작, 혹은 출세작 한 편으로 자신의 모든 재능을 탕진한 뒤 그냥 휘발해 버리곤 한다. 〈도니 다코〉[2001]의 리처드 켈리처럼 말이다.

자, 이제 나는 이 글을 영화적 늙은 힙스터로서 내가 가장 열광하는 새로운 이름에 바치고 끝낼 생각이다. 데이비드 로버트 미첼이다. 나는 그의 2014년 작 〈팔로우〉를 보고 한동안 자리에 앉아 올라가는 크레디트만 멍하니 바라봤다. 나는 성격이 지나치게 급해서 마블 영화의 쿠키도 보지 않고 자리를 뜨는 인간이다. 크레디트가 다 올라갈 때까지 영화를 보는 것이 영화광적 존경의 발로라고 생각하는 사람들을 그다지 좋아하지 않는다. 많은 아트시네마나 영화제들은 크레디트가 끝날 때까지 자리를 지키는 것을 은밀한 의무처럼 여긴다. 그런 의무는 세상에 존재하지 않는다. 당신은 언제든지 자리를 박차고 나갈 권리가 있다. 영화를 보는 당신은 영화보다 더 위대하다. 각자의 세계를 가진 인간보다 위대한 영화라는 것은 존재하지 않는다. 나는 지구의 종말 앞에서 신이 고다르의 영화와 당신의 목숨 중 하나를 선택하라고 한다면 당연히 (누군지도 모르는, 하지만 이 책을 여기까지 읽어주시는 수고를 한) 당신을 살릴 것이다. 예술이고 나발이고 인간보다 소중한 건 없다.

그러니 내가 〈팔로우〉를 보고 자리에서 일어나지 못한 채 멍하니 크레디트를 지켜본 건 정말 그 영화가 좋았다는 의미였을 것이다. 〈팔로우〉는 호러 영화다. 데이비드 로버트 미첼은 〈할로윈〉[1978]과 〈스크림〉[1996] 같은 할리우드 10대 슬래셔 장르를 나카다 히데오의 〈링〉[1998] 같은 오컬트 장르와 결합시킨다. 영화 속 10대 주인공들은 섹스를 하면 전염되는 저주에 걸린다. 저주를 받은 사람은 계속해서 얼굴이 바뀌는 어떤 존재들의 습격을 받는다. 남에게는 보이지 않는 그 존재는 낮이고 밤이고 갑자기 나타나서 느릿느릿하게 주인공들을 '팔로우'한다.

중요한 건 이야기가 아니다. 〈팔로우〉의 이야기 자체는 그리 특별하지 않다. 데이비드 로버트 미첼은 우리에게 익숙한 호러 장르의 관습적인 장치들을 비트는 것에는 별 관심이 없다. 중요한 장면에서도 그는 점프 스케어[jump scare](깜짝 놀라서 자리에서 뛰어오르게 만드는 호러 영화의 장치)를 일부러 자제한다. 대신 그는 호러 장르 자체를 일종의 은유로 이용해 먹는다. 이제 막 성인이 되어가는 평범한 아이들에게는 섹스 외에는 특별한 탈출구가 없다. 데이비드 로버트 미첼은 아이들을 둘러싼 미국 소도시 주변부의 황량하고 황폐한 풍광을 끊임없이 카메라에 담아낸다. 거기에 뮤지션 디재스터피스가 만든 1980년대 게임 음원 같은 음악을 덧입히는 순간 기겁하게 아름다운 지옥이 펼쳐진다. 〈팔로우〉는 공포에 대한 영화가 아니라 불안에 대한 영화다. 불안은 서서히 아이들의 영혼을 잠식한다.

나는 〈팔로우〉를 보고 나서 마침내 새로운 세대가 새로운 장르 영화를 만들기 시작했다고 생각했다. 자리에서 벌떡 일어나 환호했다. 하지만 찾아보니 데이비드 로버트 미첼은 1974년생이었다. 나보다도 나이가 많은 양반이다. 그러니까 어쩌면 이건 나이와 새로운 영화를 만드는 재주 사이의 연관이 그리 크지 않다는 증거일지도 모른다. 이게 같은 엑스세대 힙스터로서의 같잖은 상호감응이라고 생각한다면 그렇게 계속 생각하셔도 좋다. 어쩌겠는가. 원래 사람은 같은 세대 안에서 어떤 동질감을 느끼게 마련이다. 데이비드 로버트 미첼은 〈팔로우〉 이후 〈언더 더 실버레이크〉[2018]를 만들었다. 히치콕에 대한 오마주와 팝 컬처를 버무린 이 흥미진진한 도시 괴담은 칸영화제 경쟁부문에 출품됐지만 심사위원들은 고레에다 히로카즈의 〈어느 가족〉[2018]과 스파이크 리의 〈블랙클랜스맨〉[2018], 나딘 라바키의 〈가버나움〉[2018]을 선택했다. 좀 재미없는 선택이었다. 나라면 〈언더 더 실버레이크〉와 하마구치 류스케의 〈아사코〉[2018]를 밀었을 것이다. 하지만 나는 칸영화제 심사위원이 아니다. 앞으로도 되지 못할 것이다. 그러니 여기서라도 지상 최대의 영화제가 내린 우아하지만 평범한 선택에 대해 불평을 하는 수밖에 도리가 없다. 늙은 영화 힙스터라면 누구라도 그럴 것이다.

만국의 게임인이여 외쳐보자!

배순탁

게임을 좋아한다. 아주 오래전 엄마에게 돌잔치 때 내가 뭘 잡았는지 여쭤본 적이 있다. 만약 게임기가 있었으면 그걸 잡았을 텐데 안타깝게도 없었다고 한다. 그렇다면 뭘 잡았는지는 비밀이다.

초등학교 때였다. 크리스마스가 다가올 무렵 어떤 선물을 받고 싶은지 아빠가 물어보셨다. 당시 내 선택지는 총 두 개였다. 레고를 '더' 사거나, 게임기를 '최초'로 사거나. 아버지는 레고 시리즈를 선물하려 하셨지만 나의 결심은 확고하여 단호했다. 닌텐도에서 출시된 게임기 '패미컴'을 손에 넣는 것이었다.

패. 미. 컴.

아아. 이 얼마나 아름답고 황홀한 세 글자인가. 패미컴은 뭐랄까 그 시절 부의 상징 중 하나였다. 아이들은 패미컴이 있는 집으로 부나방처럼 몰려들었다. 박진영이 노래했던 것처럼 나는 "그 집이 우리 집이었"으면 했다. 그러나 부모님은 검소했다. 게다가 애국자셨다. 수개월을 졸라 마침내 패미컴을 사러 갔던 역사적인 날 내 손에 쥐어진 건 패미컴이 아니었다. 지금은 이름도 기억이 나지 않는, 한국에서 패미컴을 벤치마킹(사실상 모방)한 짝퉁이었다. 디자인은 구렸지만, 가격이 쌌고, 무엇보다 국산이었다. 부모님에겐 그게 중요했다.

짝퉁은 과연 짝퉁다웠다. 수직으로 호쾌하게 게임팩을 내리꽂는 진퉁 패미컴과는 달리 짝퉁은 팩을 15도 정도 위 방향에서 넣어서 밑으로 내린 뒤 고정시키는 스프링식이었다. 스프링이 점차 헐거워지면서 짝퉁은 1년을 채 가지 못한 채 운명하고 말았다. 이후 진퉁 패미컴을 마침내 손에 넣은 나는 수많은 게임을 섭렵하면서 덕력을 쌓겠다는 의지를 불태우기 시작했다. 그러나 이때부터 나는 커다란 장벽과 마주해야 했다. 바로 엄마라는 이름의 장벽이었다.

엄마의 원칙은 다음과 같았다. 게임은 오로지 주말에만 가능하고 하루에 두 시간 이상 하지 못한다. 그러니까, 허락된 시간은 일주일에 달랑 네 시간이었다. 주여, 이 얼마나 가혹한 형벌입니까. 한창 게임 할 나이인 저를 이런 시험에 빠뜨리시다니요. 게임을 더할 방법이 없는 것은 아니었다. 먼저 엄마가 외출 준비를 하면 마치 공부를 열심히 하는 것 같은 포즈로 책상에 위치한다. 안심하는 표정의 엄마. 5분 정도가 지났을까. 드디어 엄마 외출. 내가 바보도 아니고 우리 집이 궁전도 아닌 바에야 엄마가 숨겨놓은 게임기를 찾는 건 식은 죽 먹기였다. 드디어 전원을 켜고 게임을 시작한다.

이때부터였다. 나는 오감을 총체적으로 작동하는 법을 스스로 터득하기 시작했다. 엄마의 행선지를 먼저 파악한 뒤 언제쯤 오시겠구나 계산이 딱 서면 그 시간이 되기 30분 전까지 불꽃같은 의지로 게임을 하는 것이다. 그 뒤부터는 신체와 정신을 분리하는 심화 과정으로 들어간다. 나는 손으로는 게임을 하면서 오감을 동시에 작동해 엄마의 기척을 파악했다. 정신일도하사불성精神一到何事不成. 주문을 외워보자. 야발라바히기야. 아브라카다브라. 심지어 나는 엄마가 오기 5분 전에 게임기를 다시 숨겨놓았던 곳에 넣고 책상으로 돌아간 적도 있었다. 엄마 컴백. "우리 순탁이 공부 열심히 하네."

본격적으로 게임 얘기 한번 해볼까. 한데 먼저 밝힐 게 있다. 나는 규모의 경제로 대상을 파악하는 걸 선호하지 않는다. 그럼에도 힌트 정도는 제시해줄 수 있지 않을까 하는 판단에 언급한다는 점 이해해주기 바란다.

적시하면 영화와 음악 산업의 자본을 박박 긁어모아 합쳐도 게임 산업과 비교조차 되지 않는다. 대중문화 중 규모의 경제로만 재단하면 게임이 지구의 왕이다. 아니, 우주의 황제다. 혹시 못 믿을 당신을 위해 구체적인 예를 들어본다. 〈GTA 5〉라는 게임이 있다. 인류가 태어난 이래 가장 많이 팔린 게임이다. 아니, 게임을 넘어 문화 상품 전체를 통틀어 가장 높은 수익을 올린 작품이다.

〈GTA 5〉의 전체 매출은 대략 60억 달러다. 2020년까지 영화 수익 1위를 지킨 작품과 두 배 이상 차이 나는 수치다. 비교 대상은 저 유명한 〈어벤져스: 엔드 게임〉[2019]이다. 총 28억 달러의 스코어를 기록했다. 2021년 봄 〈아바타〉[2009]가 중국 재개봉을 통해 〈어벤져스: 엔드 게임〉의 수익을 넘어섰지만 어차피 〈GTA 5〉의 상대조차 되질 못한다. 무엇보다 재개봉 같은 꼼수는 안 쳐주는 게 맞다.

나도 알고 있다. 이 책이 시네필을 위해 기획된 것임을 모르지 않는다. 그러나 시네필을 위한 글은 친애하는 김도훈, 이화정, 주성철 기자의 솜씨로 충분하다. 영화 소개하는 방송 매커니즘이 궁금하다면 김미연 PD의 글을 보면 된다. 편집진이여. 제발 나에게 능력 이상의 결과물을 요구하지 말아 달라. 나 그렇게까지 유용한 필자 아니다.

다시 본론으로 돌아온다. 자본이 증가하면 그 뒤에 벌어지는 일은 명백하다. 사람이 붙는다는 거다. 인재풀이 풍성해진다는 거다. 실력 있는 스토리 작가가 게임계로 대거 유입되고 있다는 건 더 이상 비밀이 아니다. 무엇보다 "영화보다 더 영화 같은 게임"이라는 표현이 보편적으로 통용된 지 오래라는 게 그 증거다.

게다가 할리우드는 영리하다. 돈이 될 거라는 판단이 서지 않으면 투자는 어림도 없다. 그런 할리우드가 게임 역사에 길이 남을 걸작 〈언차티드〉 시리즈와 〈더 라스트 오브 어스〉를 영화화하기로 결정한 건 다 이유가 있어서다. 이 두 영화가 폭망할지 대성공을 거둘지 나는 알 수 없다. 다만 한 가지만은 장담할 수 있다. 게임의 영화화는 앞으로 전례 없는 페이스로 가속화될 것이다. 이유는 간단하다. 영화보다 더 영화 같은 게임이 이 세상에는 널려 있기 때문이다.

넷플릭스를 통해 공개된 〈위쳐〉 역시 마찬가지다. 물론 이 드라마는 원작 소설을 바탕으로 한 것이다. 그러나 게임으로 완성된 〈위쳐〉가 없었다면 드라마의 이미지를 설계하는 데 꽤나 애를 먹었을 게 분명하다. 만약 당신이 〈위쳐〉 게임을 하고 드라마까지 본 사람이라면 내 주장에 100퍼센트 동의할 것이다.

나는 〈위쳐 3: 와일드 헌트〉를 총 세 번 클리어했다. 트로피 달성도도 90퍼센트를 훌쩍 넘겼다. 게임을 하면서 받을 수 있는 트로피란 트로피는 거의 다 땄다는 의미다. 그래. 맞다. 자랑이다. 따라서 단언할 수 있다. 영화 쪽에 〈반지의 제왕〉2001이나 〈듄〉2021이 있다면 게임 쪽에는 〈위쳐 3〉가 있다. 만약 당신이 플레이스테이션 구입을 고려하고 있다면 이 작품만큼은 플레이해보길 강력하게 추천한다. 과연 그렇다. 그것이 만약 거대하면서도 탄탄하게 짜인 세계관을 기반으로 하고 있다면 판타지의 세계관은 언제나 옳다.

〈배트맨: 아캄 나이트〉도 거론해야 마땅하다. 영화 뺨치는 이 작품의 오프닝 시퀀스에는 전설적인 가수 프랭크 시나트라의 'I've Got You Under My Skin'가 삽입되었다. 그러니까, "나는 당신에게 홀딱 반했어요"라는 의미를 지닌 이 곡으로 영화 〈다크 나이트〉2008에서 조커가 배트맨을 향해 했던 명대사 "You complete me(너는 나를 완성해줘)"를 대체하고 있는 셈이다. 이 영상, 유튜브에 '배트맨 아캄 나이트 오프닝'이라고 치면 볼 수 있다. 게임에 관심 없다면 클럽만이라도 감상해보길 추천한다.

게임이 영화처럼 소비되고 있다는 증거는 또 있다. 이미 셀 수 없이 많은 사람이 유튜브로 게임 공략하는 영상을 틀어놓고 영화 보듯 감상한다는 거다. 한데 이와 관련해 얼마 전 깜놀했던 기억이 있다. 심지어 올레TV에서도 게임 공략 영상 카테고리를 따로 만들어 관람할 수 있게 해놓은 것 아닌가. 만약 "그런 걸 보는 사람이 진짜 있어?"라고 반문하고 싶다면 지금 당장 주민등록증을 꺼내 자신의 나이를 점검해보길 권한다. 이런 사람 되게 많다. 그것도 상상 이상으로 많다. 그리고 무엇보다 재미있다.

발전하는 건 비단 게임 자체만이 아니다. 음악적인 발전 역시 가히 눈이 부실 지경이다. 당신이 아직 몰라서 그렇지 게임 음악은 '뿡뿡 사운드'를 탈출한 지 오래다. 앞서 언급한 〈GTA 5〉만 해도 게임 속에서 차를 타고 라디오를 틀면 셀 수 없이 많은 대중음악을 만날 수 있다. 그것도 거의 대부분이 명곡이다. 대체 이 권리를 어떻게 다 샀을까, 행여 궁금해할 필요는 없다. 자본이 충분하면 라이선스 해결하는 것 따위 문제조차 되질 않으니까. 언제나 문제가 되는 건 당신과 나의 운명처럼 얇은 지갑뿐이다.

게임을 위해 창작된 오리지널 사운드트랙에도 우리는 주목해야 한다. 세계적인 뮤지션, 작곡가, 오케스트라가 게임 음악에 발 들이는 건 이제 흔한 현상이 돼버렸다. 런던 필하모닉은 게임 음악을 연주해 아예 음반까지 냈다. 영화 음악의 거장

한스 짐머 역시 게임 〈콜 오브 듀티: 모던 워페어 2〉의 주제가를 작곡해 찬사를 받았다. 한스 짐머답게 웅장하고, 박력 넘치는 전개가 돋보이는 곡이었다. 저 유명한 폴 매카트니도 있다. 비록 게임은 평가가 좋지 않았지만 그가 〈데스티니〉를 위해 작곡한 'Hope For The Future'만큼은 예외였다.

사례는 차고 넘친다. 그중 대표적인 케이스가 앞서 언급한 〈더 라스트 오브 어스〉다. 〈더 라스트 오브 어스〉의 음악 감독은 구스타보 산타올라야다. 이름만으로는 영 감이 안 온다면 포털 사이트에 '구스타보 산타올라야'라고 입력해보라. 구스타보 산타올라야는 〈브로크백 마운틴〉[2005]과 〈바벨〉[2006]로 2005년과 2006년 아카데미 영화음악상을 2년 연속 석권한 이 분야의 대가다.

1, 2편 모두 공히 음악이 좋다. 처연하고, 황량한 게임 속 분위기를 탄탄하게 받쳐주는 음악이 이어진다. 2편의 경우, 스토리 측면에서 욕을 많이 먹었지만 음악만큼은 인정해야 한다고 본다. 2편을 두 번, 그중 한 번은 최상위 난이도로 클리어한 입장에서 이게 이렇게까지 욕을 먹을 스토리인가 싶기는 하지만 말이다.

대표곡으로 1편에서는 주제가인 'The Last of Us'를, 2편에서는 두 주인공(실제로는 목소리 연기를 한 배우 둘)이 부른 'Wayfaring Stranger'를 꼽고 싶다. 후자는 영화 〈1917〉[2019]의 종반부에 병사의 목소리를 통해 흘러나오기도 했던 바로 그 곡이다. 남북전쟁 시대부터 애창된 미국 포크송(여기에서의 포크송은 '전통음악'이라는 뜻)으로 지금껏 수많은 가수가 커버했다.

전쟁의 포화 속에 죽어가는 병사가 고향을 그리워하는 노랫말로 이뤄진 곡이다. 이 곡이 〈1917〉에 실린 가장 큰 이유다.

지금도 게임을 할 때면 나는 영락없는 국민학생 배순탁으로 돌아간다. 꼭 강조하고 싶은 게 하나 있다. 다 큰 어른에게 시간 여행을 선물해주는 취미라는 것이 생각 이상으로 삶에 큰 활력소가 되어준다는 점이다. 비단 나뿐만은 아니다. 우리에겐 '애 어른'이 되게 해줄 무언가가 필요하다. 팍팍한 삶 견디게 해줄 그 무언가 말이다.

물론 당신은 비난할 수도 있다. "다 큰 어른이 피규어 모으고 게임질이냐"며 매서운 눈초리를 날릴 수도 있다. 그럼에도, 정말 많은 사람의 인식이 바뀐 것을 보라. 바로 나를 포함한 우리 덕후동지들이 마녀사냥에 필적할 만한 핍박을 딛고 일궈낸 빛나는 성취다.

커밍아웃에서 따온 '게밍아웃'이라는 게 있다. 게임을 한다는 게 더 이상 부끄러운 일이 아니라는 일종의 선언인 셈이다. 그리하여 우리 다 같이 외쳐보자.

"나는, 게임인이다!"

영화인 아니라니까.

나를 잠 못 이루게 만든 배우는?

주성철
주성치

백수 생활을 딱 1년 정도 한 적 있다. 현실의 고통을 잊으려 루저의 제왕 주성치의 영화를 비디오숍에서 세 편 정도 빌려 오면, 웃겨서 데굴데굴 구르느라 그날은 도저히 잠을 이룰 수가 없었다. 보고 또 보고, 지겹도록 되돌려 보다 보면 저 멀리 해가 떠올랐다.

이화정
양조위

그런 눈빛은 어디서도 본 적이 없었다. 눈이 먼저 걸어와 말을 걸고, 그 여운이 가시기도 전 잔상을 남기고 매정하게 떠나버린다. 한마디 대사 없이도 모든 감정과 스토리와 장르를 만들어낼 수 있는 배우. 세상 단 하나뿐인 양조위 눈빛 감옥에 종신형!

김도훈
줄리아 로버츠

나는 팬심이 희박한 유형의 인간이다. 덕후의 유전자가 별로 없다. 좋아하는 감독의 영화를 '작가주의' 관점에서 모두 좋아하는 일도 불가능하다. 이를테면 나는 리들리 스콧의 <프로메테우스>2012가 걸작이라고 생각하지만 <에이리언: 커버넌트>2017는 믿을 수 없는 졸작이라고 생각한다. 나는 존경하고 사랑하는 거장의 영화에 별점 하나를 줄 준비가 언제나 되어 있다. 그렇다면 배우는? 배우는 좀 다른 문제. 영화를 선택하는 감식안이 처절할 정도로 떨어져서 졸작에 졸작이 이어지는 배우라고 해도 그 졸작들 속에서 빛나는 순간을 만들어낼 줄 안다. 그게 좋은 배우다. 물론 나는 배우에 대한 팬심도 좀 떨어지는 인간형이기는 한데(도대체 영화기자는 어떻게 해내고 있는 걸까?), 생각해보니 마지막으로 열광했던 배우는 역시 줄리아 로버츠였던 것 같다. 줄리아 로버츠를 나는 종종 '최후의 클래식 배우'라고 부른다. 그는 대중과 한 발짝 떨어진, 그래서 '스타의 신비성'을 여전히 간직하고 있던 배우였다. 인터넷과 소셜미디어가 없던 시절 스타덤에 오른 로버츠는 그저 영화에 출연한다는 이유만으로 관객을 불러 모으던 거의 마지막 스타들 중의 하나이기도 했다. 그레타 가르보가 첫 유성 영화 <크리스티나 여왕>1933에 출연했을 때 홍보 문구는 "그레타가 말을 한다"였다. 줄리아 로버츠가 <메리 라일리>1996에 출연했을 때 홍보 문구는 "줄리아가 나온다"였다. 세상은 바뀌었다. 지금 스타들은 지나칠 정도로 친숙하게 군다. 소셜미디어 계정에 자신이 하고 싶은 말을 쏟아내고 매일 입는 착장을 올린다. 모두가 슈퍼히어로 쫄쫄이를 입고 싶어 한다. 특정 배우가 나온다는 이유만으로 관객들이 몰려가는 일은 거의 사라졌다. 로맨틱코미디는 넷플릭스에만 남은 고고한 장르가 됐다. 나는 지금도 종종 <내 남자친구의 결혼식>1997의 마지막 장면을 본다. 특유의 찢어질 것 같은 웃음을 터뜨리며 춤을 추는 줄리아 로버츠를 본다. 그리고 고전적인 스타 시스템이 붕괴한 시대를 애도한다. 맞다. 이게 다 내가 늙어서 그런 것이다.

김미연
크리스토퍼 리브

태어나서 처음으로 소위 '남자 때문에 밤을 설친' 날을 똑똑히 기억한다. 외계에서 지구로 떨어진 불쌍한 남자. 낮에는 어리바리 코스프레를 하지만 밤에는 망토를 입고 세상을 구하는 남자. 마지막에 사랑하는 여자를 위해 4만 킬로미터나 된다는 지구의 둘레를 거꾸로 돌아 시간을 역행시킨 초초초초초능력자……. 흑……. 불쌍하지만 잘생긴 그 남자. 크리스토퍼 리브라는 실명보다는 '클라크 켄트'로 나에게 기억되는 배우다.

놀라운 점은 마지막에 로이스가 죽고 클라크가 울부짖으며 지구를 거꾸로 돌기 시작할 때 너무 심하게 울고불고 한 나머지 <슈퍼맨>[1978]을 새드엔딩으로 기억하고 있었다는 사실. 첫날밤은 그가 죽었다고 생각하고 밤새 울어서 못 잤고 둘째 날에는 "슈퍼맨 죽은 거 아니야~"라는 고급 정보를 언니에게 듣고 미국에 살고 있는 '클라크 씨'를 만나러 갈 계획을 짜느라 밤을 새웠다. 항공료와 할리우드 주변 일주일 치 숙박비까지 꼼꼼히 계산하며 그를 만나러 가는 데 돈이 얼마나 들 것이냐를 심도 있게 고민하기도 했다. 하지만 대부분의 ENFP가 그러하듯 일주일 만에 그를

잊었다. 2004년에 그가 죽었을 때도 왜인지 몹시 서운했다. 그가 살았던 기적적인 인생에 마지막까지 박수를 보내고 싶다.

배순탁
임청하

무협 영화를 진짜 많이 봤다. 그중 나를 잠 못 이루게 했던 배우는 딱 한 명 임청하뿐이었다. 내 마음속 영원한 똥방부빠이. 그런데 하나 지적하고 싶은 게 있다. <동방불패>의 인기가 워낙 대단했던 탓에 중성적인 이미지로 임청하를 기억하는 팬이 많은데 그거 아니다. 절대 아니다. '임청하 리즈 시절'이라고 검색하면 내가 그동안 임청하라는 배우를 크게 오해했구나 싶을 것이다. 이 글을 쓰면서 임청하가 장만옥과 함께 찍은 사진을 봤다. 적어도 내 기준에는 우리 임청하 누님이 짱이시다. 오늘 밤, 나 또 잠 못 이룰 것 같다.

나의 왕가위 연대기

주성철

"우정은 약속이다!"

때는 바야흐로 홍콩 영화에 완전
히 빠져 살던 중딩 시절의 1990년,
가슴을 후벼파는 〈아비정전〉영
화 포스터 헤드카피에 심장이 마구 나댔다. 당시
로서는 장국영, 유덕화, 양조위, 장학우, 장만옥,
유가령 등 초호화 캐스팅을 자랑하는 영화였기
에 친구들은 그들 중에서 '약속을 안 지킨 놈이
누구냐!'며 서둘러 우리만의 스토리를 써나가기
시작했다. 앞서 데뷔작 〈열혈남아〉1988에서 감각
적인 스텝프린트 기법을 보여준 왕가위인 만큼
드디어 홍콩 누아르의 결정판이 나왔다는 기대
감에 밤잠을 설쳤다. 하지만 정작 극장에서는 긴
침묵이 흘렀다. 영화에서는 총소리 한 번 들리지

않았고 장국영은 거울을 보다 말고 갑자기 맘보춤을 추었으며 유덕화와 장만옥은 그냥 걷기만 했다. 그렇게 영화는 조용히 끝났다. 나중에 서울의 개봉관에서는 극장 스크린을 찢고 단체로 환불 소동을 벌이는 대참사가 벌어졌다는 무용담을 들었는데, 우리는 그냥 조용히 극장을 나왔다.

　　나 또한 실망감에 몸서리를 쳤다. 그런데 그날 밤 자려고 누웠는데 계속 영화의 한 장면이 머릿속에서 떠나지 않았다. 아비(장국영)가 힘들게 필리핀까지 가서 친엄마 얼굴도 보지 못해놓고는, 무슨 오기인지 모르겠으나 자기도 똑같이 얼굴을 보여주지 않겠노라며 두 주먹 꽉 쥐고 씩씩하게 돌아 나오던 그 뒷모습을 찍은 핸드헬드 촬영이었다. 그러고 보니 〈열혈남아〉에서도 가장 좋았던 장면은 우잉(장학우)이 에어컨을 사서 힘들게 둘러메고는 홍콩의 변두리 티우켕렝에 사는 엄마를 찾아갔으나, 이미 다른 남자와 살림을 차린 엄마가 곤란하다며 만나주지 않는 장면이었다. "엄마, 더운 거 싫어하잖아. 내가 에어컨 사 왔어. 잠깐 얼굴 보면 안 돼?"라며 동네에 다 도착해서 공중전화로 전화를 걸었지만 엄마는 집 위치도 가르쳐주지 않고 다시는 찾아오지 않았으면 하는 눈치다. 사실 우잉은 자신의 빚을 한 방에 청산하기 위해 자신이 죽게 될 것을 알면서도 청부살인을 수락하고, 마지막으로 엄마 얼굴을 보기 위해 찾아온 것이었다. 그렇게 엄마를 만나지 못한 우잉은 에어컨을 냅다 바다에 던져 버린다. 그러니까 〈아비정전〉과 〈열혈남아〉 모두 엄마를 보지 못하고 죽는 아들의 이야기이자, 새로운 삶을 살기로 결심한 여성이 혈연血緣을 끊는 이야기다. 나름 화목한 가정에서 살아가던 내가 왜 그런 장면들에 꽂혔는지 설명하는 것은 불가능하지만, 바로 그때부터 왕가위라는 감독에게 끌렸던 것만은 분명하다. 거창하게 말해, 중국 본토와의 오랜 혈연관계를 거부하는 홍콩이라는 무국적 다문화 도시국가의 정체성도 거기 있다고 생각됐다.

오우삼의 의리義理의 세계로부터, 왕가위의 실연失戀의 세계로 넘어오게 된 결정적인 계기는 바로 〈중경삼림〉1994이었다. 만우절의 이별 통보가 거짓말이길 바라며 "내 사랑의 유통기한을 만 년으로 하고 싶다"는 경찰 223(금성무), 매일 고단한 하루를 살아가며 술에 의지하는 금발머리 마약 밀매상(임청하), 여자친구가 남긴 이별 편지를 외면하며 매일 똑같은 곳을 순찰하는 경찰 663(양조위), 경찰 663의 단골 식당에서 일하며 그의 맨션 열쇠를 손에 쥔 페이(왕정문), 그렇게 〈중경삼림〉은 네 명의 인물이 서로 오고가는 두 개의 에피소드로 이뤄져 있다. 그들은 모두 홍콩섬의 중심지 센트럴의 미드레벨 에스컬레이터에서 만나고 헤어진다.

1995년 추석 즈음 첫 실연의 아픔을 겪은 뒤 〈중경삼림〉을 극장에서 넋을 잃고 내리 세 번을 연달아 본 적 있다. 지금처럼 지정좌석제도 아니던 시절, 다음 회 차 영화가 매진만 아니면 딱히 나가라고 하는 사람도 없었다. 24시간 연속 상영관이었다면 아마도 밤새 이 영화를 봤을 것이다. 그렇게 실연의 고통을 잊기 위해 금성무가 운동장을 열심히 뛰면서 "땀을 많이 흘려서 수분이 다 빠지면 더 이상 나올 눈물도 없겠지"라는 대사에 엉엉 울고 말았다. 괜히 금성무를 따라 몇 날 며칠 동네 학교 운동장을 몇 바퀴 전력 질주하기도 했을뿐더러, 급기야 그로 부터 10년 뒤에는 영화 속 그 장소를 알아내어 홍콩 여행 때 들 르기도 했다. 무슨 그런 장소까지 찾아가냐고 반문할 수도 있겠 지만, 나는 금성무가 철조망에 삐삐를 꽂아놓고 눈물을 머금고 조깅을 하던 그곳에 반드시 가야만 했다. 물론 꽂아둘 삐삐는 없었지만 내 두 다리는 그를 따라 뛰던 때와 여전했다. 하지만 불과 10미터도 채 뛰지 못하고 관리원 아저씨의 제지로 쫓겨나 야 했다. 홍콩에서 꽤 유명한 소프트볼 경기장이기도 해서 아무 나 그렇게 들어와 운동 삼아 뛸 수 있는 곳이 아니었다. 돌이켜 보면 〈중경삼림〉의 금성무는 아무도 없는 심야에 뛰긴 했었다.

　　그렇게 나이가 들면서 홍콩 느와르와 작별하고 난 뒤, 오 우삼과 주윤발은 할리우드에 진출했고, 홍콩에는 장국영과 왕 가위만 남은 것처럼 느껴졌다. 장국영은 왕가위와 〈아비정전〉 을 시작으로 〈동사서독〉1994과 〈해피 투게더〉1997까지 세 작품 을 함께했다. 세 편의 공통점이라면 왕가위가 언제나 장국영을 홍콩이 아닌 곳에 버려두고 떠났다는 것이다. 〈아비정전〉에서 는 필리핀에, 〈동사서독〉에서는 저 멀리 사막에, 〈해피 투게더〉 에서는 그보다 먼 아르헨티나에 버렸다. 〈해피 투게더〉는 물론 〈화양연화〉2000와 〈일대종사〉2012에서 언제나 집으로 돌아가 는 양조위와 정반대다. 왕가위 영화 속 장국영과 양조위의 결정 적인 차이는 스타일상으로 '외향적인 장국영'과 '내향적인 양 조위'라는 대조법에 있기도 하다. 하지만 기본적으로 로드무비 라고 할 수 있는 왕가위 영화에서의 근본적인 차이는 바로 여기 있다. 떠나는 자와 돌아오는 자.

그런 두 배우가 함께 출연한 최고의 작품이자, 내가 가장 사랑하는 영화인 〈해피 투게더〉는 "그는 돌아와서 내게 말할 것이다. 다시 시작하자"라는 말로 기억된다. 보영(장국영)과 아휘(양조위)는 다시 시작하기 위해 아르헨티나로 떠났지만, 매번 만남과 헤어짐을 반복한다. 한편 〈해피 투게더〉는 1997년 7월 14일, 한국 공연윤리위원회의 재심 결과 "이 영화는 동성애가 주제로 우리 정서에 반함"이라는 어처구니없는 사유로 개봉이 금지됐다. 심지어 왕가위는 홍보 활동을 위해 방한했다가 그냥 돌아가기도 했다. (그에 앞서 7월 1일 드디어 홍콩은 중국으로 반환됐다.) 그로부터 무삭제판이 공개되는 데는 거의 10년의 세월이 걸렸고, 그 긴 세월이 흐르는 사이 장국영은 세상을 떠나고 없었다. 그렇게 뒤늦게 극장에서 제대로 감상한 〈해피 투게더〉는 더없이 아름다웠다. 프랑스 영화잡지 〈포지티프〉의 평론가 노엘 에르페가 했던 얘기가 떠오른다. "〈해피 투게더〉는 순간과 본능이 겹쳐짐으로써 그 모습을 드러내며, 그것은 어떤 의미를 전달하려는 것이 아니라 단지 인상을 전달할 것을 고집한다." 이구아수폭포 장면에 이르면 그 인상들로 인해 절대적이고도 불규칙한 흥분 상태가 끝없이 이어진다. 그것은 앞으로 그 누구도 감히 만들어내지 못할 영화의 진경眞境이었다.

이것은 내가 가장 사랑하는 감독 왕가위의 영화가 우리에게 주는 매혹에 대한 뻔한 극찬이 아니다. 그는 말 그대로 그 누구도 만들 수 없는 영화를 만들었던 사람이다. 최고의 배우이자 1년 내내 콘서트 스케줄이 빽빽할 정도로 최정상급 가수이기도 했던 장국영이, 거의 최소한의 얼개만 정해두고 영화 작업을 해나가는 왕가위와 그런 대단한 작품들을 내놓았다는 사실 자체가 경이로운 기적이다. 〈아비정전〉을 시작으로 〈동사서독〉을 중국 본토의 사막에서, 〈해피 투게더〉를 홍콩의 반대편 아르헨티나에서 무작정 그 오랜 시간 머무르며 작품을 만드는 것이 과연 지금 가능한 일일까. 〈해피 투게더〉의 제작 뒷이야기를 담은 다큐멘터리 〈부에노스 아이레스 제로 디그리〉[1999]에서 왕가위는 이렇게 얘기한다. "아무런 것도 정해두지 않고 지금 아르헨티나로 향하는 비행기에 오르지만, 나는 이 배우들과 함께라면 엄청난 작품이 나올 것을 알고 있다. 그렇게 난 이제 여행을 떠난다." 한 편의 영화를 만드는 과정을 그런 예정되지 않은 '여행'으로 표현하던 낭만의 시대는 지난 지 오래다. 지극히 개인적인 독립영화 작업이 아니고서야, 자본과 일정이 빽빽하게 맞물리며 한 치의 오차도 없이 돌아가는 영화 현장에서 그런 방식의 제작은 더 이상 이뤄지지 못한다. '왕가위의 시대' 혹은 '왕가위 월드'라는 표현의 핵심이 거기 있다.

그러다 왕가위를 처음 만나 인터뷰한 것은, 그가 〈동사서독〉을 재편집하여 완성한 〈동사서독 리덕스〉[2008]를 공개했을 때였다. 1994년 〈동사서독〉과 비교해 2008년 〈동사서독 리덕스〉의 가장 큰 차이점은, 영화가 시작하고 새로운 인물들이 등장할 때마다 그 시기에 어울리는 절기가 소제목처럼 자막으로 덧붙여졌다는 점이다. 봄비가 내리고 싹이 돋아난다는 2월 18일 '우수兩水'를 지나 〈해피 투게더〉의 마지막 날 2월 20일이 찾아왔고, 그로부터 가장 가까운 절기, 그러니까 개구리가 겨울잠에서 깨어난다는 3월 5일 '경칩驚蟄'에 드디어 〈동사서독 리덕스〉

가 시작한다. 구양봉(장국영)이 새로운 사람들을 만나며 다시 그 자신의 이야기로 회귀하기까지, 경칩에서 시작해 다시 경칩으로 끝나며 '순환'의 의미를 겹쳐놓으면서 '시간의 재 Ashes Of Time'라는 영어 제목에 보다 충실한 느낌으로 완성됐다. 어쩌면 왕가위는 산천초목에 물이 올라 각종 벌레와 동물들이 겨울잠에서 깨어나듯 장국영을 부활시키려 한 것일지도 모른다. 결정적으로 왕가위는 〈동사서독 리덕스〉를 새롭게 재편집하여 내놓으며 마지막 장면을 마치 춤을 추는 듯한 장국영의 화려한 액션의 정지화면으로 끝냈다. 실제로 왕가위는 인터뷰에서 〈동사서독 리덕스〉에 대해 "떠난 장국영을 향한 뒤늦은 선물"이라 말했다. 그래서 나는 지금도 장국영의 유작은 〈이도공간〉2002이 아니라 〈동사서독 리덕스〉라 생각한다.

〈해피 투게더〉 이후 영화로 다시 만나지 못한 두 사람 사이에는 어떤 감정의 교류가 있었을까. 그래서 "다시 시작하자"는 그 대사가 두 사람 중 누군가의 입에서 흘러나오길 바라던 때도 있었다. 그만큼 그들이 다시 만나는 영화가 보고 싶었지만, 장국영이 세상을 떠나면서 그 또한 일찌감치 영영 불가능한 일이 됐다. 그럼에도 〈동사서독〉에서 기억과 번뇌를 없애준다는 술인 취생몽사를 마신 구양봉의 말처럼, 잊으려고 노력할수록 더욱 선명하게 기억난다.

그때도 이 대사를 알았더라면

김미연

영화를 보다 보면 가끔씩 헉, 숨을 멈출 때가 있다. 엄청나고 대단한 장면 때문이 아니다. 영화 속 인물이 던진, 또는 나지막이 깔린 내레이션에 들어 있는 대사들 때문이다. 그야말로 말의 힘을 체감하는 순간. 어떤 명장면보다도 한마디의 대사가 관객의 가슴을 울리는 경우가 적지 않다. 〈8월의 크리스마스〉1998에서 한석규 배우의 마지막 내레이션이 흘러나온다.

> "내 기억 속의 무수한 사진들처럼 사랑도 언젠가 추억으로 그친다는 것을 나는 알고 있었습니다. 하지만 당신만은 추억이 되질 않았습니다."

눈물이 고일 새도 없이 정말 파란 버튼(《인사이드 아웃》[2015]을 안 봤다고?)이 눌려버린 듯 주르륵 눈물이 굴러떨어졌다. 그런 일은 처음이었다. 머리로 인지할 새도 없이 가슴이 먼저 반응한 사건. 내 마음속 어딘가에 꽁꽁 숨어 있던 슬픔을 마치 영화 속 대사로 형상화해낸 것 같았다. 그 대사가 내 깊은 아픔을 순간 기억 밖으로 끌어냈기 때문이리라.

영화를 보다가 마치 내가 쓴 것 같은 대사를 만날 때가 있다. 이 글은 나에게 그런 울컥한 순간을 선사한 대사로 만든 (반)픽션이다.

EP 01

"으응애애애……."

서울 용산의 한 산부인과에서 2.7킬로그램짜리 빌빌한 아이가 하나 태어났다.

"축하드려요! 예쁜 따님이에요."

수술실 밖에서 기다리던 아빠는 간호사가 데리고 나온 작은 아이를 보고 커다란 한숨을 내쉬었다. 그는 힘들게 출산한 아내를 들여다보지도 않고 집으로 돌아갔다. 서재에 앉은 아빠의 뒷모습에 고민의 기색이 역력했다. 마침내 그는 집안 대대로 내려오는 시간 여행 능력을 이용해 아내가 임신하기 전으로 돌아갔다. 아내가 딸을 낳을 때마다 다시, 다시, 또다시. 반복되는 산고를 눈치채지 못한 아내가 끝끝내 아들을 낳던 날, 눈물을 흘리며 "당신 몇. 번. 씩이나 정말 고생 많았어"라며 아내의 손을 꼬옥 잡았다. 아내는 '몇 번씩이나'라는 말을 그저 '아이를 얻은 기쁨에 헛 나온 말이겠지.' 넘기며 남편의 손을 잡고 미소를 지었다.

아빠는 왜 그렇게 아들을 갖고 싶었던 걸까? 자신을 꼭 닮은 남자아이가 가문의 능력 상속을 통해 자신이 포기했던 것들을 누리며 사는 것을 보고 싶었을지도. 그렇게 시간 여행까지 해가며 얻은 아들이었건만 그는 늘 아내가 딸을 낳던 그날을 떠올렸다. 내내 그를 죄책감에 시달리게 만든 이불에 싸여 있던 그 아이. 꼭 감고 있던 기다란 눈과 오물오물하던 작은 입, 꼭 쥐고 있던 손가락. 그는 고민 끝에 능력 상속을 모두 포기하고 마지막 남은 시간 여행의 기회를 그 아이를 위해 쓰기로 했다. 아내가 딸을 낳던 그날 아침 7시로 돌아간 순간, 분만실 문이 열리며 간호사가 아이를 안고 나왔다.

"축하드려요! 예쁜 따님이에요."

그는 지금까지 한 번도 보인 적 없는 환한 웃음으로 아이를 안았다. 아이는 다른 아이들처럼 발육이 좋진 않았지만 잔병치레 없이 잘 컸으며 손재주가 좋아 조물조물 뭐든 잘 만들었다. 아빠는 딸의 손을 잡고 산에 올랐고 밸런타인데이에는 손수 초콜릿을 만들어 사춘기 딸의 손에 쥐어주며 좋아하는 남자친구와의 사이를 응원해주었다. 나가 노는 것보다 책을 좋아하는 딸이 끄적끄적 써놓은 얼토당토않은 원고를 들고 당당히 출판사를 찾아가기도 했다. IMF 시절에 어학연수를 가고 싶다며 처음으로 부모의 도움을 청하는 딸을 위해 힘든 사정에도 1년 동안 딸의 해외 유학을 뒷바라지하기도 했다. 그렇게 아빠는 아이가 커가는 모습을 지켜보았다.

꼬물꼬물 뭔가를 만들고 보고 듣는 것을 좋아하던 아이는 대학을 졸업한 후 방송국에 입사해 어느덧 PD가 되었다. 딸은 아빠와 함께 자주 보던 영화와, 아빠가 들려주던 음악이 큰 도움이 됐다며 영화와 관련된 프로그램을 만들어 TV 보는 즐거움을 더해주었다. 하지만 딸이 그에게 준 가장 큰 행복은 아빠를 보고 웃는 환한 얼굴이었다. 딸은 아빠가 살아온 인생을 존경했으며 아빠가 유년기에 들려준 옛날이야기와 아빠가 데려가 준 오락실, 아빠와 오르내리던 산길, 그리고 아빠가 보여준 세상 작은 것들에 대한 사랑에 감사했다. 그리고 자신이 아빠와 닮아 있는 것에 항상 고맙다고 표현했다.

> "우리는 삶 속의 매일을 여행하고 있다. 우리가 할 수 있는 건 이 훌륭한 여행을 즐기기 위해 최선을 다하는 것이다."
> — 리처드 커티스, 〈어바웃 타임〉 중에서

마지막 시간 여행 능력을 써버린 그는 뇌경색으로 쓰러졌을 때도 더 이상 과거로 돌아갈 수 없었지만 후회하지 않았다. 흔히 말하는 인생의 황금기로 다시 갈 이유가 없었다. 이미 그는 딸을 통해 인생이라는 훌륭한 여행을 최선을 다해 즐겼기 때문이었다. 오늘도 환하게 웃는 얼굴로 아빠의 손을 꼭 잡은 딸은 이렇게 말한다.

"나의 인생에 특별한 추억을 선물해준 아빠! 저도 아빠가 그랬듯 매 순간 내가 놓쳤던 소소한 것들에 감사하며 최선을 다해 살게요!"

〈여고괴담〉의 재이(최강희)처럼 반에 있는지 없는지 모르는, 존재감 제로의 그녀는 또래 아이들이 열을 올리던 발표라든지 교우관계라든지, 선생님께 받는 관심과 인정에는 별로 관심이 없었다. 소란스러운 사춘기 아이들과 우우 몰려다니는 것보다는 하교 후 집에 틀어박혀 좋아하는 TV쇼 프로그램을 본방사수하는 것이 하루의 가장 중요한 목표였다. 〈사랑의 굴레〉, 〈청춘의 덫〉, 〈조선왕조 500년〉 등 치정극을 보며 어른들의 관계를 배우는 것이 더 재미있었다.

하지만 존재감 제로인 그녀도 결국 '빅마우스'의 레이더망에 걸려들고 말았다. 음악을 듣기 위해 동네 롤러장을 찾은 그녀의 이야기를 어디선가 주워들은 빅마우스는 "쟤는 롤러장 다니는 날라리"라는 유치한 소문을 퍼뜨려 그녀를 '진짜 날라리'로 낙인찍어 버렸다. 그럼에도 그녀는 일일이 그 말에 변명하거나 대꾸하는 것이 귀찮았다. 맞받아쳐 교우들의 관심을 끄는 것은 더더욱 싫었다. 평범이라는 경계 안에 있지 않으면 눈총의 대상이 된다는 것을 깨달은 사춘기 이후, 그녀는 소심함과 예스병으로 점철된 수동적인 인생을 살았다.

대학 졸업 후 입사한 방송국에서는 유난히 학벌이 높은 PD들 사이에서 이리저리 걷어차이기 일쑤였다. 은근히 노골적인 '학벌 따지기'와 '학연 챙기기'는 때마다 그녀의 가슴에 대못을 박았다. 언제부터인가 그녀는 'SKY 신방과 출신'이 아니라는 데서 비롯된 못난 열등감에 시달리게 되었다. 모 국장의 말이 발단이었다.

국장은 복도에서 마주칠 때마다 "어! 너 말이야 어디 대학 나왔더라?" 하고 큰 소리로 물었다. 그녀가 졸업한 대학교가 어디인지 뻔히 알면서도, 매번 물었다. "○○대학교 졸업했습니다." 하고 대답하면 "아 맞다. 그랬지? 넌 패스!" 하고 빈정대듯 말하고는 그녀와 함께 있던 PD에게 "넌 어느 대학 나왔지?"라고 다시 물었다. 질문을 받은 이가 퉁명스럽게 "고대 나왔는데요"라고 대답하면 "아우~ 그렇지. 너 이리 와봐, 인사할 분이 있어." 하며 으레 손을 잡고 국장실로 데리고 들어갔다.

한번은 회식 자리에서 술에 취한 모 변호사로부터 '이대 출신'이 아니니 다른 곳으로 자리를 옮겨달라는 말을 들은 적도 있었다. 그녀는 대학을, 그것도 '인서울 대학'을 나왔음에도 불구하고 이유 모를 차별의 피해자가 되어버렸다. '이대 나온 여자'가 아니어서 자리를 옮긴 이후 그녀의 소심한 인생은 변곡점을 맞게 되었다. 더 큰 문제를 만드는 게 싫어 늘 순순히 웃으며 넘어가던 그녀였지만, 이런 부당한 일상이 반복되면서 더는 예스라고 말할 수도, 소심하게 당하고만 있을 수도 없다는 결심을 했다. 그녀는 시니컬한 독설가가 되었으며 타인의 시선과 웃음을 있는 그대로 받아들이지 못하게 되었다. 뒤틀린 마음이 가슴속에 똬리를 틀기 시작했다.

그녀는 더 이상 사람들에게 자신의 생각을 먼저 말하지 않았다. 그녀에게 함부로 하는 사람들을 '사람이니까 실수는 할 수 있지'라고 용서하지도 않았으며, 친절한 사람들에게는 '뭔가 나에게 원하는 게 있겠지?'라는 의심 어린 시선을 보냈다. 그렇게 그녀가 가시 돋친 태세로 세상에 나서자 놀랍게도 세상은 그녀에게 함부로 말하거나 함부로 대하지 않았다. 적어도 그녀 앞에서는. 그녀는 어느덧 후배들에게 이렇게 조언하는 선배가 되어 있었다.

"너 착하게 살지 마라, 그럼 사람들이 너한테 못되게 군다? 근데 네가 못되게 굴잖아? 그럼 너한테 사람들이 착하게 굴어."
— 이경미, 〈미쓰 홍당무〉 중에서

하지만 독기 어린 혀를 품고 사람들에게 모질게 대한 날은 집으로 돌아와 쓰러져 눕기 일쑤였다. 남의 마음에 쐐기를 박은 날에는 오히려 자기 마음에 대못을 박은 것처럼 커다란 구멍이 뚫렸다. 기진맥진한 것은 몸이 아니라 마음이었다. 침대에 누워 멍하니 천장을 보며 생각했다. 나를 방어하기 위해 타인의 관심을 잡초처럼 쳐내는 것이 옳은 걸까? 빅마우스, 모 국장, 모 변호사의 얼굴이 하얀 천장에 희끄무레 떠올랐다. 저 사람들 때문에 나 역시 부정적인 사람이 되는 게 아닐까…….

아니다. 그런 사람들은 요망하게 몸을 숨기고 있다가 상대가 만만히 보이는 순간 칼을 꽂는다. 어쩌면 중요한 건 내 처세술이 아니라 상대방의 처세술을 파악하는 걸지도 모른다. 그들도 나름의 인생을 살아오며 익힌 처세술로 자신을 방어하려던 게 시작이었을지도. 그녀는 몸을 일으켜 침대에 앉아 발끝을 바라보며 명확히 결론을 내렸다. 선한 관심과 사악한 관심을 직감적으로 구분하는 촉을 키워야겠다고.

모든 이에게 친절할 필요는 없다. 나쁜 사람에게까지 착하게 대하지 말자. 상처받기 전에 말이다.

CG 지옥에 빠진 영화들

김도훈

새로운 시대가 열릴 것을 직감한 것은 1993년이었다. 브라키오사우르스가 두 발로 서 포효하는 순간, 나는 영화가 결코 예전으로 돌아가지 못할 거라는 사실을 깨달았다. 그렇다. 스티븐 스필버그의 〈쥬라기 공원〉은 할리우드의 새로운 발명품인 CG가 아날로그 특수효과의 시대를 역사 속 유물로 만들 거라는 예언과도 같았다. 그리고 30여 년이 흘렀다. CG는 영화를 진화시켰나?

새로운 〈스타워즈〉 에피소드 1, 2, 3을 내놓으며 조지 루카스는 말했다. "영화적 경험에 있어서 우리는 다른 시대로 옮겨가고 있습니다. 석회반죽이 마르기 전에 서둘러 그림을 완성해야 했던 15세기 프레스코화의 시대는, 예술가에게 더 많은 시간과 통제력을 부여한 유화의 시대가 오자 사라졌습니다." 프레스코화의 시대가 한순간에 사라졌듯이 고전적인 아날로그 특수효과의 시대는 거의 한순간에 사라졌다. 그러나 조지 루카스의 새로운 〈스타워즈〉 시리즈의 감흥이 오리지널 시리즈보다 더 발전했던가? 그럴 리가.

〈스타워즈 에피소드 2: 클론의 습격〉2002을 예로 들어보자. 조지 루카스는 CG로 요다를 새롭게 만들었다. 〈스타워즈 에피소드 5: 제국의 역습〉1980에서 인형술의 대가 프랭크 오즈가 창조해낸 요다는 무시무시한 사랑을 받아왔다. 그러니 루카스가 CG 요다의 창조에 얼마나 공을 들였는지는 구태여 말할 필요가 없을 거다. 그러나 광선검을 쥐고 박카스를 들이킨 개구리처럼 뛰어다니는 CG 요다는 오리지널의 아우라를 무너뜨릴 만큼 경박했다. 발전된 인형술로도 근사한 요다를 창조할 수 있었을 텐데 대체 왜 굳이 CG로 요다를 만들어야 했던 걸까. 다시 한번 질문해보자. 과연 CG가 영화예술가의 창조력에 날개만 달아주는 만능 도구일까. 오히려 손쉬운 CG 만능주의가 영화를 창조적 퇴화로 몰아가는 건 아닐까.

1990년대 초반 CG가 본격적으로 블록버스터에 활용되기 시작했을 땐 우리 모두 무한한 가능성을 떠올렸다. 물론 CG는 〈쥬라기 공원〉의 공룡이나 〈반지의 제왕〉의 크리처들, 〈터미네이터 2〉1991의 액체 금속 로봇 등 기념비적인 창조물들을 빚어냈다. 하지만 지나친 CG 과용은 오히려 블록버스터(그리고 영화)의 발목을 잡았다. 우리는 단순히 '할 수 있다'는 이유로 아날로그 특수효과로도 충분히 구현 가능한 부분들을 CG로 덮어버리고 있다. CG 맹신으로 자신의 영화를 망가뜨린 대표적인 예술가가 새로운 〈스타워즈〉 시리즈의 조지 루카스라는 건 재미있는 사례 아닌가.

숙련된 조교들마저 CG의 함정에 빠지고 있다. 지금 할리우드에서 조지 루카스의 반대말을 찾으라면 그건 바로 크리스토퍼 놀런이다. 크리스토퍼 놀런은 아날로그 특수효과를 고집하기로 유명하다. 당신이 놀런의 영화에서 본 대부분의 놀라운 스펙터클은 CG가 아니라 진짜, 혹은 아주 약간 CG의 도움을 받은 물리적 스펙터클이다. 〈다크 나이트〉에서 트럭이 통째로 엎어지는 장면은 실제로 트럭을 뒤엎은 것이다. 배트맨이 타고 다니는 배트포드 역시 실제로 주행이 가능한 오토바이다. 〈다크 나이트 라이즈〉[2012]에서 하늘을 나는 배트윙은 물론 CG의 도움으로 고담시 상공을 날아다니지만, 도로 추격 장면에서는 크레인 차에 기체를 매달아 거리를 질주하면서 촬영했다. CG로는 와이어와 차량만 슬쩍 지워낸 것이다. 대부분의 블록버스터들이 아예 모든 것을 CG로 창조하는 것과는 다른 방식이다.

사례는 끝이 없다. 〈다크 나이트 라이즈〉의 시작 부분에서 C-130 허큘리스 수송기가 프로펠러기를 공중 납치하는 장면 역시 스턴트맨을 활용해 정말로 찍어냈다. 그렇게 할 수 없는 장면들은 모형을 이용해서 촬영했다. 〈인셉션〉[2010]에서 당신이 가장 놀라워했을 몇몇 장면도 아날로그로 찍었다. 360도 돌아가는 호텔 복도에서의 액션 장면은 아예 기다란 복도를 세트로 만들어 진짜로 돌렸다. 파리 카페에 앉아 있는 리어나도 디캐프리오 주변으로 물건들이 터져나가는 장면 역시 압축 공기를 이용해 실제로 물건들을 터뜨리며 찍었다.

〈인터스텔라〉[2014]도 다르지 않다. 크리스토퍼 놀런은 거대한 옥수수밭을 영화적 무대로 만들기 위해 정말로 수만 평의 대지를 사서 지난 3년간 옥수수를 길렀다. 영화 속의 황사 먼지 역시 인체에 해가 없는 골판지로 만든 인공 먼지를 강풍기를 이용해서 정말로 쏟아내며 찍은 것이다. 그럴 필요가 뭐가 있냐고? 옥수수밭 따위야 CG로 간단하게 만들 수 있는데 지나치게 시대착오적이라고? 크리스토퍼 놀런은 시대착오적인 것이 아니다. 자본과 시간이 허락되어 실제로 구현할 수 있는 것이라면 물리적으로 구현하는 방식을 선호하는 것뿐이다. 이유는 간단하다. 그것이 더 실제 같기 때문이다.

CG는 아직도 완벽하지 않다. 만약 놀런이 〈인터스텔라〉의 옥수수밭과 황사먼지를 CG로 구현했다면, 그건 현실이라기보다는 '하이퍼리얼리즘적인 CG'에 불과했을 것이다. 진짜처럼 보이긴 하지만 역시 완벽하게 진짜는 아니라는 걸 관객들은 눈치챈다. 놀런은 그걸 원하지 않는다. 그는 영화라는 환상을 창조하지만 거기에 최대한의 물리적인 쾌감을 집어넣고 싶어한다. 그는 〈인터스텔라〉에서도 행성에 착륙하는 탐사선을 실제 크기로 만들어서 크레인에 매달고 찍었다. 배우들과 탐사선이 함께 카메라에 잡히는 장면이 놀라울 정도로 실제 같은 것도 그 덕분이다.

크리스토퍼 놀런은 매슈 매코너헤이가 5차원 테세락에 갇힌 장면에서도 CG에 완벽하게 기대지는 않았다. 그는 테세락을 아예 세트로 만들었고, 그 속에 매슈 매코너헤이를 와이어로 매달아 집어넣은 뒤 촬영했다. 이럴 필요가 있냐고? 여기에는 두 가지 효과가 있다. 먼저, 페인팅을 활용한 장면은 완벽하게 CG로 구축한 것보다 미학적으로 더 고전적인 질감을 부여한다. 애초에 놀런이 바랐던 것이 매트 페인팅 시대에 만들어진 고전 SF 영화에 바치는 일종의 오마주였다는 걸 생각해보라. 놀런은 또한 이에 대해서 "이 장면을 완전히 CG로 만든다면 관객이 속았다는 기분을 느낄 것"이라고 설명한 바 있다. 영화 속 대부분의 장면을 아날로그 특수효과로 창조한 상황에서 테세락 장면을 온전히 CG에 기댄다면 눈썰미가 좋은 관객은 분명히 물리적인 이질감을 느낄 것이다. 놀런은 그런 역효과의 발생을 막고 영화 전체의 톤과 매너를 하나로 맞추고 싶었던 것이다.

또 하나의 효과는 '배우의 연기'다. 놀런은 이미 배우의 연기를 보다 현실감 있게 끌어내기 위해 보여줄 수 있는 것은 최대한 보여준다고 말한 적이 있다. 지난 10여 년간 우리는 멍하니 블루스크린을 바라보며 연기한 배우들의 멍한 눈동자를 종종 목도한 바 있다. 〈인터스텔라〉에서 배우들이 보여주는 경이로운 반응은 거의 실제다. 실제하는 것을 보고 연기했기 때문이다. 앤 해서웨이는 이렇게 말한 바 있다. "만약 여러분이 우리가 우주선에 타고 있는 걸 본다면, 우리는 정말로 우주선에 타고 있는 겁니다. 캐릭터들이 우주선 창밖으로 우주를 보고 있다면, 배우들은 실제로 세트 바깥의 스크린에 우주가 투사되고 있는 걸 보고 있는 겁니다. 저는 배우들에게 그런 방식으로까지 영감을 주는 감독을 놀런 외에는 알지 못합니다."

그렇다. 크리스토퍼 놀런의 영화에서 배우들이 보는 것은 정말로 '거기'에 있다. 놀런의 영화에서 당신이 보는 것은 정말로 '거기'에 있다. 모든 것은 아니지만, 많은 것이 '거기'에 있다. 작고한 미국 영화평론가 로저 애버트는 CG를 과신하고 남용하는 감독과 제작자들에게 네 가지 조언을 던진 바 있다. "첫째, CG는 뭘 새롭게 창조하는 것보다는 뭘 지우는 데 더 적합하다. 둘째, 할리우드의 수많은 감독들은 그저 CG에 도취되고 만다. 그들은 CG로 자신의 비전을 어떻게 충족시킬 것인가보다는 CG가 뭘 할 수 있는가에만 신경을 쓴다. 셋째. 나쁜 CG 장면들은, 그것만 빼면 제법 좋은 영화조차 완전히 망가뜨린다. 넷째. CG 기술은 같은 효과를 두 번 이상 쓰면 안 된다는 기본적인 법칙으로부터 감독들을 면제해줄 만큼 아직 충분히 좋지는 못하다."

이 조언을 가장 잘 실천하는 것이 크리스토퍼 놀런이다. 그는 뭘 새롭게 창조하기보다는 실제 모형과 세트를 이용해서 촬영한 뒤 불필요한 부분을 지우는 데 CG를 가장 잘 활용한다. 그리고 그는 CG가 뭘 할 수 있는가에 신경 쓰는 게 아니라 만들고 싶은 그림을 최대한 아날로그로 완성한 다음 CG를 보조로만 활용한다. 놀런은 CG 기술이 아직 충분히 완성되지 않았다는 사실을 잘 알고 있다. 물리적인 특수효과에 천착하는 이유도 그 때문이다. 그는 〈테넷〉²⁰²⁰에서도 보잉747을 직접 건물에 충돌시켰다. 오랫동안 놀런과 작업해온 특수효과 감독 스콧 피셔는 이렇게 말한 바 있다. "놀런의 영화에서 특수효과의 본질은 촬영 전에 해결할 수 있는 일들을 정리하는 것이다. 그는 항상 가능한 모든 것을 현실로 만들기 위해 노력한다. 놀런과의 작업은 창의성을 한계까지 밀어내는 과정이다." CG를 덕지덕지 바른 많은 지금의 블록버스터들은 2, 30년 후 조금 웃겨 보일 테지만, 놀런의 영화는 시간이 흘러도 우아함을 지켜낼 가능성이 크다.

물론이다. CG는 영화를 진화시켰다. 발전한 CG 없이는 '마블 유니버스'를 구현하는 건 애초에 불가능했을 것이다. 제임스 캐머런도 CG 없이 판도라 행성을 창조할 수는 없었을 것이다. CG는 많은 불가능한 것들을 가능하게 만들어준다. 그러나 모든 감독이 크리스토퍼 놀런은 아니다. 모든 감독이 제임스 캐머런은 아니다. CG를 잘 사용하는 감독들은 CG를 맹신하지 않는다. 혹은 CG로 해낼 수 있는 부분과 그렇지 못한 부분을 훌륭하게 구분할 줄 안다. 나는 지금 그걸 가장 못해낸 영화로 21세기의 가장 성공적인 프랜차이즈를 예로 들 생각이다. 바로 〈패스트 & 퓨리어스〉[2001] 시리즈다. 초창기 이 시리즈는 진짜 자동차들을 물리적으로 파괴하는 쾌감으로 넘쳐났다. 편집의 마술로 이루어진 카체이스 장면들은 정말이지 근사했다. 하지만 이 시리즈의 최근작들은 CG의 지옥이나 다름없다. 빈 디젤을 비롯한 배우들은 마치 슈퍼히어로처럼 중력과 물리학의 법칙을 완전히 벗어던진다. 더는 이 시리즈에서 전통적인 카체이스 장면의 물리적 쾌감을 느끼는 건 불가능하다. 이걸 블록버스터의 진화라고 말할 수 있을까?

조지 루카스의 말은 맞다. 유화의 시대가 오면서 프레스코화의 시대는 저물었다. 그러나 특수효과의 시대는 아직 유화에서 프레스코화로 완벽하게 넘어가지 않았다. 언젠가 CG 기술이 지금보다 진화하는 날이 온다면 크리스토퍼 놀런 역시 아날로그 특수효과를 포기하고 CG의 세계로 완벽하게 귀의할 것이다. 아직은 때가 아니다. 영화는 이제야 아날로그의 시대에서 CG의 시대로 넘어가는 과도기에 있을 따름이다. 우리는 아직 CG를 온전히 믿어서는 안 된다. 적어도 나는 믿지 않는다. 이게 아날로그 특수효과 시대에 성장한 꼰대의 불신지옥이라고 생각한다면 그렇게 생각하셔도 좋다. 하지만 〈그렘린〉이 온전히 CG로 리메이크되는 날 나는 다시 한번 CG가 얼마나 믿음직스럽지 않은 기술인지에 대해서 소셜미디어에서 떠들고 있을 것이다.

영화같이 긴 음악

배순탁

어쩌다 보니 라디오를 진행하고 있다. 라디오 DJ가 됐다는 뜻이다. 이 두 문장을 읽자마자 당신은 불만을 털어놓을 수 있을 것이다. 어떻게 배순탁 따위에게 라디오 DJ를 맡길 수 있냐고 되묻는 사람 역시 있을 것이다. 그것도 심야 라디오의 꽃이라 할 12시 타임 DJ를 말이다.

미안하다. 나도 잘 알고 있다. 기왕에 12시를 책임졌던 DJ들, 예를 들어 고故 신해철, 고故 종현, 성시경, 이동진 씨 등과 비교해 배순탁의 네임 밸류가 많이 달린다는 걸 온 마음을 다해 인정할 수 있다. 어쨌든 그렇게 됐다. 심지어 DJ를 한 지 벌써 1년 반이 넘었다. 어떤가. 놀랍지 않나. 아직 안 끝났다. 방송국 PD들에게 그 기괴함을

인정받아 "이달의 PD상"도 수상했다. 과연, 세상은 요지경이다.

프로그램의 이름을 소개해본다. 〈배순탁의 B사이드〉다. 요약하면 〈배순탁의 B사이드〉는 'B의 신'께서 주관하는 방송이다. 그래서 매일 다음 같은 B기도문을 읊고 방송을 시작한다. 목소리의 주인공은 게임 〈오버워치〉에서 젠야타를 연기한 안효민 성우다.

> B의 신이시여, 가려진 음악의 수호자시여,
>
> 오늘도 우리에게 음악의 축복을 내리시고,
>
> A면의 시험에 들지 않게 하옵시고,
>
> 행여, A면을 틀더라도 언제나 그 뒷면이 있음을 알게 하소서.
>
> 그리하여 다만 한 곡이라도 건져갈 수 있기를…….
>
> 비멘.

그랬다. 갑자기 머릿속에서 파지직하고 위와 같은 아이디어가 번뜩였다. 나는 욕심이 많은 사람이다. 선곡이 가장 중요하지만 이와 더불어 청취자들을 미소 짓게 하고 싶었다. "이놈 이거 재미있는 놈이네." 이 소리를 꼭 듣고 싶었다. 이런 콘셉트하에 B기도문을 작성했고, 교회에서 기도를 '에이멘Amen'으로 마무리하는 것으로부터 영감을 얻어 '비멘Bmen'으로 끝을 맺었다.

이후 혼자 킥킥대면서 프로그램의 얼개를 짜 맞췄다. 무엇보다 우리가 흔히 LP라고 부르는, 바이닐의 시대가 조금이나마 돌아온 게 도움이 됐다. 음원이나 CD와는 달리 바이닐에는

A면이 있고, B면이 있다. 아는 사람은 다 알다시피 A면에는 첫 싱글과 더불어 주로 '미는 곡'이 포함된다. 싱글 차트에 오르는 곡 거의 전부가 A면 수록곡이라고 보면 된다. 따라서 그 와중에 B면이 소외되는 건 어쩌면 자연스러운 현상일 수 있다.

그러나 세상에 이런 뮤지션은 없다는 걸 명심해야 한다. "B면은 어차피 잘 안 들으니까 대충 만들자고." 하는 뮤지션이 아예 없지는 않겠지만 극소수에 불과하다는 걸 기억해야 한다. B면에도 좋은 곡은 차고도 넘친다. 무한대나 마찬가지라고 봐야 한다.

내가 항상 주장하는 게 있다. 이게 뭔지를 설명하기 전에 설득력을 높이기 위해 잠깐 대중음악 역사의 뿌리를 복기해볼 필요가 있다. 대중음악의 탄생은 남북전쟁 직후로 거슬러 올라간다. 남북전쟁이 끝난 뒤 군악대가 쓸모없어진 악기를 뉴올리언스 항구에 쌓아두고 갔고, 이걸 흑인들이 잡으면서 대중음악의 모태인 재즈가 시작되었다.

이제 상상의 나래를 펼쳐볼 시간이다. 1865년 남북전쟁 종결 이후 대중음악이 본격화한 1900년대부터 지금까지 얼마나 많은 음악이 만들어졌을지 한번 가늠해보라. 게다가 세상에는 한국, 미국, 영국만 있는 게 아니다. 브라질도 있고, 포르투갈도 있다. 프랑스도 있고, 일본도 있다. 탄생의 빛을 본 음악의 수는 우주의 별만큼이나 셀 수 없다. 그러니까, 내가 들어온 음악이나 당신이 들어온 음악이나 전체와 비교하면 거기서 거기라는 얘기다. 여기에 클래식까지 합치면 상황은 심각해진다. 음악 좀 들었다고 잘난 척할 근거 자체가 무력화되는 셈이다.

결국 A면, B면 나누는 건 철저히 상업적인 측면에서 고려될 뿐 음악 그 자체와는 무관하다고 봐야 한다. 실제로도 '미는 싱글'을 결정하는 건 대개 뮤지션 본인이 아니다. 회사와의 협의하에 정해지는 경우가 압도적으로 많다. 여담이지만 라디오헤드가 공연에서 'High and Dry'를 절대 부르지 않는 이유가 바로 이거다. 톰 요크가 이 곡을 극혐했는데 레코드사가 계약을 근거 삼아 싱글 발매를 해버린 것이다. 도리어 'Creep'은 가끔 부른다. "이 곡 좋아해요"라는 멘트와 함께 라이브한 적도 있다.

그럼에도, 태어나는 순간부터 B의 운명을 타고나는 곡들이 없지 않다. 그렇다. 바로 '긴 곡'이다. 〈배순탁의 B사이드〉에서는 주 1회 '노래가 긴 게 죄는 아니야'라는 코너를 진행한다. 기준은 내 맘대로 정했는데 최소 8분 이상이다. 한데 근 몇 년새 국내외 대중음악계를 막론하고 공통적으로 벌어진 현상이 하나 있다. 곡이 진짜 짧아졌다는 거다. 적시하면 이제는 3분도 긴 시대가 됐다. 2분대의 러닝 타임을 갖고 있는 곡이 폭발적으로 증가했다.

이런 와중에 나는 8분 이상의 곡을 과감하게 튼다. 작년에는 엑스재팬의 'Art of Life'를 튼 적도 있다. 무려 29분에 달하는 노래다. 물론 이 곡에는 문제가 있다. 중간에 길게 이어지는 피아노 솔로 구간이 내가 봐도 좀 오버다. 감독의 욕심이 과해 불필요한 장면까지 다 살려낸 3시간 37분짜리 영화를 보는 것 같다(감독판이 무조건 옳다고 간주하는 건 일종의 신화다. 감독의 욕망을 현명하게 통제할 줄 아는 유능한 제작자도 필요하다). 그럼에도, 어쨌든 틀었다. 이런 음악을 선곡하는 방송도 하나쯤

있어야 한다는 판단에서였다. 물론 'Art of Life'는 지극히 예외적인 케이스다. 대부분 10분에서 15분짜리 곡을 이 코너를 통해 소화한다.

이 책을 구입한 독자들 중 많은 수가 '긴 곡'에 익숙하지 않을 거라는 걸 잘 안다. 충분히 이해할 수 있다. 시대가 그런 걸 뭐 어쩌겠나. 그래도 긴 곡이 부담스럽다면 이런 방법 한번 써보길 권한다. 곡으로부터 나를 거리두기 하는 것이다. 즉, 너무 집중하지 말라는 거다. 내가 〈무비건조〉 녹화 때도 강조했던 건데 만약 당신이 1950년대에 발표된 재즈, 예를 들어 캐넌볼 애덜리의 'Autumn Leaves'를 듣는다고 치자.

처음엔 놀랄 수 있다. 일단 11분이라는 러닝타임이 너무 길고, 익숙한 선율이 있기는 한데 그렇지 않은 부분 역시 너무 많기 때문이다. 그렇다면 먼저 연주자들이 형성하고 있는 존을 머릿속에 그려본 뒤에 거기에서 슬쩍 빠져 나와 편하게 딴짓하기 바란다. 그러면서 듣는 척 마는 척 하는 거다. 중간에 연주력을 뽐내는 구간이 나오면 "어이구야, 연습 열심히 하셨구먼." 이러고 또 딴짓하면 된다. 이후에는 반복이다. 이 과정을 재탕하면서 그 존과의 거리를 자연스럽게 좁혀가면 된다. 집중력을 포기함으로써 종국에는 집중력을 끌어올리는, 역설의 청취 미학(?)인 셈이다.

조심스럽게 권하고 싶다. 노래가 긴 게 죄는 아니라는 걸 알려주고 싶다. 진짜다. 내 온 마음을 다해 확언할 수 있다. 영화 관람하듯 집중해서 듣다 보면 시간 순삭될 만큼 '끝내주는 긴 곡'이 이 세상에는 정말이지 많다.

다음은 배순탁이 엄선해서 방송에서 튼 '마치 영화처럼 긴 곡' 리스트다. 〈배순탁의 B사이드〉에서는 클래식도 틀지만 이 리스트에서는 대중음악으로 한정했음을 밝힌다. 듣고 마음에 들면 〈배순탁의 B사이드〉라는 방송 한번 찾아봐도 손해는 아닐 것이다.

_ 'Newsroom' 이용석

_ '나를 깨우네' 3호선 버터플라이

_ '내 이야기는 허공으로 날아가 구름에 묻혔다.'

　김오키 Feat. 서사무엘

_ '바리abandoned' 한승석, 정재일

_ 'Break The Bond' Donny McCaslin

_ 'Cold Little Heart' Michael Kiwanuka

_ 'Comfortably Numb' David Gilmour (Pompeii Live)

_ 'Day 7: Poem of the Ocean' Hollow Jan

_ 'First Circle' Pat Metheny (The Road to You Live)

_ 'Intro/Svefn-g-englar' Sigur Rós

_ 'Islands' King Crimson

_ 'Jesus of Suburbia' Green Day

_ 'Koln, January 24, 1975, Part 1' Keith Jarrett

_ 'Lying In the Hands of God' Dave Matthews Band (Cellairis Amphitheatre Live)

_ 'Runaway' Kanye West Feat. Pusha T

_ 'Spark of Life/Sudovian Dance' Marcin Wasilewski

Trio (live)

_ 'The Divine Wings of Tragedy' Symphony X

_ 'The Grudge' TOOL

_ 'The Prophet's Song/Love of My Life' Queen

_ 'The Spirit Carries On/Finally Free' Dream Theater

_ 'Truth' Kamasi Washington

_ 'Under the Pressure' The War on Drugs

_ '100 Hearts' Michel Petrucciani

_ 〈Abbey Road〉(B면 전체 'Here Comes The Sun'부터 'Her Majesty'까지) The Beatles

_ 〈The Turn of a Friendly Card〉('The Turn of a Friendly Card Part 1'부터 'The Turn of a Friendly Card Part 2'까지 총 5곡) The Alan Parsons Project

가장 좋아하는
영화 속 대사는?

주성철
"우리 다시 시작하자."
 왕가위 <해피 투게더>, 보영
-
홍콩을 떠나 지구 반대편 부에노스아이레스에 온 보영(장국영)과 아휘(양조위)는 또다시 서로에게 상처를 주고 헤어질 것을 예감하지만, 상처투성이가 된 채로 기어코 다시 시작하자고 말한다. 홍콩 영화의 시대가 저물고, 다시 돌아올 수 없는 장국영을 떠올리며, 언제나 내 머릿속을 맴도는 대사다.

이화정
"바보, 아직 시작도 안 했어."
 기타노 다케시 <키즈 리턴>, 마사루
-
이제 끝난 걸까라는 물음에 "바보, 아직 시작도 안 했어"라고 응수해 주는 친구. 자전거를 타고 돌던 <키즈 리턴>¹⁹⁹⁶

의 운동장에는 다행히도 여전히, 힘내라고 말해주는 친구가 있다. 성장의 운행에는 직진만 존재하지 않는다. 리턴이든 뉴턴이든, 당신 원하는 대로 포기하지 말고 부디 페달을 밟아주기를. 실패를 자책하고 포기하려는 순간, 나를 업그레이드 하게 만드는 주문!

김도훈
**"세상에 완벽한 사람은 없죠
 (Nobody's perfect)."**
 빌리 와일더 <뜨거운 것이 좋아>, 제리
-
이 질문에 대한 나의 대답은 20년 전이나 지금이나 똑같다. 빌리 와일더의 1959년 작 코미디 영화 <뜨거운 것이 좋아>의 바로 그 대사다. 영화 내내 어쩔 도리 없이 여장을 하고 여성 악단의 일행이 된 주인공 제리(잭 레먼)는 자신의 여장한 모습을 보고 사랑에 빠진 백만장자의 보트에 탄다. 그리고 가발을 벗어 던지며 말한다. "난 남자예요." 그러자 백만장자가 별일 아니라는 듯 답한다. "세상에 완벽한 사람은 없죠." 나는 이 대사가 할리우드 역사상 가장 젠더의 경계와 편견을 멋지게 허물어뜨린 진보적 대사라고 확신한다. 그렇다. 누구도 완벽하지 않다.

김미연

"원래 세상은 공평하지 않아, 그래서 우리 같은 사람들은 더 열심히 살아야 해."
이경미 <미쓰 홍당무>, 양미숙
-
세상을 공평하고 평등하게 만들 생각은 버려! 어차피 그런 세상은 오지 않는다고. 차라리 인정하고 받아들이면 적어도 화병은 면할 거야. 하. 하. 하.

배순탁

"난 그냥 뭔가 더 있을 줄 알았어(I just thought there would be more)."
리처드 링클레이터 <보이후드>, 올리비아
-
<보이후드>의 후반부에 주인공 엄마가 하는 이 대사가 콱 와서 박혔다. <무비건조>에서도 말했지만 <보이후드>의 놀라운 점은 영화의 결말에 그 누구도 "특별한 사람"이 전혀 되어 있지 않다는 것이다. 엄마는 늙었고, 아들은 평범한 대학생이 되어 집을 떠난다. 이게 전부다.
한데 그렇지 않나. 꼭 특별한 사람이 되어야 할 필요는 없다는 것. 우리 모두가 사실 그렇다는 것. 그래도 괜찮다는 것. <보이후드>가 진정 훌륭한 영화인 가장 큰 이유가 나는 여기에 있다고 생각한다.
그러니까 세상의 수많은 부모들이여. "넌 미래에 엄청 특별한 사람이 될 거야"라고 거의 반강제적으로 주입하는 식의 교육이 과연 올바른 것인지에 대해 우리는 한번 생각해볼 필요가 있습니다.

영화로
먹고사는
일

4.

쓰다 보면 알게 되는 것

주성철

2000년 월간 영화잡지사 〈키노〉에 입사했을 때는 원고 작성과 마감 시스템이 지금과 완전히 달랐다. 가장 달랐던 점이라면 당시만 해도 회사 내부에 원고를 업로드할 인트라넷 시스템 같은 것이 전혀 구축되어 있지 않을 때라, 원고 작성이 끝나면 그걸 프린터로 출력해서 편집장의 책상 위에, 말 그대로 '데스크' 위에 올려두고 '빨간펜'을 기다렸다. 그 빨간펜과 함께 의견을 주고받은 뒤 수정한 원고를 디자인팀에 메일로 보내면 마감이 종료됐다. 인터넷으로 집에서 원고를 업로드하는 것과, 직접 프린트해서 애타게 원고를 기다리는 편집장에게 눈을 마주쳐가며 원고를 말 그대로 '전달'하는 기분은 하늘과 땅 차이다. 프린터가 끼리릭

끼리릭 소리를 내는 순간 편집장을 포함한 동료 기자들의 시선이 집중된 것은 물론이다. 코로나19는 상상도 할 수 없던 그때부터 이미 대면과 비대면의 차이를 실감했던 것 같다.

원고 작성 얘기를 하자면 유지방 가득한 '라떼'를 당장이라도 내놓을 수 있다. 단도직입적으로 말해 내가 처음 일을 시작했을 당시에는 '검색'이란 게 없었다. 물론 아예 없었던 건 아니지만 네이버 같은 검색 엔진이 제 기능을 발휘하기 전이기도 했고, 속도 문제를 비롯해 인터넷 환경이 잘 갖춰지지 않던 때였다. 회사 내 오직 한 컴퓨터에서만 사진 한 장이 뜨는 데 30초 정도 걸리는 고속(?) 인터넷을 사용할 수 있었기에, 그 컴퓨터가 비는 시간만을 기다려 필요한 내용들을 잽싸게 검색하고 자리를 떠야 했다. 이처럼 '검색 없이 글을 쓴다'는 말이 지금 기준으로는 전혀 이해되지 않겠지만, 사실 그때까지는 세상 사람 모두에게 너무나 당연한 일이었다. 지난해 가을에 무려 89분간 '인터넷 먹통' 사건을 겪었던 일을 떠올려 보라. 지금이라고 환경이 완벽한 건 아니다. 지금과 같은 글쓰기 환경으로 바뀌는 데는 불과 20여 년 정도의 시간밖에 걸리지 않았다. 이 글을 읽는 선배 누군가는 '우리 때는 컴퓨터가 아니라 원고지에 글을 썼어'라며 역시나 그때로서는 당연한 얘기를 하지 않겠는가.

게다가 인터넷 검색으로 건질 수 있는 정보의 퀄리티라는 것도 미흡했다. 그래서 그때는 한 편의 영화평을 완성하기 위해, 혹은 사소한 사실관계 확인을 위해 일면식도 없는 전문가에게 전화를 걸거나, 도서관에 가서 책을 뒤지는 일도 당연했다. 쉽게 말해 〈퍼스트 카우〉2019에 대해 좀 긴 분량의 글을 쓰

쓰다 보면 알게 되는 것

190

려면 미국 서부개척시대의 역사나 아시아인의 이민사에 대한 책을 사거나 빌려야 했다는 얘기다. 그런데 요즘은 일단 홍보사에서 거의 단행본 수준의 보도자료가 제공되고, 인터넷에서는 글과 유튜브 영상을 포함해 특정 영화가 다루는 역사나 인물에 대한 자료, 더 나아가 스포일러를 포함한 해설까지 부족함 없이 찾을 수 있다. 그래서 이제는 한 편의 글을 쓸 때 찾아놓은 자료를 편집하는 수준에 불과할 때가 많다. 그러니 '저널리스트'나 '영화기자'가 아니라 '에디터'라 부르는 게 맞을 것이다.

이쯤 되면 '이제 글 쓰는 사람의 개성이 중요하다'라는 얘기를 꺼내려고 빙 둘러왔구나, 하고 예상할지도 모르겠다. 물론 맞는 얘기이긴 하나, 이에 앞서 언제나 변함없이 강조하고 싶은 가장 중요한 글쓰기 팁이라면 역시 '기초 공사'다. 세상 그 어느 건축가의 근사하고 개성 넘치는 건물도 일단 거기서 출발해야 한다.

이쯤에서 부끄러운 고백을 하나 털어놓자면, 나 또한 일을 처음 시작했던 막내 기자 시절부터 무척 고전했다. 거의 매번 혹독한 피드백과 함께 다시 쓰기 일쑤였다. 그렇게 6개월여가 흘렀다. 필력 부족을 자책하며 '이 일을 그만둬야 하는 건가.' 하는 자괴감마저 엄습했을 무렵, 제법 긴 리뷰를 써야 하는 영화의 시사회가 열렸다. 하지만 '이번 글마저 못 쓰면 진짜 일을 그만두자.' 하고 지나치게 긴장한 탓이었을까, 라고 변명하고 싶지만 그건 말도 안 되는 일이고, 어쨌건 영화가 시작하고 채 20분도 지나지 않아 꿀잠에 빠지고야 말았다. 그렇게 한참 시간이 흘러 입가에 고인 침을 닦으며 눈을 뜨고 보니 주변 기자들이 하나둘 일어나기 시작했다. 아뿔싸, 난 그 영화를 안 본 거나 마찬가지였다.

이후 시사회도 없는 영화여서 다시 볼 기회도 없고, 드디어 사직서를 써야 할 시간이 저만치 다가오고 있었다. 하지만 어떤 마음이었는지 모르겠으나 어떻게든 그 영화의 리뷰를 써야겠다는 생각이 들었다. 그래서 해당 영화와 관련한 자료를 인터넷은 물론 도서관에서 책까지 여러 권 대출하여 최대한 살펴봤고, 그 감독의 이전 영화들까지 다 찾아봤다. 안 본 영화를 본 것처럼 쓰는 이 모순적인 상황이 죽도록 싫었지만 어쨌거나 그 상황만은 모면하고 싶었다. 그렇게 원고는 제출됐고, 지금 생각하면 정말 다시는 겪고 싶지 않은 일이지만, 운명의 장난처럼 처음으로 글에 대한 칭찬을 들었다. 뭐랄까, 위기를 모면했다는 안도감은 잠시였고 더 큰 부끄러움이 엄습했다. 그동안 글 한 편을 쓰기 위해 밤새 고민했던 시간은 무엇이었나 하는 허무함이 컸다. 돌이켜보면 유독 영화잡지 시장에서 자신을 '기자'라기보다 '작가'로 규정하는 동료들을 많이 봐왔듯 나 또한 그렇게 '연예인병'만큼이나 무서운 '작가병' 환자로 출발하지 않았나 싶다. 한 영화에 대해 조사하고 살펴야 할 최소한의 기본 사항들을 외면한 채, 불현듯 떠오른 작가적 영감으로 일필휘지 써 나가는 근사하고 매력적인 경지에 대한 헛된 꿈만 꾸었던 것이다.

그때가 내게는 결정적인 터닝포인트였다고 말하고 싶지만, 솔직히 아직도 터닝 중이다. 다만 글쓰기 습관을 바꾸는 계기가 됐다고는 말할 수 있다. 앞서 반복해서 얘기한 대로 해당 영화에 대한 기초 공사는 영화를 보러 극장에 들어가기 전에 끝내야 한다. '아는 만큼 보인다'라는 말은 여기에도 적용된다. 종종 "아무런 정보 없이 영화를 보는 것이 더 낫다"고 말하는 이들도 있지만 내 경험상으로는 반대다. 우리는 글을 쓰기 위해 영화를 한 번만 볼 수 있다는 걸 잊어서는 안 된다. 문학비평이나 음악비평, 그리고 미술비평은 원 없이 반복해서 읽고 듣고 볼 수 있지만 영화는 다르다. 그래서 최대한 많이 준비한 채로 극장에 들어가야 한다.

그런 다음 권하고 싶은 글쓰기의 두 가지 팁이 있다. 첫 번째는 일단 빨리 쓰는 것이다. 충분하게 준비하고 집중력 있게 영화를 봤다면 크게 어렵지 않다. 데뷔 감독의 아무런 정보도 없는 영화라면 모를까, 대부분은 기초 공사 중에 어떤 식으로 써야 할지 글의 방향까지 정해지는 경우도 흔하다. 나 또한 꾸준히 글에 대한 지적을 당하던 때부터 고향에 계신 부모님 얼굴을 떠올리며 빨리 쓰는 훈련만 했다. 무조건 시간을 정해두고 작성 완료하는 것이다. 글이 현재 상태에서 더 나아질 가능성이 없어 보이는데, 마감마저 늦으면 더 꾸지람을 들으니 그저 빨리 써야겠다는 생각뿐이었다. 고민의 시간이 길다고 해서 글이 더 나아지는 경우는 딱히 없었다.

결과적으로는 내게 가장 큰 도움이 됐던 방법이 아닐까 싶다. 축구선수가 무거운 모래주머니를 차고 달리고, 야구선수가 속구 대처 능력을 키우기 위해 실제 투수의 위치보다 더 가까이 피칭머신을 설치해 체감 속도 200킬로미터에 가까운 환경에서 타격 훈련을 하는 것과 같은 것으로 생각했다. 게다가 글 쓰는 일을 자신의 '직업'으로 삼게 됐을 때, 빨리 쓰는 것만큼 탁월한 미덕은 없다. 영화의 시사회 일정이나 개봉 일정에 맞춰서 어쩔 수 없이 영화를 본 당일 불과 너댓 시간 안에 마감해야 하는 일이 비일비재하다. 류승완 감독 〈짝패〉2006에는 "강한 놈이 오래 가는 게 아니라, 오래 가는 놈이 강한 거더라"라는 명대사가 나온다. 그걸 글쓰기로 바꾸면 "잘 쓰는 놈이 빨리 쓰는 게 아니라, 빨리 쓰는 놈이 잘 쓰더라" 정도 되지 않을까 싶다.

거기에 하나의 팁을 더하자면, 언제나 첫 문장과 끝 문장을 써놓고 글을 쓰기 시작해보라는 것이다. 첫 문장의 중요성이야 귀에 못이 박히도록 들었을 테고, 이미 머릿속에서 감상과 평가가 끝난 상태일 테니 근사한 끝 문장까지 떠올려 보는 것도 좋다. 글을 쓴다는 것은 결국 자신이 정한 목표 지점을 향해 달려가는 것이다. 첫 문장을 시작으로 생각을 정리하고 논리를 보태는 것일 뿐이지 글을 써 나가는 과정에서 영화에 대한 생각이나 입장이 바뀌는 경우는 거의 없지 않은가. 그렇듯 한 편의 글을 곤충처럼 머리, 가슴, 배로 나누고 첫 문장과 끝 문장을 머리와 배로 생각한다. 우리는 보통 "생각을 정리하기 위해 글을 쓴다"고 말하지만 사실은 그 반대다. 머리와 배를 일단 정리하고 난 다음에야 비로소 정교한 '가슴' 글을 쓸 수 있다. 물론 간혹 경로 이탈을 하게 되는 경우도 있다. 글을 써 나가는 가운데 영화에 대한 생각이 달라질 수 있다. 그 또한 글쓰기가 우리에게 주는 쾌감이라 생각된다. 그처럼 끝 문장을 써놓고 시작하면 많은 것이 달라진다. 이경규가 제작하고, 차태현이 주연을 맡은 영화 〈복면달호〉2007에서 가장 좋아하는 대사 중 하나는 "꺾다 보면 알아"다. 록 음악을 하던 주인공이 트로트에 투신하고 난 뒤 트로트 특유의 '꺾기'가 어떤 건지 궁금해하는데, 선배는 그 저 그렇게 얘기한다. 엉금엉금 자전거 타기를 익히듯, 초보 운전자가 운전에 익숙해지듯 노력하다 보면 시간이 해결해준다는 얘기다. 그 또한 바꿔 말해 결론을 내리자면 "쓰다 보면 알아"다. 열악한 조건 속에서도 빨리 쓰다 보면, 어색하지만 마지막 문장을 써놓은 다음에 쓰다 보면, 언젠가 알게 되리라.

프로 마감러의 마감 불편,
불편의 법칙

이화정

믿을 수가 없다. 이 '꼭지'를 마감하려고 마감 불변의 법칙에 시달리고 있는 나를. 마감은 그러니까, 지금 하고 있는 건 '마감'이 아니다. 마감은 그러니까, 미루는 게 마감이다. 언젠가 너무 마감이 안 되는 날을 지나다 알게 된 유일한 깨달음은 오늘 마감해도 내일도 마감이 온다는 사실이었다. 평생을 해도 마감과는 절대, 결단코 친해질 일이 없을 거라는 것! 마감을 좀 더 효율적으로 하는 요령 따위는 절대 없으며, 맷집 강한 '마감 근력' 같은 건 아무리 써도 도통 생기질 않는다. 마감은 늘 새롭게 성가시다.

"목요일에 태어난 아이는 먼 길을 떠난다." 영국 전래동화 〈마더구즈〉의 한 구절을 읊어본다. 어릴 때 동경했던 '목요일의 아이'의 누구에게도 속박되지 않는 자유로운 영혼은 20대 들어 주간지 기자가 된 이후 내 안에서 죽어버렸다. 목요일은, 곧 죽어도 마감 날이다.

　마감 동료는 이날을 모든 게 금기되었다는 의미로 '라마단 기간'이라 지칭했다. 반가운 지인과 약속을 할 때도 "목요일 빼고요!" 이번 말고는 다시 오지 않을 것 같은 뮤지션의 내한 공연도 목요일이라면 눈물을 머금고 젖혔다. 아빠의 장례를 끝내고 퉁퉁 부은 눈을 하고도 마감을 했다. 이런 케이스라면 내 주변에 얼마든 있다. 결혼식 직후 신혼여행 길에 공항에 앉아 노트북 열고 원고를 쓴 선배에게 심심한 위로를 전해주었지만, 어느 누구도 그분의 마감을 대신할 수 없었다는 게 마감이라는 맹수의 속성이다.

　맹수라고 했지만 때로는 '마감의 신'에게 간청도 해본다. 어느 영화인이 유명을 달리한다면 부디 목요일을 피해달라고 한 적도 있다. 출간 프로세스상 그날 바로 기사를 송고할 수 없어서다. 영화지 기자지만 팬심으로서 그 추모의 마음을 더 심도 깊고 정제된 기사로 나가게 하고 싶은 마음이랄까.

　내 경우 일로든 개인 친분으로든 일상에서 만나는 이들 대부분이 영화인들, 제작자, 감독, 배우들이다. 이들의 인생은 한 프로젝트가 완성되기까지, 그러니까 아이디어에서 착상해 영화를 개봉하는 때까지를 기준으로 구획된다. 하나의 목표를 향한 완주 기간. 이들에게서 "잠깐 달리다 돌아보니 2년이 훌쩍 지나갔다"는 말을 많이 듣는다. 숨 가쁘게 한 주 한 주를 달리는 나에게 2년은 무수한 마감의 고통을 지나야 맞을 수 있는 거대한 집합체다. 마치 만송이버섯처럼 하나로 모인 형국. 내게는 시간이 그렇게 '뭉텅이'로 가버린 적이 없다.

"선배, 마감이라니! 어감도 어쩜 그렇게 싫죠?" 마감을 하던 후배가 말한다. 영어로는 "meet the deadline", '죽음의 선을 만나다'라니 참 얄궂다. 죄수가 선을 넘으면 총살당한다는 의미에서 유래된 말이라고 한다. 마감으로 밥을 먹고사는 나는 마감하기 전 이미 죄수고 마감을 못하면 총살형이다. 어느 쪽 도 딱히 위안은 없는 생이다. 마감은 늘 떼인 돈 받는 빚쟁이처럼 어떻게 알았는지 내 마음속 불안의 위치로 정확히 찾아와 문을 두드린다.

군대 재입대나 비행기 탑승 실패처럼 많은 사람들이 불안하면 자주 꾸는 꿈이 있다. 마감러들에게 그 자리를 대체하는 건 마감을 못 해 낭패가 나는 꿈이다. 첫 문장만 쓰면 어떻게든 능선을 넘어갈 텐데……. 스티븐 킹의 말처럼 "유혹하는 첫 문장"을 쓰고 싶은 나는 되도 않는 첫 문장을 썼다 지웠다 반복한다. 그러다가 정신 차리고 이 모든 낙서들을 지우고 가속을 내는 게 새벽녘이 다 되어서다. 그 순간에는 지금 마감하는 원고만 빼고 그 어떤 훌륭한 글이라도 생산할 수 있을 것만 같은 일대 착각이 들기 시작한다.

실제 타이핑을 시작해서 원고를 끝내는 데는 세 시간이 걸리지만 총 원고 작성 시간을 추산할 때는 원고를 쓰기 위해 도입하기까지 예열의 시간을 더해야 한다. 예열의 시간엔 도대체 뭘 하냐고? 마감 빼고 다한다. 뭐든 한다. 우리는 온갖 쾌락에 영혼을 팔 준비가 되어 있는 사람들이다.

기억에 남는 마감 낭패담 하나. 한 문장만 더 쓰면 예정된 기사가 완성될 새벽 3시, 커서를 잘못 눌러 눈앞에서 원고가 사라졌다. 너무 한심해서 누구에게 사정을 설명하지도 못할 실수담이다. 악 소리도 내지 못하고 그저 완성했다면 분명 주옥같았을 문장들을 다시 생각나는 대로 주워 담았다. 방금 날아간 그 문장보다 더 좋은 문장이라고는 없어 보였다.

〈섹스 앤 더 시티〉의 공감 백배 에피소드는 그래서 캐리가 노트북에 커피를 쏟아 "살려 달라" 소리치며 그걸 들고 달리던 때다. 그 장면만 보면 나도 같이 뛰는 심정이 든다. 클라우드 시대에 뜬구름 잡는 이야기.

마감러들에게는 비록 원고를 준비 못 한 그 순간에도 마감이 늦어지는 이유를 항변할 변명의 대사가 늘 준비되어 있다. 잡지를 만들다 보면 외부 필자들의 원고를 받는 역할도 한다. "오늘 밤에 드릴게요", "쓰고 있는 중이에요" 정도면 가벼운 인사말 같은 거다. 독촉 전화가 받기 싫어 "전화기가 꺼져있습니다" 자동 메시지로 돌려놓는 것도 익숙한 패턴이다. 개중에는 레전드급 에피소드를 남긴 동료도 있다. 연락이 두절되었다가 간신히 통화를 했더니 "원고 쓰고 있는데, 갑자기 책장이 쓰러져서……"라는 대답이 돌아왔다. 쓰러진 책장 위, 폐허가 된 작업장에서 마감을 하는 절박한 풍경을 나는 그냥 사실이라고 믿고 싶다.

고통의 마감이 끝나면 잠깐이나마 우리는 즐겁다. 특히 쇼핑에 많은 시간을 할애한다. 마감을 막 끝내고 후배와 쇼핑을 갔다. 이걸 사 말아, 고민하는 나를 후배가 부추겼다. "선배 그냥 사, 외고 쓰잖아." 본지 원고 외에 '영화 전문기자'라는 타이틀로 다른 매체에 원고를 쓰는 경우도 있는데, 그런 과외 수익은 언제나 더 과도한 소비를 촉진했다. "그래, 외고 쓰니까……." 옆에서 대화를 듣던 점원이 이때다, 거들었다. "어머, '외골수'세요?"(외골……쓰……) "그러시면 이 옷 사셔야 돼요. 이 옷이 '외골수'한테 너무 잘 어울리는 옷이에요."

내가 방금 마감하고 나온 원고 매수를 셈해본다. 장당 단가 곱하기 원고 매수! 다가올 입금이 보장된 나는 호기롭게 카드를 긁는다. 호피 무늬의, '외골수'에게 딱이라는 랩원피스는 지금은 사라지고 없다.

p.s.

몇 해 전 스누피의 아버지《피너츠》의 작가 피터 S. 슐츠가 살던 미국 캘리포니아주의 산타로사로 취재를 갔다. 슐츠는 평생 하루 루틴을 철저하게 정해놓고 사는 작가였다. 마감은 언제나 오전이고, 아침을 먹는 자리도 항상 같았다.

그렇게 '마감의 루틴'을 끝내고 나서는 좋아하는 평온한 일상을 즐겼다. 생을 달리하기 전날도 연재 마감을 지켰다. 그날의 마감 일정을 착오 없이 마치고 눈을 감으신 슐츠 작가의 무덤을 찾아가 묵념을 드렸다.

섭외의 기술

김미연

이화정 기자님이 이미 앞에서 마감에 대해 이야기했지만 '마감'이 따로 없는 방송국 인간에게는 '입고' 정도가 그와 비슷한 개념일까 싶다. 여기서 '입고'란 모든 제작 과정을 마치고 갓 나온 붕어빵처럼 따끈따끈한 1회차의 프로그램 파일을 주조정실(프로그램을 각 가정의 TV로 송출하는 방송국의 심장 같은 곳)로 넘기는 것을 말한다. 입고가 끝나면 아주 큰 실수가 아닌 이상 굳이 굳이 다시 파일을 불러올 일은 없다. 이제 문어발처럼 쭉쭉 뻗어나가는 전파를 타고 시청자들 앞에 선보일 일만 남는다.

하여튼 글 쓰는 이들에게 무엇보다 중요한 노하우가 마감을 지키는 것이라면, 방송을 만드는 이들에게 무엇보다 중요한 노하우는 출연진을 섭외하는 것일 테다. 섭외가 프로그램에 얼마나 중요한 것인지는 군이 설명하지 않아도 되겠지만 간단히 말하면 이런 거다. 영화 〈변호인〉[2013]에 송강호가 있는 것과 없는 것.

"〈방구석1열〉에 나오는 사람들은 어떻게 섭외한 거야?"라는 질문을 종종 받았다. 그간 TV에서는 보기 힘들었던 분들의 출연이 신기했던 모양이다. 일단 연예인 출연자 섭외와 비연예인 출연자 섭외는 방법이 다르다. 연예인 출연자는 기획안을 전달하고 출연 의사가 있으면 스케줄을 체크한 뒤 출연료를 협의하면 섭외 완료. 하지만 비연예인은 다르다. 출연 의사가 없는 경우가 대부분이다. 그래서 접근 방식부터 다르다. 여기서는 그 과정이 지난한 비연예인 섭외의 기술에 대해 이야기하려고 한다. 솔직히 '섭외의 기술'에 대해 이야기하라는 것은 나의 영업 기밀을 밝히라는 것과 같다. 으……. 고민이다. 오랫동안 지켜온 나의 영업 기밀을 여기서 열어야 하는가 말아야 하는가. 사실 그 영업 기밀에 대단할 게 없고, 솔직히 '별게' 아니어서 고민된다. 앞으로 꼼수가 들통 나 섭외가 잘 안 될까 걱정되기도 하고 말이다. 일단 뭐 써보련다. 이 글이 만약 책에 실린다면 그건 그래도 쓸 만한 비법이라 인정받았다는 증거일 수도.

첫 번째 단계: 인간 탐구

……? 엇. 써놓고 보니 뭐 좀 있어 보이긴 하는데 거창한 것은 아니다. 그냥 내가 섭외하려고 하는 사람에 대해 좀 조사해보는 단계다. 그 사람의 나이, 가족 관계부터 시작해서 어떤

스타일의 옷을 입고 어떤 컬러를 좋아하는지까지. 그리고 근황까지 죄다 살펴본다. 자연스레 덕후가 되는 과정이랄까? 이 '탐구 단계'는 섭외를 하는 모든 사람들이 빼먹지 않는 단계다. 하지만 이걸 어떻게 이용하느냐가 관건이라는 말씀.

　　일단 섭외를 위해 당사자의 전화번호를 얻으면 먼저 전화부터 걸지 않는다. 모두가 엄청 바쁜 와중에 전화를 받아본 기억이 있을 것이다. 어디서 온 전화든 간에 짜증이 앞서기 일쑤다. 게다가 모르는 사람이 건 전화는 열이면 열, 부정적인 리액션을 하게 될 가능성이 높다. 일단은 문자로 나의 신분과 연락한 이유를 간단히(여기서 '간단히'가 중요하다) 남긴다. 잘 보이고 싶은 마음에 문자로 너무 많은 설명을 남기면 단번에 거절당하기 십상이다. 호기심을 갖게 하여 통화 연결을 허락하면 일단 1단계 성공이다.

　　바로 그 다음부터 탐구에서 얻은 데이터를 십분 활용한다. 하지만 '당신에 대해 이만큼 알아보고 조사했어요'라는 느낌을 주면 절대 안 된다. 섭외에도 '밀당'이라는 것이 존재하기 때문이다. 연예인 출연자의 경우는 앞서 말했듯이 조금 다른 경로를 거친다. 방송국 사람들에게는 오랜 시간에 걸쳐 축적해온 연락망이 데이터베이스화 되어 있다. 선배들의 섭외 경로가 아래로 전수되고 그 연락망들이 쌓이고 쌓여 역사가 된다. 한 사람의 연예인이 시작은 누구와 했으며 어디를 거쳐 지금은 어떤 엔터테인먼트 회사와 일하고 있는지가 정리되어 있다(이렇게 말하면 좀 오싹하려나?).

　　따라서 연예인의 경우는 본인에게 직접 연락하는 일은

드물다. 특별히 친분이 있거나 오래 함께 일한 연예인들의 경우는 개인 연락처를 통해 직접 의사를 묻는 경우도 있지만 말이다. 보통 섭외는 작가들이 담당한다. 그들에게는 PD들에게 없는 정말 어마무시한 데이터베이스와 연락망과 경로가 존재한다. "○○○ 씨 연락해볼까?"라고 하면 말이 떨어지기 무섭게 3분도 안 되어 바로 "여보세요?" 전화기를 들고 회의실을 나가는 그들이 진정 능력자다. 잠깐 기다리면 회의실로 돌아와 해당 연예인의 일주일 치 스케줄과 현재 근황 등을 브리핑해준다. 그 외에 프로그램 기획의도에 대한 자세한 설명이 필요하거나 까다로운 녹화에 특별 게스트로 섭외하는 경우 그리고 중견급 출연자들에게 출연을 요청할 때는 "선생님을 꼭 모시고 싶다"라는 애절한(?) 어필을 하기 위해 PD가 직접 전화를 하기도 한다.

두 번째 단계: 밀당

상대에 대한 예의와 배려는 연락한 내 쪽에서 가져가야 할 기본 자세다. 통화 시간을 내준 것만으로도 너무 감사한 일 아닌가. 일단 통화를 허락한 것으로 상대가 내 프로젝트에 1퍼센트나마 관심이 있다고 확신해도 된다. 그러니 조금 더 적극적으로 섭외 의사를 밝히되 이 단계에서 지나치게 '당신이 절실히 필요합니다!'라는 느낌을 주면 안 된다. 그보다 '당신에게 인간적인 호감이 있습니다'를 먼저 어필하는 것이 중요하다.

'당신의 바쁜 스케줄을 잘 알고 있다'라고 말하며 최근 그 사람의 근황을 알고 있음을 넌지시 비춘다. 그 사람이 열었던 연주회, 상영한 영화 또는 관객과의 대화나 전시회 등. 물론 그곳에 직접 다녀왔어야 함은 당연지사. 혹시라도 정말 시간이 없어서 다녀오지 못한 경우에도 당황하지 마시길. 우리에겐 초록 검색창이 있잖아요? 수많은 인플루언서들과 블로거님들이 전시회에 가는 길부터 집에 돌아와 기념품을 방에 장식하기까지의 모든 과정을 사진과 친절한 글로 정리해두었다. 10분 먼저 도착해 온라인 자료들을 얼른 스캔해두면 잠깐의 대화에서 경험자 코스프레를 할 수 있다(물론 선의의 코스프레여야 한다. 역시나 오버해서 이것저것 나불거리기 시작하면 금방 들통 나기 십상). 이 대화는 절대적으로 상대방의 눈높이 아래에 있어야 한다. 막연하게 들릴 것 같아 좋은 예와 나쁜 예를 준비했다.

> **나쁜 예** "얼마 전에 전시회하셨죠? 저는 선생님의 일거수
> 일투족을 다 알고 있는 찐팬~."
> **좋은 예** "최근에 선생님 전시회에 시간을 내서 다녀왔어
> 요. 다녀와서 며칠 동안 생각이 나더라고요."

오기가미 나오코 감독의 영화 〈안경〉2007에 보면 '젖어들기'라는 말이 나오는데 이 경우가 딱 그 상황이다. 상대방이 서서히 '젖어들도록' 해야 한다. 누구도 자신의 팬에게 함부로 대하지 않는다. 자신의 예술 활동을 높게 평가하는 것을 싫어할 사람도 아무도 없다. 말인즉 '오버'하지만 않으면 된다. 왜 밀당이라 했는지 위에 예시를 보며 갈피를 잡았으리라 생각한다. 이 책을 읽는 당신이 섭외를 받는 사람이라면 저 두 예시 중에 어떤 사람과 더 이야기를 나누고 싶을까? 가까이 다가가고 싶은

마음에 처음부터 모든 패를 보여주면 밀려나기 마련이다. 문자도, 통화도 은근히 다가가야만 한다. 이렇게 호감이 바탕이 된 통화가 지속되면 천천히 미팅을 잡을 수 있는지 묻는다. 이때 다시 데이터를 활용한다. 망설이는 틈을 타서 상대가 살고 있는 동네 근처를 슬쩍 얘기하며 그쪽에서 만나자고 제안한다. 이때도 '오버'하지 않는 것이 중요하다.

> **나쁜 예** "성수동에 살고 계시죠? 제가 거기로 가겠습니다!"
>
> **좋은 예** "성수동에 조용하고 아담한 카페가 있는데, 혹시 괜찮으시면 그쪽에서 만나 봬도 될까요?"
>
> (솔직히 이건 케바케다. 어른들의 경우 "제가 선생님이 계신 근처로 가겠습니다"라고 말하는 걸 좋아하기도 한다. 어쨌든 집 가까운 데로 가겠다고 하면 상대가 느끼는 부담이 적어지는 건 사실이다. "제가 있는 곳이랑 가까워요. 그럼 거기 말고 여기로 오세요." 이런 전개로 이어질 확률이 높다.)

자, 이제 미팅이다. 너무 요란하지 않은 단정한 복장은 필수. 첫인상에 대한 썰이 다양하지만 깔끔하고 단정한 사람이 호감을 주는 것은 부정할 수 없다. 겉모습은 단정하게 머릿속은 지적으로. 가장 중요한 준비물은 대화의 화젯거리다. 당연히 그것은 상대의 요즘 관심사여야 한다. 이제부터 만날 사람은 초면이다. 생초면(누가 들으면 새로 나온 우동 이름인 줄 알겠다). 내가 무슨 말을 하느냐에 따라 상대방 입에서 만나자마자 "죄송합니다"로 시작되는 말이 나올 수 있다. 어떤 선빵에도 흔들리지 않을 맷집도 중요하지만 역시 가장 중요한 건 처음 시작할 강력한 이야깃거리다.

만나자마자 섭외 이야기를 꺼내는 건 실패로 가는 직선 도로에서 시속 200킬로미터로 달리는 꼴이다. 다시 한번, 오버는 금물이다. 가장 좋은 첫 이야깃거리는 상대가 최근에 한 작업이다. 방송 출연이든 영화든 전시회든. 나도 그 분야에 관심이 많지만 '잘 알지는 못한다'라고 해야 한다. 이 부분이 매우 중요하다. "당신을 위해 이렇게 많이 준비했어요!" 너무나 어필하고 싶은 당신! 왜 모르겠는가. 그 마음을 충분히 이해한다. 하지만 잠시 참아주시길. 왜냐하면 그가 이야기할 시간을 줘야 하기 때문이다. "당신의 분야에 이렇게나 관심이 많아요"보다는 "당신의 이야기가 너무 듣고 싶어요"가 섭외에는 훨씬 더 도움이 된다. 이렇게 상대가 신나게 이야기를 하고 나면 '너무 나 혼자 떠들었나…….' 하는 약간 미안한 마음이 들면서 자연스럽게 내이야기를 들어줄 준비를 하게 된다. 어느덧 상대가 내 이야기에 귀를 기울이는 순간이 찾아온 것이다. 섭외는 그때 비로소 시작된다. 말 그대로 'It's my show time'이다. 이제는 '나에게 당신이 정말 필요하다'라는 이야기를 해도 된다.

나도 한때는 호소하고 읍소하며 한마디로 '매달리는' 섭외를 했던 때가 있었다. 하지만 어느 순간 그것이 상대에게 폭력적으로 느껴질 수 있겠다는 생각을 하고는 이제 그런 식으로 섭외를 하지 않는다. 상대가 두 번 세 번 다시 생각해도 "노!"라고 한다면, 간절한 마음을 버리고 물러설 줄 아는 자제력을 갖는 것도 중요하다.

두 번째 단계를 요약하자면 급하다고 오버하지 않는다. 상대를 설득하기 전에 적당히 물러서 상대의 말에 귀 기울여주자. 그럼 섭외는 80퍼센트 성공이다.

세 번째 단계: 사후관리

이렇게 노력해 섭외에 성공하면 '금이야 옥이야' 상대를 스튜디오로 모시게 된다. 어렵게 섭외한 사람이 녹화장에 도착해 막 세트 위로 올라서기 직전, 마이크를 달고 있는 그 모습이 이상하게 나에겐 가장 가슴 뛰고 설레는 순간이다(좀 변태 같나?). 이제 마무리인가 싶지만 사실 섭외는 여기서 끝이 아니다.

온갖 꼬임에 넘어가 물건을 산 경우가 다들 한 번씩 있을 것이다. 막상 집에 와 보니 뭔가 이게 아닌 거 같아 다시 가져가니 주인이 나 몰라라 고객 변심 운운한 배신의 순간도 왕왕 겪어봤을 테다. 다시는 그 가게에 가지 않을 것이다. 그리고 그 가게를 주변에 추천하는 일도 절대 없겠지. 누군가 그 가게에 간다고 하면 두 손 걷어붙이고 말리고말고.

누군가를 섭외했다면 마지막까지 그에게 최선을 다해야 한다. 굳이 그 마지막이 언제인지 정해달라고 하면 그의 통장에 출연료가 입금되는 날까지다. 녹화를 마치고 돌아갈 때 이용할 교통수단부터 집에 잘 도착하셨는지 묻고, 오늘 수고하셨다는 감사 인사도 절대 잊지 않는다. 그리고 후반 작업을 하는 중간중간 '당신이 출연한 부분 중 이런 것들은 정말 좋아서 꼭 방송에 내겠다'라는 일종의 중간 보고도 잊지 않는다. 상대방은 내가 이 프로그램에 폐를 끼치지 않았구나, 안도하게 된다. 생각보다 많은 사람들이 본인이 잘 못해서 프로그램에 폐를 끼칠까 봐 섭외를 거절한다. 상대의 출연에 진심으로 감사해한다면 그 마음을 헤아리는 전화나 문자 한 통은 어렵지 않다.

녹화에 들어가면 전문 방송 연예인이 아닌 이상 전체적인 분위기를 파악하기 쉽지 않고 더더구나 자신이 그 안에서 어느 정도의 역할을 수행하고 있는지를 파악하기도 어렵다. 세트 바깥에서 전체적인 그림을 보는 입장에서는 모든 출연자들의 밸런스를 계산하지만 당사자들은 본인이 이 녹화를 망칠지도 모른다는 걱정에 사로잡히기 때문이다. 출연자든 제작진이든 녹화 종료 후 가장 많이 하는 말은 "너무 좋았어요. 수고하셨습니다"다. 녹화가 최상으로 떠지지 않았어도 괜찮다. 출연자들은 최선을 다했고 이제 그것을 최상으로 만들어내는 것은 나의 몫이기 때문이다. 이런 후속 작업들은 결국 장기적으로 출연자들이 선호하는 프로그램을 만드는 데 큰 역할을 한다. 향후 섭외를 위해 미리 길을 닦아두는 것으로 생각해도 되겠다.

여기까지 쓰니 '와, 내가 섭외해온 분들이 이 글을 읽으면 소름이 오싹 돋겠는걸.' 하는 생각이 든다. 그 모든 것이 '계획적'이었구나, 오해할 수도 있을 것 같다. 하지만 그 과정을 준비하는 것 자체가 섭외자에 대한 관심과 애정에서 비롯되었으며 프로그램을 통해 시청자에게 소개하고 싶었음을 모두가 알아주셨으면 한다. 나만 알고 나만 보기 나만 듣기 아까운 것들……. 그런 사람들을 만나면 다른 사람에게도 이 사람의 이야기를 들려주고 싶은 것도 직업병이라면 직업병일까? 좋은 사람들을 더 많은 사람들이 알고 만날 수 있으면 좋겠다.

모두가 그런 건 아니지만 이런 과정을 통해 막역한 사이로 이어진 분들이 꽤 많다. 나에겐 더할 나위 없이 좋은 인생 선배가, 친구가 생긴 셈이다. 문득 생각나면 망설임 없이 안부 문자를 보낸다. 요즘같이 온라인이 활성화된 시대에는 어렵지 않은 일이다.

사람들이 묻는다. 섭외는 어떻게 하냐고.

"그냥 조아리는 거지 뭐."

이게 내 대답이다. 내 프로그램에 꼭 나와야 할 의무가 있는 사람은 세상에 한 명도 없다. 시간을 내어 발걸음을 하고 대본을 보고 사전 자료들을 준비해준 그간의 많은 〈방구석1열〉 출연자님들께 진심으로 머리를 조아리며 이 자리를 빌려 감사드린다.

한 INFP 영화기자의
별점 회상

김도훈

나는 고백한다. 아니다. 나는 반성한다. 아니다. 내가 정말로 반성을 하고 있는 것인가? 그건 잘 모르겠다. 일단은 그냥 고백이라고 하자. 이 글을 여기까지 읽어 내린 분이라면 내가 무슨 말을 하고 싶어 하는지 대충 짐작이 갈 것이다. 그렇다. 별점과 백자평, 리뷰이야기다. 한국에서 영화기자 혹은 영화비평가로 살아가기 위해서는 별점, 백자평, 리뷰와 멀리 떨어질 수 없다. 특히 당신이 그놈의 별점과 백자평을 한국에 창조한 영화잡지사 출신이라면 더더욱.

내가 잡지사에 들어간 건 2004년이었다. 들어가자마자 리뷰를 써야 했다. 나는 비평가로 잡지에 입사한 것은 아니다. 하지만 한국의 영화기자들은 맡은 역할이 타국에 비해 좀 많았다. 영미권의 영화 잡지에서 '기자'와 '비평가'는 확실하게 역할이 나누어져 있다. 기자는 말 그대로 취재를 해서 기사를 쓰는 사람이다. 배우나 감독, 스태프와의 인터뷰도 기사다. 비평가는 비평을 하는 사람이다. 그들은 취재를 할 필요가 없고 인터뷰를 할 이유도 없다. 영화를 보고 비평을 쓰는 것이 유일한 사명이다. '영화기자'로서 유명해지는 사람은 거의 없다. '비평가'로서 유명해지는 사람은 많다. 내가 좋아하는 폴린 카엘이나 로저 애버트는 오로지 영화평론가로서 전설이 된 사람들이다.

두 직업은 철저하게 갈라지는 게 맞다. 구분되는 게 맞다. 그걸 나는 영화잡지사에 다니면서 슬슬 깨달았다. 장르 영화를 좋아했던 나는 그 잡지에서도 장르 영화 담당이었다. 자연스럽게 취재처도 장르 영화를 많이 만드는 제작사로 채워졌다. 당시 내가 가장 기대를 걸고 있던 한국 호러 영화 감독은 안병기였다. 2000년 작인 〈가위〉와 2002년 작인 〈폰〉은 한국형 오컬트-슬래셔 영화의 어떤 출발점과도 같은 영화들이었다. 2004년 작인 〈분신사바〉는 실망스러웠다. 그래도 뭔가 건져내 다시 한번 씻어서 활용해볼 만한 요소들은 있었다. 2006년 안병기 감독은 강풀 원작 영화 〈아파트〉를 만들고 있었다. 오랜만에 현장 취재를 갔더니 감독이 나를 유독 반겼다. 신뢰다. '너는 내가 하려는 게 뭔지 알고 있는 기자니까 믿는다'는 신호와도 같은 것이다. 영화잡지 기자가 감독과 친밀한 건 나쁜 일이 아니다. 다른 기자들보다 먼저 정보를 알 수 있고, 더 좋은 기사를 쓸 수도 있다. 그런 기회를 잡는 건 쉬운 일은 아니다.

문제는 영화가 개봉하면서 벌어졌다. 시사회를 갔다. 안병기 감독은 당시 한국에서 '호러 영화의 신' 정도의 위치에 있는 사람이었다. 〈아파트〉는 고소영의 오랜만의 영화 복귀작이었다. 당연히 언론의 관심도 꽤나 높았다. 많은 기자들이 시사회에 참석했다. 시사회가 끝나자 머리가 아파오기 시작했다. 전혀 무섭지가 않았다. 이미 2003년도에 김지운 감독이 〈장화, 홍련〉이라는 역작을 내놓은 뒤였다. 호러 영화계의 판도도 슬슬 바뀌고 있는 무렵이었다. 안병기 감독은 여전히 자신이 잘하고 싶어 하는 걸 했지만 그것만으로 충분하지는 않았다.

회사로 돌아간 나는 머리를 싸맸다. 문제는 명백했다. 나는 〈아파트〉의 리뷰를 쓰게 되어 있었다. 별점은 피해갈 수도 있다. 시사회에는 많은 평론가들이 참석하기 때문에 그들로부터 별점을 받아 채우면 된다. 일종의 불문율도 있었다. '내가 담당하는 영화사의 영화가 후질 때는 별점 평가에 참여하지 않는다'는 불문율. 어쩔 도리 없다. 내가 담당하는 영화사나 감독의 영화에 박한 별점을 줬다가는 사이가 영 어색해질 것이다. 내가 별점을 주지 않은 영화라면 이렇게 변명을 하면 된다. "그러게요. 평론가들이 참 별점을 박하게 줬네요. 저는 괜찮았는데……." 괜찮았을 리가 만무하지. 하지만 내가 직접 별점을 준 것은 아니니 그들도 뭐라고 딱히 할 말은 없다. 종종 나는 짠 별점에 항의하는 감독에게 "감독님 그건 박평식이잖아요"라고 말하기도 했다. 얼굴은 거의 알려지지 않았으나 짜고 박한 별점과 백자평만으로 유명해진 그분의 이름을 대면 다들 그냥 그러려니 했다.

〈아파트〉는 그럴 수가 없었다. 기자들 중 영화를 본 사람은 나 하나밖에 없었다. 시사회는 다시 열리지 않을 예정이었다.

꼼짝없이 내가 리뷰를 써야만 했다. 그래서 뭐라고 썼냐고? 그 리뷰의 마지막 단락은 다음과 같다. "오히려 가장 섬뜩한 장면은 서서히 베란다로 걸어 나와 느닷없이 뛰어내리는 남자를 세진(고소영)이 망원경으로 쳐다보는 순간이다. 별다른 사운드도 입혀지지 않은 채 금세 지나가는 이 장면은 구로사와 기요시를 아주 잠시나마 연상시킨다. 머리를 풀어헤친 원혼의 눈빛으로 호소하는 대신 그런 현대적 삶의 무표정한 섬뜩함에 집중했더라면 〈아파트〉는 안병기 감독의 또 다른 전환점이 될 수 있었을 것이다." 이걸 지금 와서 솔직한 마음으로 다시 쓰자면 다음과 같다. "그나마 유일하게 약간이라도 섬뜩하기라도 한 장면은 서서히 베란다로 걸어 나와 느닷없이 뛰어내리는 남자를 세진이 망원경으로 쳐다보는 순간이다. 그래 봐야 구로사와 기요시는 어림도 없다만. 머리 풀어헤친 귀신의 곡성만으로는 이제 한국에서 호러 영화로 돈 벌기는 힘들지도 모른다는 증거가 여기에 있다."

　　나의 '덜' 솔직한 리뷰도 안병기 감독에게는 아마도 어쩌면 당연히 상처가 됐을 것이다. 매번 영화사에 찾아가서 차도 마시고 수다도 떨고 기획 기사도 쓰던 기자가 그토록 박하게 리뷰를 쓸 거라고는 생각지 못했을 것이다. 정말 그 이후로 안병기 감독과 나의 사이는 약간 어색해지기 시작했던 것 같은데, 모르겠다. 이건 내가 MBTI 중 INFP 타입이라 혼자서만 속으로 그렇게 생각하는 걸지도 모른다. MBTI를 믿냐고? 아니다. 나는 사람을 그렇게 비과학적으로 나눌 수 있다고 믿지 않으므로 MBTI도 일종의 미신이라고 생각한다. 하지만 자학하고 싶을 때 MBTI만큼 좋은 핑계는 없기 때문에 굳이 그걸 여기서 인

용하고 있는 것이다. 나 어제 일 하나도 못 하고 잤어……. INFP
니까. 도저히 이번에는 마감을 못 지킬 거 같아……. INFP니까.
'푸른숲' 편집자님들 저는 도저히 이 책을 다 쓰지 못하고 죽을
것 같아요……. INFP니까. 정말이지 MBTI는 위대하다.

　　여하튼 그 순간을 계기로 나는 전 세계에서 한국 영화기
자들만이 갖고 있는 딜레마를 발견하게 됐다. 오로지 한국 영화
기자들만이 비평을 함께 한다. 영미권 잡지들은 두 역할을 엄격
하게 나눈다. 영화비평에 인맥으로 인한 온정이 얽히지 않도록
하는 것이다. 한국은 그렇지 않다. 어쩌다 보니 영화기자가 비평
가의 역할까지 함께 맡도록 진화해왔다. 그래서 당신은 신문이
나 잡지의 영화 리뷰에서 누가 봐도 재미없고 후진 영화의 리뷰
를 거칠게 두 종류로 나누는 것도 가능할 것이다. 관계자와 잘
알기 때문에 어떻게든 악평으로 보이지 않으려 발버둥을 치는
리뷰와, 관계자와 잘 알지만 이건 진짜 나도 어쩔 도리가 없다는
관계 포기 선언에 가까운 리뷰. 나? 나는 주로 후자를 잘 쓰는 기
자였다. MBTI 분류법에 따르면 가장 거짓말을 못하는 게 INFP
다. 그래서 저도 어쩔 수 없었습니다, 감독님들……. INFP니까.

　　별점과 백자평을 쓰기 시작하자 인터넷 곳곳에서 욕이
쏟아졌다. 나는 테런스 맬릭의 〈트리 오브 라이프〉2011에 '에고
의 빅뱅'이라는 백자평을 쓰고 별 세 개를 줬다. 뤼크 베송의
〈루시〉에는 별 네 개를 준 것으로 기억한다. 당신이 아트 영화
를 좋아하는 관객이라면 지금 이 글을 읽으면서 뭐 이런 신성모
독자가 다 있냐며 짜증을 내고 있을 것이다. 이해한다. 하지만
각각의 영화에 별점을 줄 때 항상 같은 기준을 과학적으로 적용

하는 것은 아니다. 나에게 〈트리 오브 라이프〉는 테런스 맬릭의 영화 중에서 예술적 거드름이 가장 심한 영화였다. 〈루시〉는 뤼크 베송 특유의 '갈 수 있는 데까지 막 가보자 그냥!' 정신이 가장 투철한 영화였다. 전자는 근사한데 매력이 없었다. 후자는 엉망인데 매력이 쩔었다. 그 순간의 기분이 별의 숫자를 만든다. 영화기자들에게 '마틴 스코세이지의 영화는 후져도 3점부터 시작해야 마땅하고, 마이클 베이 영화는 좋아도 3점이 최고여야 마땅하다'는 기준 같은 건 없다. 별점도 리뷰도 사람이 주는 것이다. 당연히 영화적 지식이 동반되어야 하겠지만 어디까지나 그 기준은 '취향'이다.

　　소셜미디어가 생기자 딜레마는 더욱 강력해졌다. 당신이 영화기자로 일하고 있다면 당신은 영화를 보고 나서 더 많은 사람들을 향해 떠들고 싶어 입과 손이 근질근질한 타입이라는 의미다. 시사회에서 "와, 기자님 오랜만이에요!"라고 당신에게 환하게 인사한 사람들이 만들고 마케팅을 한 수십 억짜리 영화를 두 시간 뒤에 페이스북에서 난도질하는 아주 뒤틀리고 비틀린 심성의 소유자라는 의미다. 맞다. 반성한다. 고백한다. 나는 그런 심성의 소유자다. INFP라 그런지 악평을 하고 나면 누군가의 마음을 다치게 만들었을까 봐 밤새 전전긍긍하긴 하지만, 역시 INFP라 그런지 솔직하지 않으면 더욱 마음이 힘들어진다. 물론 나는 MBTI를 전혀 신뢰하지 않는다는 말을 다시 언급하고 넘어가야 할 것 같다.

　　나는 이 글을 쓰면서 잡지사에 다니던 시절 한 선배의 눈동자를 떠올리고 있다. 2009년 여름 최고의 화제작은 역시 윤

제균의 〈해운대〉였다. 시사회 다음 날 나는 〈해운대〉에 별점 4점을 주고 "장인들이 성심성의껏 만든 순도 99.9퍼센트 오락 영화"라는 백자평을 덧붙였다. 그걸 본 선배는 내 자리에 와서 정말이지 한 번도 본 적 없는 진지한 얼굴로 말했다. "별점 네 개를 준 걸 데스크에서 봤는데. 나는 그 이유가 정말 궁금하다. 네가 다음 주에 잡지에 〈해운대〉에 대한 비평을 써주면 좋겠다. 정말 궁금해서 그러는 것이다." 그는 정말이지 거의 인류학적인 불가해함을 가득 품은 눈동자로 나를 보고 있었다. 하지만 나는 다음 주 잡지에 〈해운대〉에 대한 글을 쓰지 않았다. 아마도 나에게는 별로 쓸 말이 없었을 것이다.

〈해운대〉에 네 개의 별점을 준 이유? 모르겠다. 지금은 잊었다. 하지만 그 순간만큼은 진심이었을 것이다. 그 순간의 별점은 정말이지 진심이었을 것이다. 사람은 나이를 먹는다. 늙는다. 변화한다. 바뀐다. 진심도 바뀐다. 어제의 진심은 오늘의 진심과 다르다. 내일의 진심은 오늘의 진심과 다를 것이다. 하지만 어제의 진심은 영원히 남는다. 그렇게 남아서 너 따위의 진심이 이 따위였노라고 소리를 버럭버럭 지르며 시도 때도 없이 온라인에서 툭툭 튀어나와 뺨을 때릴 것이다. 뭐 어쩌겠는가. 인생이란 다 그런 것이다. 지금 아트 영화의 신이 내 머리에 총을 겨누고 "〈트리 오브 라이프〉와 〈루시〉 중 생의 마지막으로 볼 영화를 정하라"라고 한다면? 나는 아무런 고민 없이 〈루시〉를 선택할 것이다. 생의 마지막 영화로 〈트리 오브 라이프〉를 보는 것만큼 뻔하고 뻔뻔한 클리셰가 또 어디 있겠냐고 비웃으면서 말이다.

인생 영화 음악/
인생 음악 영화

배순탁

우리는 흔히 이렇게 말한다. 너무 많은 선택지는 곧 선택지 없음이라고. 불필요한 정보까지 포함해 모든 정보가 다 적힌 지도가 결국 무소용인 것과 비슷한 이치다. 나에겐 음악 영화가 그렇다. 그저 궁금해서 본 음악 영화, GV 준비 때문에 본 음악 영화, 남들이 다 봤다는 이유 하나만 쫓아서 관람한 음악 영화, 이걸 다 합치면 아무리 못해도 100편은 넘을 것이다. 그중 한 개만 꼽으라는 주문이 곧 고문일 수밖에 없는 이유다.

차라리 "김도훈이 좋냐 이화정이 좋냐 주성철이 좋냐 김미연 PD가 좋냐" 중 하나를 정하는 게 훨씬 쉽다. 정답은 간단하다. 김미연 PD다. 〈방구석1열〉 덕에 내 통장에 꽂힌 액수를 무시하기란 아무래도 어려운 까닭이다. 나뿐만이 아니다. 김도훈, 이화정, 주성철, 세 사람의 대답도 동일할 거라고 확신한다. 역시 PD가 짱이다. 정규직이 최고시다.

쩨 자주 떠오르는 영화가 없는 건 아니다. 나는 지금 '쩨 자주'라고 적었다. 그러니까, 온전히 기분 탓이라는 거다. 확률적으로 높은 경우는 있어도 내 입에서 어떤 영화의 이름이 흘러나올지 나도 알 수가 없다는 거다.

이 글을 쓰고 있는 지금, 딱 떠오르는 작품은 다음과 같다. 바로 광부와 동성애자의 연대를 다룬 영화 〈런던 프라이드〉2014다. 나는 〈런던 프라이드〉를 볼 때마다 눈물짓는다. 실존 인물들로부터 가져온 영화 속 여러 주인공들이 찬란하게 아름다워서다. 그중에서도 잊을 수 없는 건 단연코 엔딩신이다. 뭐랄까. 그저 이 엔딩신을 생각하는 것만으로도 나는 울컥하는 감정을 주체할 수가 없다. 그저 인간이 너무 예쁘고 기특하고 대견해서 눈에 눈물이 저절로 고인다.

> "광부 파업이 끝나고 1년 뒤 노동당 회의에서 동성애자의 권리를 당 강령에 포함하는 안건이 상정됐다. 전에도 상정된 적 있었지만 이번에는 안건이 통과되었다. 안건 통과가 가능했던 이유들 중 하나는 핵심 노조 한 곳에서 전폭적인 표를 던져서였다. 전국 광부 노동조합이었다."

음악은 또 어떤가. 이 작품보다 선곡 잘된 음악 영화, 그렇게 많지 않다. 내용적인 측면에서도 그렇다. 주성철 평론가의 말을 빌려 나는 이 영화 감상을 의무화하는 법을 만들어야 한다고 본다. 이게 무슨 얘긴지 궁금하다면 〈무비건조〉 '퀴어 영화 베스트 5' 편 찾아보기를 권한다. 아, 〈방구석1열〉에도 출연해 다룬 적 있다. 김미연 PD는 역시 만세다.

〈러브 액츄얼리〉2003도 빼놓을 수 없다. 나는 이 영화의 공항 엔딩신을 볼 때마다 펑펑 우는 습관이 있는데 이유는 위와 동일하다. 까놓고 말해볼까. 나는 인간이 지긋지긋하다. 어쩔 때는 인간 혐오가 아닌가 싶은 경우도 자주 있다. 하지만 이런 순간이 가끔씩 온다. 〈런던 프라이드〉의 결말에서처럼 인간에 절망하다가도 결국 인간만이 희망이구나 싶은 순간 말이다.

같은 이유로 나는 무조건적으로 긍정과 희망만을 설파하는 태도를 선호하지 않는다. 사기나 마찬가지라고 여기는 편이다. "긍정적이어서 웃는 게 아닙니다. 웃어서 긍정적인 겁니다." 이런 유의 말을 할 자격은 단언컨대 대한민국에서 단 한 명, 노홍철 씨 외에는 없다. 노홍철 씨와는 방송을 오래 해봐서 내가 좀 안다. 그는 그럴 자격 있다. 부디 믿어주시라.

구체적인 예를 한번 들어본다. 조니 미첼의 음악과 함께한 엠마 톰슨의 눈물이 없었다면 〈러브 액츄얼리〉는 시시한 작품이 됐을 것이다. 마지막 공항 신에서의 감동이 훨씬 덜했을 게 분명하다. 혹시 조니 미첼의 그 노래, 'Both Sides Now'의 가사 해석해 본 적 있나. 조니 미첼이 비행기에서 솔 벨로의《비의 왕 헨더슨》을 읽다가 구름을 바라보며 쓴 노래라고 한다. 영화에서는 1969년 발표한 원곡을 2000년에 직접 커버한 버전으로 나온다. 노랫말은 다음과 같다. 번역은 내가 직접 했다.

굽이치는 천사의 머리카락

천상의 아이스크림 성채

사방에 존재하는 깃털의 협곡

나에겐 구름이 그렇게 보였지

하지만 지금 구름이 해를 가리고는

비와 눈을 뿌려대고 있지

구름이 내 앞길을 막지 않았다면

정말 많은 걸 했을 텐데

이제 나는 구름을 양쪽에서 바라보네

위쪽에서 아래쪽에서

여전히 내가 기억하는 건 구름의 환영

실체가 무엇인지는 알지 못하지

6월에 뜬 달과 대관람차

모든 동화가 현실이 될 때

당신이 느끼는 어지럼증

난 사랑을 그런 식으로 바라봤지

하지만 이제 사랑은 또 다른 쇼가 됐지

모두의 비웃음을 뒤로 하고 당신은 퇴장하네

그게 싫다면 그들이 알지 못하게 해야 해

정체를 드러내서는 안 돼

이제 나는 사랑을 양쪽에서 바라보네

사랑이란 주고받는 것

하지만 내가 기억하는 사랑은 환영이야

사랑이 뭔지 도무지 알 수 없네

눈물과 두려움,

"널 사랑해" 크게 외칠 때의 벅찬 가슴

꿈, 계획, 서커스의 관중

나는 삶을 그런 식으로 바라봤지

하지만 옛 친구들은 이상하게 행동하네

고개를 저으며 내가 변했다고 말하지

뭔가를 얻으면 뭔가를 잃는 법

삶이라는 게 그렇지

이제 나는 삶을 양쪽에서 바라보네

승리와 패배

하지만 여전히 내가 기억하는 건 삶이라는 환영

아직도 삶을 잘 모르겠네

이제 나는 삶을 양쪽에서 바라보네

오르막이 있으면 내리막이 있지

하지만 여전히 내가 기억하는 건 삶이라는 환영

아직도 삶을 잘 모르겠네

어떤가. 이것은 노랫말이라기보다는 한 편의 시다. 커튼 뒤에 가려진 삶의 진실을 조금이라도 엿본 자만이 쓸 수 있을 무엇이다. 삶이라는 게 이렇다. 조니 미첼이 노래한 것처럼 그 자체로 역설이다. 모순덩어리다.

나는 조니 미첼처럼 삶과 인간을 깊이 이해하고, 그것을 연민할 줄 아는 작가를 사랑한다. 반대로 글을 무기 삼아 우리를 갈라치기 하는 글쟁이를 대체로 혐오한다. 세상은 우리 편은 무조건 옳고, 반대는 틀렸다는 식으로 재단되지 않는다. 양쪽 모두에 조금씩의 진실은 있다. 삶과 인간, 세상에 대해 우리가 길어 올릴 수 있는 단 하나의 진실이 있다면 이것이다.

이제 마지막 공항 신에서 흐르는 비치 보이스의 'God Only Knows'를 살펴볼 차례다.

하늘에 별이 떠 있는 한은 그대를 사랑할 거예요
의심할 필요 없어요
나의 사랑을 확신할 수 있게 만들 테니까요
그대 없는 나는 상상할 수 없어요

만약 당신이 나를 떠난다면
삶은 그래도 계속되겠죠
하지만 믿어주세요
그대 없는 세상 따위 나에겐 의미 없다는 걸
산다는 것 역시 아무 의미가 없겠죠
그대 없는 나는 상상할 수 없어요

이 곡은 비틀스의 폴 매카트니가 극찬을 보낸 것으로도 유명하다. 한데 알아두면 쓸모없지는 않은 팩트가 하나 있다. 곡이 실린 비치 보이스의 걸작 〈Pet Sounds〉가 비틀스의 〈Rubber Soul〉로부터 영감을 얻었다는 점이다.

폴 매카트니의 극찬은 사탕발림이 아니었다. 이후 비틀스가 'God Only Knows'를 포함한 〈Pet Sounds〉로부터 자극받아 인류 역사상 가장 위대한 대중음악이라 평가받는 앨범 〈Sgt. Pepper's Lonely Hearts Club Band〉를 산파했으니까 말이다. 이와 관련한 자세한 줄거리는 영화 〈러브 앤 머시〉²⁰¹⁵에 잘 나와 있다. 어차피 전기 영화이므로 내가 〈씨네21〉에 기고했던 글 검색해서 읽고 영화 감상하면 꽤 도움될 것이다.

재미있는 사실이 하나 있다. 〈러브 액츄얼리〉의 시작과 끝에 나오는 공항 장면, 배우들이 등장하는 신을 빼면 실제 풍경을 그대로 찍은 것이다. 일단 찍고, 스태프가 쫓아가서 출연 동의서를 일일이 받았다고 전해진다. 이 신이 더욱 감동적일 수밖에 없는 바탕이다.

이제 당신은 눈치챘을 것이다. 〈러브 액츄얼리〉나 〈런던 프라이드〉가 음악 영화라고 볼 순 없다. 한데 나에게 음악 영화란 단일종이 아니다. 거칠게 분류하면 두 가지로 나뉜다. 첫째는 음악인이나 음악적인 무언가를 다룬 본격 음악 영화, 다른 하나는 영화에 삽입된 곡들이 무릎 탁 치게 할 정도로 매력적인 영화다. 후자를 정리하면 '선곡이 기가 막힌 영화'라고 부를 수 있을 것이다.

이게 바로 나의 최종 꿈이 할리우드의 뮤직 슈퍼바이저

(영화음악 선곡자)인 이유다. 혹시 할리우드 쪽에서 이 글 본다면 연락 바란다. 자격 증명을 원한다면 다음 성과를 제시하고 싶다. 아마 당신은 버킷리스트를 다룬 산타페 자동차 광고 음악을 기억하고 있을 것이다. 곡의 정체는 앨런 파슨스 프로젝트의 'Days Are Numbers'다. 이 곡, 내가 고른 거다.

　무엇보다 제목이 중요하다. 광고의 주제가 버킷리스트 아닌가.

　Days Are Numbers.

　"인생 짧아"라는 뜻이다.

모두가 찬양하지만
도무지 동의할 수 없는 영화는?

주성철
데이미언 셔젤 <라라랜드>

다소 과시적인 도입부를 보면서 신기하다고 느꼈던 것 빼고는 이후 단 한 순간도 재미를 느끼지 못했다. 스토리텔링과 캐릭터 모두 부실하다고 생각되어 이 영화를 향한 열광적인 반응에 갸우뚱한 적 있다. 데이미언 셔젤 감독의 데뷔작 <위플래쉬>2014와 <라라랜드>2016 이후 새로운 도전이었던 <퍼스트맨>2018까지 내게는 아무 느낌이 없었다. 심지어 <위플래쉬>는 보는 내내 힘들고 불편해서, 이 영화를 힘주어 좋아한다고 말하는 사람은 살짝 의심하게 된다.

이화정
클로이 자오 <노매드랜드>

이런 작품을 부정하기는 쉽지 않다. 나 역시 이 영화가 가지는 톤 앤 매너에 상

당 부분 공감한다. <노매드랜드>2020 이야기다. 클로이 자오가 자본주의의 톱니바퀴가 된 사람들을 돌아보고 그들과 함께하며 찾아낸 성찰의 시간은 값지다. 그렇지만 프랜시스 맥도먼드 관록의 주름은 확실히 클로이 자오가 수행한 연출의 깊이보다 깊고 진했다. 수상에 수상을 더한 이 영화의 수상 행렬은 오히려 영화적인 완성도를 넘어선 지점에 가닿는다. 코로나로 지친 시대, 이 영화가 던진 메시지가 확실히 통용되던 적절한 시기에 도착한 영화. 하지만 이런 질문이라니, 답변이 영 궁색하다.

김도훈
테런스 맬릭 <트리 오브 라이프>

대런 애르노프스키의 <마더!>2017를 꼽을 생각이었다. 하지만 잘 생각해보니 그 영화는 '모두가 찬양하는 영화'

는 아닌 것이 틀림없다. 어쨌든 나는 저 영화를 지나치게 칭찬한 사람들에 대한 약간의 반감을 여전히 떨칠 수가 없다(대런 애르노프스키는 천재가 아닙니다!). 자, 그렇다면 다음으로 꼽아야 할 영화는 역시 테런스 맬릭의 <트리 오브 라이프>여야만 한다. 이미 나는 이미 앞서 <트리 오브 라이프>에 대한 확연한 불호를 표현한 바 있다. 오래전 박찬욱 감독이 과대평가된 영화로 맬릭의 <씬 레드 라인>[1998]을 꼽은 적이 있는데, 그 영화는 <트리 오브 라이프>와 비교하자면 엄청나게 역동적인 전쟁 스펙터클이나 마찬가지다. 노감독의 개똥철학에 가까운 독백을 <내셔널 지오그래피>적 화면에 입힌 영화가 왜 나이 든 현자의 걸작으로 받아들여지는지 나는 아직도 해답을 찾지 못했다. 그리고 나는 그해 칸영화제 황금종려상이 <트리 오브 라이프>가 아니라 라스 폰 트리에의 <멜랑콜리아>[2011]에게 돌아가야 마땅했다고 믿는다. 물론 나는 흥행에 참패해 테런스 맬릭을 20년간 은둔하게 만든 초기작 <천국의 나날들>[1978]을 매우 좋아한다. 그 이후로 맬릭은 다시 돌아오지 않아도 좋았을 것이다. 나이 든 분에게 악담을 쓰고 있으려니 어쩐지 영화적 불효자가 된 것 같아 마음이 좀 불편하지만, 어쩌겠는가. 꼭 나이를 먹는다고 더 좋은 예술가가 된다는 법은 없는 것이다.

김미연
김기덕 <봄 여름 가을 겨울 그리고 봄>

난 아직 그의 작품 세계를 이해하기엔 한없이 미생인가 보다. 솔직히 이해할 생각도 없고.

배순탁
홍상수 감독 영화

제가 말했잖아요. 저 영화인 아니라니까⋯⋯. 나는 뭐랄까, 영화 같은 영화가 좋다. 홍상수 영화는 나에게 영화라기보다는 영화를 가장한 현실처럼 느껴진다. 굳이 봐야 할 필요성을 느끼지 못한다. 넷플릭스에 디즈니 플러스, 여기에 주성철 평론가와 아이디를 공유하고 있는 왓챠까지, 볼 게 차고도 넘치는데 아쉬울 것도 없다.

꿈꾸던 국제영화제 취재기

이화정

〈기생충〉 포스터에서 익히 본 황금종려상 마크가 화면에 뜨고 영화가 시작되기 바로 직전, 캄캄한 암전 속에 '하울howl의 시간'이 어김없이, 또 그렇게 찾아 들었다.

하울이 뭐냐고? 말 그대로, 정말 늑대 울음소리 같은 괴성이다. 칸국제영화제 기사가 뜨면 디폴트처럼 영화 끝나고 기립박수가 몇 분이나 이어졌는지 기사화되는데(기사를 쓰기 위해 박수 시작과 동시에 초시계를 작동시킨 기자를 목격하기도 했다) 사실 칸의 호평을 상징하는 기립박수보다 현장에 있는 기자들에게 더 와닿는 사운드는 "하울~"이다. 처음 소리를 듣고는 적잖이 당황했는데 이제는 안 들리는 게 되려 이상하다.

유서 깊은 소리다 보니 나름 유래도 있다. 먼저 극장에 들어간 기자가 자리를 맡고서는 '하울'이라는 이름의 동료를 불렀다는 소리다. 워낙 자리 경쟁이 심하다 보니 자리를 맡고 위치를 알려주려 소리를 질렀다는 설이다. 급기야 지금은 그 하울이 얼마 전 죽었다는 비극적인 이야기로까지 번졌다. 어쨌든 분명 하울의 친구도 아닌 듯한 누군가가 선창을 하면 2층까지 하울이 메아리를 친다. 영화의 최초 공개를 기다리며 장시간 긴 줄을 뚫고 입장한 기자들. 몇천 명이 모인 뤼미에르극장에 장난기가 감도는 유일한 시간이다.

내가 칸에서 처음 본 영화는 할리우드 블록버스터 〈다빈치 코드〉[2006]였다. 2006년 5월, 인천공항에서 니스로 가, 니스에서 다시 칸으로 향했다. 프랑스 남부 최대 해안 휴양 도시에서 코스 요리를 맛보는 대신, 보름 먹을 식량인 라면 한 박스와 포장 김치를 싸 들고 도착한 그곳은 뜨거웠다. 일단 칸의 태양이 말도 못 하게 뜨거웠고, 공개되는 영화를 향한 논쟁이 열기에 열기를 더했다. 〈다빈치 코드〉는 당시 '가톨릭을 향한 모독'이라는 이유로 상영 반대 시위에 직면해 있었다. 아트 영화의 본고장에서 할리우드 블록버스터를 상영한 것도 화제였다. 2017년에는 〈옥자〉로 한 차례 홍역을 치렀다. 극장과 거대 스트리밍서비스 넷플릭스의 분쟁이 쟁점이었다. 분쟁이 있는 곳에 기자!가 있다. 게다가 너무나 많았다. 극장에 모인 기자들 머릿수가 어찌나 압도적이던지. 나는 그런 기자 행렬을 그때 처음 봤다.

당시에 "영화잡지 기자는 한 100명쯤 되나요?" 묻던 외국 기자의 말이 생각난다. 한국에서 발행되는 영화잡지 기자들을 모두 모아도 50명도 되지 않았던 시기였다. "지금 발행되는 한국 영화잡지 기자들을 모두 모아도 100명이 안 될 겁니다." 턱도 없는 소리 말라고 받아 치던 한 선배의 말이 생각난다. 나는 영화잡지 춘추전국 시대라고 일컬어지던 2000년대 초반에 일을 시작했다. 1995년 〈씨네21〉이 창간하고 월간지 〈키노〉가 뒤를 이었다. 〈씨네버스〉, 〈무비위크〉, 〈필름2.0〉, 〈프리미어〉 등 영화잡지가 연달아 창간했다. '영화 전문기자'도 이때 대거 생겨났는데, 같은 고향, 학교, 학원 출신이 아님에도 우리끼린 서로를 선후배라 칭했다.

영화사나 감독, 배우들을 취재원으로 삼아 영화를 소재로 콘텐츠를 만드는 영화기자는 당시 새롭게 대두된 전문가이기도 했다. 사회부에 배정받아 새벽부터 경찰서를 돌다가, 정치부, 문화부 등에 번갈아 발령을 받으며 전천후 인력으로 양성되는 일간지 기자와는 확연히 다른 부류다. 말이 '전문가'지 실은 영화잡지 기자들은 기자협회 소속도 아니었고, 그렇다고 또 영화업계 소속도 아니었다. 언론협회 주관 '올해의 기자상'을 받을 일도 없고, 대종상에 영화기자 부문이 신설될 일도 없단 말이다.

어쨌든 고된 마감 노동을 업으로 삼는 그 한 줌 소수의 직군인 우리는 그래도 덕업 일치를 이룬 행운아라고 스스로 믿고 사는 사람들이었다. 남들이 다 복지와 부동산을 챙길 때, 20년째 복지부동으로 오르지 않는 글 값을 받으며 일해왔다. 한창 기고를 하다 잡지가 없어지면 원고비를 떼이기도 하고, 경영난으로 월급이 밀린 일도 적지 않았다. 한번은 사측의 누군가로부터 "너네가 돈 벌려고 이 일을 하는 건 아니잖아!"라는 말까지 들어야 했다. 사실 "돈 벌려고" 하는 거라고 당당히 말 못 하던 우리의 약점이 잘도 저당 잡힌 시절이었다.

아, 영화제 가던 길이었지. 자, 이 역시 좀 우습게 들릴 수 있지만 당시 칸 출장은 바로 "그럼에도 '왜' 이렇게 열악한 처우를 딛고 일하나요?"라는 질문에 대한 대답 중 하나였다. 우리는 평소 "영화지 기자를 그만두더라도 칸국제영화제 취재는 한 번 가보고 그만두려고요"라는 말을 아무렇지 않게 했다. 막 마감을 끝내고도 연이어 밤새 영화 이야기를 하는 게 낙이던 비슷한 취향을 가진 사람들끼리의 모임. 그런 우리에게 켄 로치, 장뤼크 고다르, 다르덴 형제, 왕가위 같은 감독의 신작을 제일 먼저 보고 인터뷰까지 할 수 있는 기회는 급여를 선회하는 어떤 거대한 유혹이었다.

이런 흥분만 늘어놓기에는 막상 칸은 애석하리만치 모든 게 불편한 곳이다. 가기 전에는 무슨 칸 조직위에 입사라도 하듯 내 모든 경력을 증명할 서류와 지면 기사를 증빙해야 했다. 몇 년간은 DHL로 보냈고, 이후 온라인으로 보낼 때는 걸핏하면 오류가 나는 바람에 파일을 첨부하느라 가기 전부터 진을 다 뺐다.

더 끔찍한 건 무슨 카스트제도 같은 배지제도다. 소속 매체의 영향력에 따라 (칸의 뜻대로!) 취재 등급이 주어진다. 극장 입장 순서도 화이트, 레드, 블루, 옐로우 배지 색깔로 정해진다. 등급이 높은 배지를 가진 사람이 우선적으로 통과되어 열심히 줄을 서고도 화제작을 못 보는 경우도 발생했다. 당연히 좋은 좌석 역시 더 높은 등급의 배지 착용자에게 먼저 배정됐다.

복장 규제도 심하다. 감독과 배우가 참석하는 갈라 상영 때는 남자는 반드시 슈트에 보타이와 블랙 슈즈를, 여자는 드레스를 입어야 한다. 요트 위에서 칵테일파티에 참여할 것 같은 사람들이 한껏 멋을 내고 극장에 온다. '규칙'은 엄격하다. 보타이가 없어서 줄을 서고도 되돌아가는 이들이 부지기수다. 여기서 보타이를 팔면 암표보다 더 받겠다, 반짝 아이디어가 샘솟을 정도.

영화에 바치는 이들의 '추앙'이 좀 과하다 싶기 하다가도, 또 한편으로는 구태여 격식을 차려 불편함을 고수하는 모습에 경외감이 든다. 창작자들이 받을 수 있는 이 최대한의 예우와 찬사가 어쩌면 지난하고도 고통스러운 창작을 지속시켜 주는 데 일조하는 게 아닐까 싶기도 하다.

어쨌든 이렇게 전 세계의 언론과 영화 관계자들이 모인 자리에서 환대는 어디까지나 감독과 배우가 참석해 인사하는 '갈라 상영'까지다. 돌아서면 평가는 살벌하다. 영화가 공개된 다음 날 아침이면 〈카이에 뒤 시네마〉, 〈할리우드 리포트〉, 〈르 필름 프랑세즈〉 등 각종 일간지에 영화의 별점이 공개된다.

한번은 〈아웃레이지〉2010 공개 후 평점 폭탄을 맞은 기타노 다케시를 인터뷰 하러 갔다. 다케시가 입장하기 전, 전 세계 기자들이 수군거렸다. 혹여 낮은 별점으로 자존심에 스크래치가 나지 않았을까 싶었던 것이다. 하지만 웬걸 기자들 사이에 앉은 그는 마치 그의 작품 속 야쿠자 형님처럼 당당해 보였다.

어쩌랴, 신작은 공개됐고 상품은 팔려야 하는데. 당연 인터뷰도
이 거대한 마케팅의 흐름에서 움직인다. 어쨌든 우리 모두는 알
고 있다. 극장에서 이렇게 신작 관람이 이루어지는 동안 지하
세계에서는 영화제 마켓이 풀가동되고 있다는걸. 영화를 감상
하는 순수한 경외심 아래에서는 영화를 사고파는 전 세계 바이
어들의 각축전이 펼쳐진다. 그야말로 공기부터 다르다. 거대한
글로벌 아트 영화 시장을 움직이는 본진은 바로 극장 건물 지하
에 있는 이 마켓이다. 기자, 평론가들이 수면 위에서 영화를 보
는 동안 지층에서 이 모든 일이 벌어지고 있다는 것도 꽤나 상
징적이다.

　　　참, 호평과 혹평 사이. 이제는 칸의 입장도 변했다. 종이
매체만 존재할 때는, 다음 날까지는 영화의 평가가 유예됐다.
하지만 SNS가 일상화되면서 기사가 지면으로 옮겨지기 전 상
영을 마친 직후부터 기자들의 트위터가 뜨거워졌다. 가장 먼저
치러지는 '프레스 시사' 직후 쏟아지는 혹평을 막을 길이 없어
진 거다. 다음 상영 때 미리 그런 트윗을 보고 레드카펫 위를 걷
는 감독, 배우들의 심정이 좋을 리 없다. 그래서 칸은 아예 기자
들에게 '최초 공개'를 불허하기까지 했지만 그래 봤자 임시방편
에 불과했다. 좋은 영화에 대한 소문도 빠르지만, 나쁜 영화를
향한 손 소문은 더 빠르다.

　　　영화기자라는 직업을 가진 사람으로서 칸, 베니스, 베를
린 등 국제영화제의 프리미어 상영을 바로 보고 바로 마감해 첫
리뷰를 전하는 경험은 꽤 짜릿하다. 인생의 흥분 도수가 올라가
는 행운을 맛보았다고 생각한다. 프랑스와 한국의 시차는 늘 수

면을 방해했고, 극장 안에는 언제나 바깥 날씨와의 온도 차로 인해 독감 바이러스가 떠돌았지만 말이다. 극장을 나와 봤자 형편은 늘 나아지지 않았다. 드레스를 차려 입고 축제를 즐기는 사람들 사이에서, 쪽잠을 자며 노트북으로 쓴 기사를 전송하는 게 일과의 대부분이었다.

그럼에도 우리는 영화를 보기 위해, 어김없이 줄을 선다. 내 앞에 선 머리가 희끗한 기자의 에코백이 눈에 띈다. 그는 지금으로부터 한 60년 전 영화제 때 취재차 와서 받은 낡은 영화제 에코백을 들고 연신 프로그램북을 들춰보고 있다. 우리가 지금, 작열하는 칸의 태양 아래 한 시간째 줄을 서서 기다리고 있는 작품은 관계자들을 빼고는 지금까지 누구도 보지 못한 최초 공개작이다. 그 작품이 세계 영화사를 발칵 뒤집어놓을 수도 있다. 최초의 관객이라는 담보에, 걸작을 마주할지도 모른다는 기대에, 나는 그래서 또 기꺼이 속을 준비가 되어 있다.

인터뷰의 기술

이화정

"어떡하죠. 지금 배우님이 인터뷰를 취소하겠다고 합니다."

네? 부산국제영화제에서 매일매일 발행되는 영화제 소식지 〈데일리〉를 만들 때였다. 인터뷰 시작 직전 거절 통보를 받았다. 하늘이 노래졌다. 마감을 몇 시간 남겨두지 않은 때였다. 프랑스에서 온 그 배우를 오늘 자 표지 모델로 배정해둔 상태였다.

사정은 이랬다. 앞서 기자회견에서 모 매체의 기자가 번쩍 손을 들고 당당하게도 "제가 이번 작품을 못 봤는데, 역할이 무엇이죠?"라고 내뱉어 버린 거다. 망 질문. 필요한 답변을 얻기에도 빠듯한 시간에 영화를 못 봤다는 말은 굳이 왜 했을까. 여러모로 기분이 상한 배우가 갑자기

"이후 일정은 취소하겠다"라는 결정을 내려버렸다. 내 인터뷰는 그 행사 이후 배정된 일정 중 하나였다.

　　나를 망치러 온 그 기자 말고 내 구원자는 영화제를 찾은 관객들이었다. 한 차례 읍소 후 "곧 시작되는 영화를 관객과 함께 보고 관객과의 대화에 참석한 후에 인터뷰를 진행하겠다"는 최선의 접점에 도달할 수 있었다. 다행히 열정적인 관객들의 질문과 환대에 배우의 얼어붙은 차가운 마음이 녹아내렸고, 결국 인터뷰는 무사히 이루어졌다는 훈훈한 후문이다.

　　인터뷰에 관한 에피소드는 많다. 근 20년간 나는 감독, 배우, 제작자, 스태프 막론하고 영화계의 수많은 사람들을 만나고 인터뷰해왔다. 후배가 "선배 핸드폰만 가져가면 영화계 모두와 연락할 수 있겠어요"란다. 그 말도 뭐 대충 맞다. 재테크는 못해도 '전번 테크'는 확실히 한 것 같다. 몇 해 전 봉준호 감독이 아카데미상을 수상하며 유례없는 경축을 맞았을 때는 내 폰도 덩달아 바빠졌다. 국내뿐만 아니라 프랑스에서까지 내 전화번호를 물어물어 "봉준호 감독과 연락할 방법"을 구했다.

　　이 많은 이들과 소통하는 인터뷰의 기술이 있을 법도 하다. 종종 "인터뷰는 어떻게 해야 할까요?"라는 질문을 받으면 이렇게 말하기는 한다. 인터뷰는 '미리 쓰고 가는 기사'라고. 흔히들 인터뷰는 두드리는 '문'과 호응하는 '답'으로 이우러진다고 생각하는데, 다년간 이 일을 하면서 알게 된 건 인터뷰에 '질문'은 존재하지 않는다는 사실이다. 오죽하면 회자되는 인터뷰집《히치콕과의 대화》도 제목이 '질문'이 아니라 '대화'일까.

　　인터뷰이와 테이블 석상에서 마주하기까지 적게는 며칠

에서 몇 달의 섭외 노동이 필요하다. 독대로 한두 시간 정도 자리를 갖기 전에 사실상 상대에 대해 기사화할 모든 걸 준비해야 한다는 말이기도 하다. 드라마 〈퀸스 갬빗〉에서 상대의 의중을 간파하며 페이스를 유지하는 체스 천재 엘리자베스 허먼(안야 테일러조이)를 보면서, '아 저 긴장감!'이라는 기시감을 느꼈다. 허먼 같은 천재는 아니지만 긴장은 허먼만큼 집중해서 해야 한다. 그 끈을 놓친다면 초반에 대화의 흐름이 끊어져 버리고, 그날의 인터뷰는 망망대해 위에 표류하는 난파선이 되어버린다. 절대, 사람들 사이에서 섬이 되어 떠다니는 기분은 맛보고 싶지 않다.

　　공들여 섭외를 한 감독, 배우 등 인터뷰이들과 현장에서 인터뷰를 하기 전까지 철저한 준비는 그래서 필수다. 전작을 챙겨 보고 분석하는 것은 기본, 각종 자료를 섭렵하고, 가령 인터뷰이가 집필한 저서가 있다면 읽어보는 수고도 필요하다. 더불어 인터뷰이가 어떤 인물인지 설명을 보충해줄 수 있는 함께 작업한 감독, 배우, 스태프들을 취재하는 것도 흔히 하는 준비 중 하나다. "이번에 ○○○를 인터뷰 하는데요. 함께 작업한 사람으로서 이 사람의 강점은 무엇인가요? 현장에서는 어땠나요? 일화를 들려줄 수 있나요?" 등등. 이렇게 탐문하듯 주변 작업자들을 추궁해 수집한 멘트들은 인터뷰 당일 인터뷰이와 대화할 때 소재가 되기도 하며, 기사를 구성할 아이디어가 되기도 하고, 또 기사에 녹여낼 멘트로 활용되기도 한다. 한마디로 쓸데가 많다. 인터뷰 대상이 따로 정해지지 않아도 이러한 작업물은 언젠가 이루어질 인터뷰를 위해 평소에 꾸준히 비축해둔다. 고추장이나 된장 같은 그런 요긴한 발효 재료다.

그런데 이 역시 선뜻 원칙이라고 말하긴 어렵다. 준비한 자료만 믿었다가는 또 다른 오류가 발생한다. 이미 기사에 목적하는 방향이 있어서 그 방향으로 답변자의 대답을 몰아간다면, 그것만큼 가치 없는 인터뷰가 또 없다. "이런 의도로 하셨죠?"라고 물었을 때 인터뷰이가 "그런 의도가 아닙니다"라고 대답했음에도 자신이 원하는 답변을 얻기 위해 재차 삼차 몰아붙였다가 대화가 중단되는 케이스를 많이 봤다.

한번은 이런 경우도 목격했다. 전화 인터뷰를 하던 후배기자가 대화 도중 서둘러 전화를 끊고는 말하더라. "어차피 제가 원하던 멘트는 나왔어요. 더 들어도 기사에 쓰지 않을 거라서요." 인터뷰의 기술이 아니라 사람 간 대화의 기본조차 없어 보였다.

이 일을 하면서 깨달은 인터뷰의 기술은 결국, 내가 습득한 기술을 허무는 것이다. 그래서 기자를 업으로 삼으려는 이들에게 팁을 줄 때 자주 하는 말 중 하나가 "질문지는 잊어라"다. 현장에서 인터뷰이의 답변은 예측과 달라질 때가 많다. 그런데도 정해둔 경로를 수정하지 않고 저 혼자 "제가 물을 다음 질문은요." 하며 질문지를 고수하면 그야말로 낭패가 따로 없다. 준비한 질문지는 마음속에 킵해두었다가 여차하면 폐기 처분할 줄 알아야 한다.

인터뷰는 늘 어렵다. 기자 생활 초반에는 인터뷰를 하고 나면 처음 도로주행을 나간 날처럼 등에 진땀이 났다. 지금도 물론 그 긴장으로부터 100퍼센트 자유로워지진 못했다. 인터뷰가 이루어지는 시간은 마치 고무줄 양 끝을 팽팽하게 맞잡고 있는 것 같은 기분이 든다. 반대쪽 끝에서 이 소통에 흥미를 잃고 대화의 줄을 놓아버리면…… 그 아픔은 고스란히 내 직업적 자괴감으로 돌아온다. 좋은 인터뷰, 만족할 만한 인터뷰를 진행하는 건 이 직업인으로서 언젠가 도달해야 할 성취의 지점이자 아직은 오지 않은 저 먼 미래의 일이기도 하다.

일전에 진행하는 팟캐스트에서 〈69세〉2020의 임선애 감독과 〈갈매기〉2021의 김미조 감독을 한 자리에 모아 크로스 인터뷰를 했던 기억이 난다. 두 영화 모두 성폭행 피해자인 노년 여성들에게 가해지는 억압을 다루고 있는 작품이란 점에서 두 감독의 대화에 의미가 더해졌다. 그들은 왜 성폭행을 당한 피해자이면서도 제대로 된 법의 보호를 받지 못했을까. 그날 우리는 이야기를 나누는 동안 우리의 어머니이자, 전 세대의 여성이 겪어온 차별의 시대, 그 아픔에 공감했다. 신기하게도 인터뷰라는 형식은 사람을 긴장시키거나 무장하게 만들기도 하지만, 마치 잠겨 있던 봉인이 해제되는 순간을 맛보게도 해준다. 어쩌면 그 어디서도 말하기 힘들었을지 모를 이야기들이 스스럼없이 풀려 나올 때, 그리고 그 말들이 살아서 관객이나 독자나 청자에게 안전하게 도착해 문을 두드리는 걸 보게 될 때, 이 소통의 도구가 가진 무한한 가능성이 무엇인지 깨닫게 된다.

잊지 말아야 할 것은 우리가 사람 대 사람으로, 정해진 시간 안에 주제를 공유하고 때로는 언쟁이 될 말도 거리낌없이 하며 서로의 의견을 교류하고 있다는 점이다. 그건 서로의 삶의 경험과 견지해온 철학을 말로 전하는 일이기도 하다.

부디 내가 건네는 말들이 질문이라는 일방적이고 딱딱한 공격의 언어가 되지 않도록, 인터뷰이들이 자신의 생각을 가감 없이 펼치고 인터뷰를 접하는 이들에게 다가갈 수 있도록, 인터뷰어인 내가 그 가운데의 역할을 할 수 있도록. 오늘도 준비한 질문지들을 고이 접어 넣고 인터뷰 테이블에 앉는다.

p.s.

인터뷰^{interview}를 굴려 읽어보니 '이너뷰^{innerview}'가 된다. 인터뷰는 사람 사이^{inter}의 소통이자 시각을 기록하는 일이기도 하면서, 그렇게 타인의 내면^{inner}으로 가닿는 일이기도 하다.

마주한 이의 중심으로 한층 더 가까이 다가갈 수 있도록 나의 언어를 더 연마해야겠다는 결심을 해본다. 날카롭거나 따뜻하거나!

어떻게든 쓰는 비법

배순탁

영화에 대해 잘 알지 못한다. 당연하다. 나는 영화평론가가 아니기 때문이다. 한데 인터넷 보급이 본격화되면서 거의 모든 영역에 걸쳐 벌어진 현상이 있다. 그 어떤 분야든 평론가가 망했다는 거다.

그렇다. 사람들은 더 이상 전문가의 평 읽기를 원하지 않는다. 그들에게 중요한 건 차라리 네이버 평점이다. 직관적으로 이해 가능한 스무 글자 평이다. 20자에 불과하더라도 조건은 있다. 핵심을 추릴 줄 아는 근사한 수사학이 동반되어야 한다는 거다. 그도 아니면 자극적이어도 괜찮다. 내 경험 내에서 전자는 이동진 평론가가, 후자는 박평식 평론가가 짱이다. 이 둘 외에 20자 평이 화제가 된 경우는 글쎄, 적어도 내 기억엔

거의 없다.

음악이라고 뭐 다를 게 있나. 음악 쪽은 더 심하다. 종이 잡지는 망한 지 오래고, 음악 평론이 소비되는 건 아이돌 (산업) 관련한 멘트를 따거나 글을 쓸 때뿐이다. 간단하게, 주목받지 않는 음악에 대해 써봤자 그 글을 읽는 건 극소수에 불과하다. 슬프지만 현실이다.

그도 아니면 초 유명한 곡에 대해 잘 알려지지 않은 무언가를 쓰는 것도 나쁘지 않다. 대신 각오하고 있어야 한다. 이 세상에는 전문가 뺨치는 비전문가가 널려 있다. 자신의 오류에는 관대해도 타인의 오류에는 조금의 관용조차 허락하지 않는 준엄하신 분들이 지금 이 시간에도 눈에 불을 켜고 활동 중이다. 팩트 오류는 곧 죽음이다. 중간은 없다.

그럼에도, 누군가는 평론가가 되고 싶어 한다. 이쪽 사정 대충 다 알면서 대체 왜 그러는 거냐고 묻고 싶지만 어차피 내 인생은 아니므로 과한 참견은 금물이다. 만약 당신이 나에게 "평론가란 무엇입니까?" 묻는다면 이렇게 답할 것 같다. 평론가는 그 무엇보다 글을 쓰는 사람이다. 그것도 제법 잘 쓰는 사람이다. 따라서 (내가 그 기준에 부합하는지는 내가 판단할 일이 아니지만) 이 책의 공저를 맡은 김도훈, 이화정, 주성철은 평론가 할 자격 충분하다. 진심이다. 글 읽어보면 안다.

내가 거절 '왕'이 된 이유 역시 위와 같다. 자랑인 거 같아서 안 쓰려고 했는데 텔레비전이든 뭐든 출연 요청이 꽤 들어오는 편이다. 한데 거의 절반 이상은 반려하는 편이다. 왜냐하면 글 쓰는 것에 비해 보람이 차지 않기 때문이다. 녹화를 마친 후에도 괜히 했나 후회할 게 거의 분명하기 때문이다. 대신 내가 자신 있게 말할 수 있는 것에 관한 녹화라면 반드시 오케이한다. 단, 조건이 있다. 가격이 맞아야 한다. 나, 이래 봬도 프로다. 열정페이 따위 개나 줘버려라.

대신 원고 요청이라면 얘기가 달라진다. 원고료가 합당하다는 전제하에 웬만하면 쓴다고 한다. 이건 선순환을 위한 전략이기도 하다. 나는 그렇게 부지런한 편이 못 되는 사람이다. 만약 누가 매달 내가 버는 돈의 3분의 2만 손에 쥐어주면 게임만 하면서 재미있게 놀 자신 있다. 하지만 세상은 그리 호락호락하지 않다. 일을 해야 먹고 산다. 어찌 운 좋게 풀려서 내가 좋아하는 음악 듣기를 직업으로 삼게 된 이상 최선을 다하는 게 나에게도 이롭다. 그러니까, 원고 청탁이 나에게는 동기가 되어주는 셈이다.

우리는 착각을 하고 산다. 취향이라는 게 자가 발전하는 생명체와 비슷한 거라고 오해하면서 산다. 글쎄. 내가 아는 한 꼭 그렇지만은 않다. 취향은 자연발생적이기도 하지만 스스로 계발하는 것이기도 하다. 심지어 약간은 강제가 동반되어야 할 순간도 더러 있다.

예를 들어보자. 나는 지금 내가 뭘 좋아하는지 전혀 모르고 있는 상태다. 그런 와중에 취향느님께서 갑자기 강림하셔서 "이게 바로 네 취향이니라." 하는 일 따위 자주 일어나는 현상이 아니다. 즉, 그거 기다릴 시간에 억지로라도 뭘 하는 게 더 나을 수 있다는 의미다. 물론 실패할 수도 있다. 그런데 실패하면 또 어떤가. 생계에 직접 연관된 문제가 아닌 이상 실패는 교훈이 될 수 있다. 미술 관람이 아무리 노력해도 괴롭다면 음악으로 갈아타면 된다. 음악 듣기가 영 별로라면 영화로 환승하면 그뿐이다. 그러면서 찾아가는 것이다. 나에게 가장 잘 맞는 취향이 뭔지를 말이다.

나처럼 이미 글을 쓰고 있는 사람에게도 강제는 중요하다. 앞서 강조했듯이 나는 꽤 게으르다고 볼 수 있는 인간이다. 따라서 원고 청탁은 나에게 어떻게든 새 음악을 듣게 만드는 중요한 동력으로 작용한다. 나는 지금도 LP를 사고, CD를 산다. 스트리밍 사이트에 접속해서 신곡 체크를 잊지 않고 하려고 노력한다. 이유는 간단하다. 듣지 않으면 쓸 수가 없기 때문이다. 아니, 쓰려면 먼저 들어야 하기 때문이다.

어쨌든 평론가라고 직함을 밝힌 지도 어언 10년이 훌쩍 넘었다. 나는 내가 진짜 글 잘 쓰는 평론가들에 비하면 별거 아니라고 생각한다. 그럼에도, 10년 전과 비교하면 내가 어느 정도 발전했다는 자부심 정도는 느낀다. 여기서 잠깐. 겸손과 자부심은 충분히 공존할 수 있는 태도다. 둘 중 하나가 지나친 게 오히려 문제다. 전자가 지나치면 호구되기 십상이고, 후자가 지나치면 재수 없는 놈 되기 딱 좋다. 중용의 미학이 역시 최고다.

다음은 내가 소셜미디어에 쓴 '글 쓰는 방법'을 정리한 것이다. 지난 10년간 익힌 노하우라고 봐주기 바란다. 도움될 수 있을 것 같아 적는다. 중간에 카메오로 김도훈 씨가 출연한다.

▶▶ 무조건 많이 써야 한다. 백날 책 많이 읽어봐야 글 써본 적 드물다면 읽을 만한 글 쓸 수 없다. 절대로 없다.

'레알' 없다. 누적의 힘이란 참으로 강력해서 많이 써 본 놈이 결국 이긴다. 그것도 단지 많이 쓰는 게 아니라 어떻게 하면 더 잘 쓸 수 있을지를 치열하게 고민해도 될까 말까다.

▶▶ '~ 인데'를 여러 번 쓰고 있다는 건 지금 당신의 글이 늘어질 수 있다는 아주 강력한 신호다. A4 한 장 기준 한 번, 많아야 두 번 정도가 마지노선이다. 글의 전압은 대개 단문에서 발생하고, 단문으로 치고 나갈 때 전압이 쭉 하고 올라간다. 확정할 순 없지만 단문 둘에 장문 하나 정도가 이상적이다.

▶▶ 같은 어미를 반복하면 안 된다. 나에게 퇴고의 과정이란 곧 어미를 점검하는 과정이기도 하다 만약 문장을 '했다'로 끝맺었다면 그 다음 문장에 '했다'를 써서는 안 된다. 어미가 반복되면 가독성이 뚝 하고 떨어지는 까닭이다. 예외가 없지 않다. 앞서 언급한 단문으로 쫙쫙 치고 나갈 때다. 이걸 대한민국에서 제일 잘하는 글쟁이가 (내 기준에) 한 명 있다. 공저자인 김도훈 씨다.

▶▶ 물음표, 느낌표, 말줄임표 남발하는 글은 멀리하는 게 좋다. 문학평론가 신형철 씨가 강조했듯 "담배는 백해무익이요, 마침표는 다다익선이다". 움베르토 에코의 통찰도 읽어볼 만하다. "아마추어는 말줄임표를 마치

통행 허가증처럼 사용한다. 경찰의 허가를 받고 혁명
을 하겠다는 것과 다를 바 없다."

물론 이게 정도定道는 아니다. 어떤 책을 읽어왔느냐에 따
라 좋은 글에 대한 취향도 갈릴 수밖에 없다. 어디까지나 '내 기
준'임을 다시 한번 강조한다.

가장 중요한 것, 쇼펜하우어의 다음 가르침을 되새기지
않는다면 위에 쓴 내 기준들, 다 아무짝에도 쓸모없다. 명심하
고, 명심하자.

"좋은 문체의 첫 번째, 그리고 사실상 유일한 조건은 할
말이 있어야 한다는 것이다."

영화 글을 쓰는 아주 독단적이고 독선적인 십계명

김도훈

나는 정말이지 누구를 가르칠 수 있는 사람이 아니다. 그것부터 명확하게 선언하고 이 글을 시작해야겠다.

내가 절대 쓸 수 없는 글이 두 가지 있다. 하나는 자기계발서다. 물론 이 나이에 지금까지 굶어 죽지 않고 글을 쓰며 살아온 내 스스로의 위치를 '성공'으로 포지셔닝할 수도 있다. 일단 그런 자기 확신만 있다면 자기계발서는 얼마든지 쓸 수 있다. 나에게는 그런 확신이 없다. 일단 나는 성공이 무슨 의미인지 도저히 모르겠다. 솔직히 내가 20년 넘게 경력을 이어올 수 있었던 가장 큰 이유는 운이었다고 생각한다. 그저 적절한 시기에 적절한 장소에서 적절한 기회를 얻었을 뿐이다. 세상에 존재하는 대부분의 자기계발서는 한 문장으로 요약하자면 "저는 운이 좋아서 성공했는데 그 운을 어떻게 타고났는지 자랑 한번 시원하게 하겠습니다" 정도가 될 것이다. 백날 그들의 성공담을 읽어봐야 당신은 그들의 성공을 재현할 수 없다. 미안하다. 사랑한다. 하지만 이게 진실이다.

  그다음으로 쓸 수 없는 글은 '좋은 글을 쓰는 방법'이다. 나는 대체 좋은 글이 무엇을 의미하는지 모르겠다. 가장 좋은 글은 원고료를 두둑하게 받을 수 있는 글이다. 원고료를 두둑하게 받으려면 인기 있는 글을 써야 한다. 많은 사람들이 좋아하는 글을 써야 한다. 많은 사람들이 좋아하고 원고료를 두둑하게 받을 수 있는 글이 좋은 글인가? 그건 또 잘 모르겠다. 나는 몇 번이나 '글쓰기 강좌' 제안을 거절했다. 한번은 '영화 리뷰를 쓰는 법'에 대해서 강의를 해달라는 요청을 제법 큰 언론사로부터 받았다. 강의료는 짭짤했다. 나는 3분 정도를 고민한 뒤 거절했다. 하루 50분, 총 10회에 걸쳐 눈을 반짝반짝 뜨고 강의실에 앉아 있을 사람들에게 줄줄 늘어놓을 글쓰기의 비밀 따위가 나에게는 없다는 아주 과학적인 판단을 내렸기 때문이다. 그래서 나는 글쓰기 강의를 잘하는 사람들을 정말이지 존경한다. 삐딱한 소리가 아니다. 진심이다. 리스펙트.

  다만 한 가지는 가능할지도 모르겠다. 내가 지난 20년간 글을 쓰면서 터득한 나만의 십계명이다. 십계명이라는 근사한 표현을 사용하기에는 정말이지 쓸모없는 원칙들이긴 하다. 어쩌면 지금도 소셜미디어와 블로그에 자신만의 글을 멋지게 써내는 사람들에게는 아무런 도움이 되지 않는 지나치게 개인적인 원칙들일 것이다. 나는 로저 애버트도 아니고 폴린 카엘도 아니고 이동진도 아니고 김혜리도 아니다. 당신 역시 주성철도 아니고 이화정도 아니고 배순탁도 아니고 김미연도 아니고, 당연히, 김도훈도 아니다. 하지만 이 글을 읽는 당신이 도저히 어떻게 글을 써야 할지 갈피도 못 잡고 있는데 글을 써서 먹고살고 싶은(나로서는 너무나도 말리고 싶은) 충동을 도무지 억누르지 못하는 사람이라면 어떻게든 미약하게나마 도움이 되기는 할지도 모르겠다. 10회짜리 강의는 할 수 없지만 '영화에 대한 글을 쓰는 열 개짜리 원칙' 정도야 지나치게 거만하게 들리지 않는다면 여기서 한번 꺼내봐도 좋지 않겠는가 말이다. 물론 이 원칙들은 내 것이다. 독선적이고 독단적이고 독립적이다. 그대로 흉내 내서는 곤란하다. 그냥 인생에서 지나치는 수많은 쓸모 없는 잠언 중 하나라고 생각하며 읽어주시기를 바란다.

하나. 첫 문장이 중요하다.

모든 읽을 만한 글은 첫 문장부터 당신을 사로잡게 마련이다. 제인 오스틴의 《오만과 편견》은 "꽤 재산을 가진 미혼남이 틀림없이 아내를 원하리라는 것은 널리 인정받는 진리다"로 시작한다. 이 문장으로부터 당신은 오스틴이 대체 무슨 이야기를 하리라는 것을 짐작할 수 있다. 《안나 카레니나》는 또 어떤가. "행복한 가정은 다 비슷해 보이지만 불행한 가정은 저마다의 이유가 있다." 젠장. 이 문장을 읽고도 다음 장으로 넘어가지 않는 것은 불가능하다. 《파친코》의 첫 문장인 "역사가 우리를 망쳐놨지만 그래도 상관없다"는 얼마나 기념비적인가. 물론 첫 끗발이 개 끗발이라고, 훌륭한 첫 문장을 가지고도 엉터리로 끝나는 글도 많다. 하지만 당신의 글을 누군가가 읽어주기를 바란다면 첫 문장은 언제나 중요하다. 2004년 나는 구로사와 기요시의 영화 〈로프트〉 촬영 현장에 갔다 와서 기사를 썼다. 영화 현장에 대한 기사는 아무리 애를 쓰고 공을 투자해봐야 잘 읽히지 않는다. 그래서 내가 썼던 첫 문장은 "태풍이 오고 있다"였다. 사실 그건 가와바타 야스나리의 《설국》의 첫 문장을 살짝 흉내 내려는 시도였다. 몇 년 뒤 한 영화 제작자가 말했다. "그 첫 문장 때문에 그 기사를 읽었어요. 사실 뒤로 가면서 좀 재미없긴 했는데……." 그는 지나치게 솔직한 제작자였다. 하지만 글을 끝까지 읽도록 만들었다면 나의 첫 문장은 정말이지 최선을 다한 것이다.

둘. 문장은 짧아야 한다.

이 소리를 하면 "네가 김훈이냐?"라는 조소를 받을 것이 틀림없다. 어떤 사람들은 짧은 문장이 최고의 글을 만든다는 것도 지나간 트렌드이자 일종의 신화라고 조소한다. 하지만 당신이 이제 막 글을 쓰고 싶어 하는 사람이라면 긴 문장은 무리다. 글을 정말 잘 쓰는 사람들도 만연체의 미로에 빠져 허우적대다가 장렬하게 실패하곤 한다. 무조건 문장을 짧게 쓰는 훈련을 해보시라. 문장이 짧으면 짧을수록 글은 잘 읽힌다. 말하고자 하는 의미도 더 쉽게 전달된다. 자신이 쓰는 글을 입으로 소리 내 읽어보는 버릇을 들이면 좋다. 당신의 멋 부린 만연체가 얼마나 읽는 사람의 호흡을 곤란하게 만드는지 깨달을 수 있을 것이다. 독자가 숨은 쉬어야 하지 않겠는가.

셋. 줄거리 비평은 됐다.

한국 저널리즘 영화비평은 대개 줄거리 요약에 가깝다. 캐릭터와 내러티브에 지나치게 집중해서 리뷰를 쓰는 경향도 짙다. 영화는 소설이 아니다. 주인공의 성장 서사만 늘어놓는 글을 영화 리뷰라고 부르는 건 곤란한 일이다(나도 그런 글을 주야장천 많이 썼기 때문에 이런 소리를 하고 있는 것이다). 영화 리뷰를 쓰고 싶다면 적어도 당신은 쇼트, 신, 시퀀스의 의미 정도는 알아야 한다. 모든 감독에게는 자신만의 독창적인 시간 개념이 있다. 그 기본적인 영화의 원칙을 읽어내려는 노력을 기울이지 않는다면 당신의 영화 리뷰는 언제까지나 줄거리 인상 비평의 영역에만 머무를 것이다. 그건 결국 유튜브 영화 요약본과 딱히 다를 게 없다. 그러니 영화 글을 쓰고 싶다면 영화가 어떻게 만들어지는 예술인가를 조금 공부할 필요가 있다. 루이스 자네티의 《영화의 이해》, 켄 댄시거의 《영화 편집》, 게일 챈들러의 《위대한 영화의 편집 문법》 같은 책들이 도움이 될 것이다.

넷. 형편없는 글을 읽어라.

나는 여기서 나 따위는 비교할 수 없는 거장 앨런 무어의 말을 그대로 옮길 생각이다. "글을 쓰려고 한다면 반드시 해야 하는 일이 있다. 좋은 책뿐만 아니라 형편없는 글도 읽어야 한다. 왜냐면 졸작이 명작보다 더 많은 영감을 줄 수 있기 때문이다. 좋은 책을 읽었을 때 항상 수반하는 위험이 있다. 표절. 혹은 그 책을 너무 심하게 따라 한다거나 하는 위험이다. 오히려 어떤 책을 읽을 때, 글 쓰는 데 도움이 되는 반응은 "와, ××. 이건 나도 쓰겠다." 하는 것이다. 그 순간 엄청난 해방감을 느끼게 된다. 책까지 낸 출판작가인데도 당신보다 훨씬 글을 못 쓰는 사람을 찾은 거니까 말이다. 그리고 그 글이 왜 그렇게 형편없는지 작가가 만든 실수를 분석하면 여러분의 스타일을 개선하는 데 굉장한 도움이 된다. 하지 말아야 하는 모든 실수를 찾을 수 있다. '이 글을 읽는 게 왜 이렇게 빡칠까?' 바로 그 부분을 분석하라. 왜 그 글이 싫은지 생각하라. 어떤 부분이 어설픈지, 어디서 생각을 잘못했는지를 생각하라. 그런 것이 여러분의 작가 인생에 훨씬 더 도움이 될 것이다." 브라보. 앨런 무어.

다섯. 형편없는 영화도 봐라.

네 번째와 같은 원칙이다. 영화비평가가 되고 싶다면 영화 편식은 곤란하다. 당신이 언제까지나 위대한 작가들의 영화에 대한 글만 쓰고 앉아서 돈을 벌 수는 없다. 제주도 흑돼지가 똥을 먹듯이 후진 영화를 봐내야 한다. SF 역사상 가장 위대한 작가 중 한 명인 시어도어 스터전은 이렇게 말했다. "SF 소설의 90퍼센트는 쓰레기다. 하지만 모든 것의 90퍼센트는 다 쓰레기다." 그렇다. 한 해 생산되는 모든 영화의 90퍼센트는 쓰레기다. 쓰레기가 트렌드를 만든다. 쓰레기가 시장을 만든다. 쓰레기가 산업을 만든다. 그리고 종종 당신은 쓰레기 더미에서 모두가 놓치고 지나간 진주를 발견해야 할 의무가 있다. 마블 영화를 한 번도 보지 않은 비평가의 마틴 스코세이지 영화에 대한 비평은 읽을 가치가 없다. 그러니 제발 아트시네마에만 죽치고 앉아 있지 말고 용산 아이맥스에서 시각적 쓰레기들을 만나라.

여섯. 자기 취향에 자신을 가져라.

남들이 다 좋다고 하는 걸작에 대해서 글을 쓰는 건 사실 꽤 의미가 없는 일이다. 아니, 의미보다는 재미가 없다. 항상 걸작에 대해서 아름다운 글을 써내는 지루한 글쟁이들로 가득한 세상이다. 당신에게는 어디서 좋다고 말하기는 좀 곤란하지만 내심 킬킬대며 즐기는 길티플레저들이 있을 것이다. 그럴 땐 혼자 킬킬거리지 말고 좋다고 강력하게 주장해도 괜찮다. 나는 모두가 고개를 절레절레 젓는 〈리딕: 헬리온 최후의 빛〉[2004]을 꽤 좋아한다. 〈씨네21〉에 입사한 지 5개월 뒤 내가 썼던 리뷰의 마지막 문단은 다음과 같다.

"마지막 장면에서 악의 왕좌에 자기도 모르게 걸터앉아 버리는 리딕과 갑자기 그를 왕으로 모시며 절을 하는 네크로몬거들, 돌아서서 절규하는 사악한 바코 부인, 그 위에 '아아, 그 누가 알았으랴'로 시작하는 주디 덴치의 목소리가 깔리며 영화가 끝나는 순간, 이 방만한 블록버스터는 일순간 실험극 무대에 올려진 '맥베스'처럼 키치적인 향취를 발산한다. 그걸 느끼고는 자기도 모르게 웃음 짓는 관객이 분명히 있을 게다."

이 리뷰를 쓴 이후로 나는 "와, 그딴 영화를 가지고 그런 글을 쓰다니!"라고 웃으면서 인사를 하는 선배 기자들을 꽤 많이 만났다. 그들은 어쨌든 겨우 5개월 차 기자가 쓴 그 리뷰를 기억하고 있었다. 누군가가 당신 고유의 취향을 부끄러워하지 않고 담아낸 글을 기억한다는 것. 그건 영화 글을 쓰는 사람에게는 꽤 중요한 일일 수 있다.

일곱. 남과 다르게 해석하라.

나는 또 민망하고 부끄러운 줄도 모르고 내가 썼던 기사 하나를 인용할 생각이다. 마이클 베이의 〈트랜스포머〉2007가 개봉했을 때 대부분의 비평은 기념비적인 특수효과에 대한 칭찬으로 가득했다. 내가 보기에 그건 〈트랜스포머〉의 진짜 가치를 제대로 이해하지 못한 글들이었다. 나는 당시 〈씨네21〉에 이렇게 썼다. "이 영화를 특수효과 스펙터클의 신기원으로 묘사하는 것은 대단히 식상한 표현이다. 사실 킹콩처럼 동물적인 질감을 가진 이물들을 스크린에 구현하는 것이 금속성의 로봇보다는 훨씬 어려운 일이다. 오히려 〈트랜스포머〉는 특정한 소재에 대한 할리우드의 심리적 저항감을 무너뜨린 첫 영화로 대접받는 것이 합당하다. 특수효과가 모든 것을 가능하게 만드는 것은 아니다. 더욱 중요한 것은 영화화가 불가능하다고 여겨졌던 소재를 과감하게 주류 트렌드로 끌어올리려는 모험정신이다." 나는 당신이 블록버스터를 보면서 그들의 기술적 진보를 찬탄하거나 비판하는 것을 멈추고 그것이 미학적, 경제적으로 영화의 트렌드와 미래에 어떤 의미를 지니는가를 읽어내기를 바란다. 싫다. 좋다. 그 이면의 것을 읽어내야 당신의 글은 많은 사람들이 쏟아내는 글 사이에서 당신만의 독자를 찾게 될 것이다.

여덟. 마감을 지켜라.

내가 제일 못하는 것이 바로 이거다. 이 여덟 번째 계명을 쓰는 내 머릿속은 '웃기고 앉아 있네'라며 비웃는 편집자의 얼굴로 가득하다. 왜냐면 이 글은 이 책의 모든 필자들이 쓴 글 중에서 가장 최후로 마감하고 있는 글이기 때문이다. 여러분은 같은 실수를 반복하지 않기를 바란다. 마감을 제대로 지키지 못하는 글쟁이는 돈을 제대로 벌 수 없다. 당신이 글로 생계를 유지할 꿈을 꾸고 있는 사람이라면 다른 원칙은 모두 잊더라도 이 여덟 번째 원칙만은 반드시 기억해야 한다.

아홉. 멍청한 질문을 던져라.

당신이 영화 글을 쓰면서 생계를 유지하는 단계에 왔다면 분명 감독, 배우들을 인터뷰할 기회가 생길 것이다. 혹은 GV 같은 행사를 진행할 기회가 생길 것이다. 흔히 저지르는 실수는 지나치게 '깊은 질문'만 가득 준비하는 것이다. 당신의 글을 읽을 독자들은 당신이 감독과 배우에 대해서 어떤 비평적 관점을 갖고 있는지에 대해서 아무런 관심도 없다. 게다가 당신의 지식을 자랑하기 위해 준비한 '깊은 질문'들만 던지면 감독과 배우로부터 얻게 될 대답은 길든 짧든 결국 "아, 그런가요"의 여러 버전에 불과할 것이다. 인터뷰는 비평이 아니다. 철저하게 당신의 글을 읽을 독자의 관점에서 접근해야 한다. 바보 같은 질문을 하라. 멍청한 질문을 하라. 가장 좋은 답변들은 그런 질문들로부터 나오게 마련이다. 인터뷰에서 중요한 건 당신이 아니다.

열. 끝 문장도 중요하다.

첫 번째 원칙과 동일하다. "기대해본다" 혹은 "기대해도 좋다" 이따위 마지막 문장으로 끝나는 글은 좋은 글일 수가 없다. 마지막 문장에서 당신은 거기까지 글을 읽어낸 사람에게 강렬한 한 방을 때려줄 의무가 있다. 거기서는 멋을 좀 부려도 괜찮다. 끼를 좀 떨어도 괜찮다. 독자가 여운을 음미할 수 있는 마지막 문장이 무엇일지 고민하고 또 고민하시라. 이 글을 읽은 당신이 어떻게든 이 독선적이고 독단적인 열 가지 원칙에서 약간의 도움이라도 얻을 수 있기를 '기대해본다'. 맙소사. 결국 이 글은 이따위 마지막 문장으로 끝나고야 말았다.

이 책의 예상 판매 부수는?

주성철

필자 인원수대로 1쇄씩 맡는다 치고 계산하면 총 5쇄가 된다. 무조건 '5쇄를 찍자!'를 목표로, 2쇄부터 인쇄 부수가 줄어드는 것도 감안하여 1만 부 예상한다. 나 너무 출판전문가 같은걸?

이화정

관객과의 대화, 영화제에서 행사를 통해 자주 관객들과 면 대 면으로 만나고 있다. 행사 때마다 몇 분이 달려와서 "무비건조 팬이에요"라고 인사를 건네주신다. 반갑고 고맙고 사랑스런 눈맞춤이다. 이분들이 우리의 지난 궤적을 써 내려간 글에도 관심이 있다면! 유튜브 구독자의 20퍼센트 정도는 구매로 이어지지 않을까 하는 바람. 일단 10만 실버버튼부터 받고……! 1만 부 판매로 예상 부수를 적어내려 가본다.

김미연

방송쟁이라 사실 시청률 수치는 '잘알'이지만 책 판매 부수에는 문외한인 나. 슬쩍 친애하는 박상영 작가님에게 톡을 보내보았다. (물론 그는 대한민국 베스트셀러 작가로 엄청난 판매부수를 기록하고 있지만. 흠.) "책은 몇 부 정도 팔려야 망한 게 아닐까요?" 다소 직설적인 질문에 작가님의 대답은 "1만 부 정도면 무난해요." 그래서 나는 바라건대 이 책이 나를 제외한 공동 집필 작가님들의 명성과 권위와 필력으로 좋은 평가를 받아(내가 흠집 내지 않고 조용히 묻어간다는 가정하에) 일단 1만 부 이상 팔려서 '망하지 않기'를 두 손 모아 기도하는 바이다.

김도훈

100만 부는 팔려야 한다. 아니다. 그건 좀 너무했다. 대신 배순탁의 《청춘을 달리다》, 이화정의 《언젠가 시간이 되는 것들》, 주성철의 《헤어진 이들은 홍콩에서 다시 만난다》와 나의 《우리 이제 낭만을 이야기합시다》를 합친 것보다는 더 팔려야 한다. 물론 이 답변은 각자의 책을 다시 한번 홍보하기 위한 꼼수가 맞다.

배순탁

뭔가 긍정적인 전망을 적어야 편집자를 최소한 미소 짓게라도 할 수 있겠지만 나는 그런 거짓 선지자들, 희망 세일즈맨들이야말로 이 세계를 망친 주범이라고 생각한다. 다들 알잖아……. 왜 이래…….

영화를 만들지 않는
영화인으로 살아가기

주성철

지금은 그 이름조차 들어보지 못한 사람들이 많을 테지만, 한국 영화 점유율 자체가 현저히 낮았던 과거에는 상영관에서 한국영화 상영 일수를 보장해야 한다는 '스크린쿼터제'가 있었다. 한국 영화산업을 보호하기 위해 1966년 '국산영화 의무상영제'로 출발하였지만 제대로 운영되지 못했다. 그러다 1993년 영화인들을 중심으로 감시단이 꾸려지면서 다시 정착되기 시작했다. 스크린쿼터 일수는 연간 상영 일수의 40퍼센트인 146일로 되어 있지만 실제로는 그보다 적은 106일이 적용되었는데, 말인즉 1년 365일 중 106일은 무조건 한국 영화를 상영해야 한다는 거였다. 하지만 2006년 한·미 자유무역협상^{FTA}을 앞두고 미국에서 자유무역을 활성화시키는 협상에 어긋난다면서 스크린쿼터 제도를 폐지할 것을 요구했고, 국내의 많은 영화인들이 투쟁에 나섰지만 결국 의무 상영 일수는 그보다 더 축소되고 말았다.

　〈키노〉에서 처음 일을 시작한 2000년대 초반부터 '스크린쿼터 지키기 운동'은 당시 영화계의 생존이 걸린 중요한 화두였다. 스크린쿼터운동 범영화인 대책위원회에서 영화인들의 서명을 받고 있었는데, '국뽕'이라는 말도 없던 그때 그 시절 도저히 억누르지 못한 애국심으로 위원회에 전화해서 이름을 올리고 싶다고 얘기한 적 있다. 하지만 전화를 받으신 분이 짐짓 당황하더니 잠깐 얘기를 나눠보고 다시 연락해주겠다고 했다. 도통 무슨 이유인지 알 수 없었으나 이내 걸려온 전화에서 "영화잡지 기자는 영화인으로 분류하기가 애매해서 서명에 포함시킬 수 없다"는 답변을 듣고야 말았다. 그때만 해도 혈기왕성하던 시기라 그 이유를 꼬치꼬치 캐물었는데, 상대방의 장황한 답변을 요약하면 다음과 같았다. '영화 제작과 관련된 일을 하는 사람이 영화인'이라는 것이다. 영화홍보사 직원들, 즉 영화마케터들의 이름도 그 명단에 꽤 있었기에 "영화마케터도 영화제작과 관련 없는 사람 아닌가요?"라고 묻고 싶었지만 그만두었다. 이미 한국 영화산업은 마케터가 제작 초기 단계부터 추후의 홍보 플랜을 위해 일찌감치 참여하는 경우가 많았고, 무엇보다 영화가 끝나고 올라가는 엔드크레디트에 그 이름을 올린 지 꽤 되었다. 즉, 우리는 '영화의 엔드크레디트에 이름을 올릴 수 없는 사람'이라는 사실을 알게 됐다. 일찌감치 감독과 배우를 인터뷰하며 그 영화를 '팔로우'하고, 개봉 이후 내가 사랑하는 영화에 대해 아무리 씹고 뜯고 맛보고 즐겨도, 결국 우리는 영화 바깥에서 살아가는 사람이구나, 하는 생각에 쓸쓸함을 곱씹었다.

　　프로 스포츠업계에서는 '선수 출신' 방송 해설자를 가리켜 이른바 '선출'이라는 표현을 쓴다. 해당 종목 출신 선수가 이후 코치나 감독도 되고 연맹이나 협회의 주요 자리도 맡을뿐더러, 직업적으로 방송 중계 해설을 맡게 되는 경우도 흔하다. 풍부한 실전 경험을 최고의 덕목으로 인정해주기 때문이다. 그런데 영화평론가나 영화 저널리스트 중에서는 바로 그 선출이 드물다. 앞서 얘기한 엔드크레디트를 기준으로, 쉽게 말하자면 업계에서는 우리를 딱히 '영화인'으로 생각하지 않는다는 얘기다. 이 책에 함께 참여한, 영화 프로그램을 만드는 방송국 PD와 영화에서 크나큰 부분을 차지하는 음악에 대해 그 어떤 영화인보다 전문적인 지식을 갖춘 음악평론가라는 사람들에 대해서도 더 말할 필요가 없을 것이다. 그처럼 세상은 우리를 그런 개념의 '선수'로 보지 않는다. 말하자면 어떻게 일을 시작했느냐, 하는 것이 이후 많은 것을 결정짓는다. 게다가 일정 정도의 나이가 지나버리면 자신의 욕망이나 재능과 무관하게 선수가 될 가능성이 제로에 가까워진다. 이 책에 실린, 지금까지 당신이 읽어온 다섯 명의 이야기는 선출인 듯 선출 아닌 선출 같은 이들의 흥미로운 삶과 사유의 궤적이다. 적어도 '영화'라는 이름으로 무언가를 준비하는 사람들, 혹은 무언가가 이미 지났다고 서둘러 단정 지은 사람들 모두에게 들려주고 싶은 이야기가 가득 담겼다.

그렇다, 우리는 반달이다. 윤종빈 감독의 〈범죄와의 전쟁: 나쁜놈들 전성시대〉2012에 등장하는 최익현(최민식)처럼 민간인도 건달도 아닌 '반달' 말이다. 이 책을 쓰기 전까지는 우리 모두 그것이 어떤 '결핍'의 표현이라 생각했는데 곰곰이 되짚어보면 그 반대였다. 어디에도 속하지 못한 게 아니라 이미 그 경계라는 것 자체가 의미 없는 일이라는 것을 알게 됐다. 가나다 순으로 김도훈, 김미연, 배순탁, 이화정, 주성철, 이렇게 영화를 만들지 않는 영화인들의 이야기가 그저 때때로 공감하며 웃을 수 있는 '라떼' 이야기여도 좋고, 한국 영화계를 둘러싼 거대한 환경 변화의 기록이라면 더 좋고, 무엇보다 다가오는 것들과 지나가 버린 것들 사이에서 미래를 고민하는 이들에게 작지만 의미 있는 도움이 되면 좋겠다. 뭘 쓸지 모르고 기다렸던 다른 필자들의 글을 뒤늦게 읽으면서 느꼈던 그 무엇을 당신도 느꼈다면, 참으로 다행이다.

영화평도 리콜이 되나요?

우리가 영화를 애정하는 방법들

첫판 1쇄 펴낸날 2022년 8월 5일
    2쇄 펴낸날 2022년 9월 30일

지은이 김도훈 김미연 배순탁 이화정 주성철
발행인 김혜경
편집인 김수진
책임편집 유승연
편집기획 김교석 조한나 김단희 김유진 임지원 곽세라 전하연
디자인 한승연 성윤정
경영지원국 안정숙
마케팅 문창운 백윤진 박희원
회계 임옥희 양여진 김주연

펴낸곳 (주)도서출판 푸른숲
출판등록 2003년 12월 17일 제2003-000032호
주소 경기도 파주시 심학산로 10(서패동) 3층, 우편번호 10881
전화 031)955-9005(마케팅부), 031)955-9010(편집부)
팩스 031)955-9015(마케팅부), 031)955-9017(편집부)
홈페이지 www.prunsoop.co.kr
페이스북 www.facebook.com/prunsoop   인스타그램 @prunsoop

* 잘못된 책은 구입하신 서점에서 바꾸어 드립니다.
* 본서의 반품 기한은 2027년 9월 30일까지입니다.